LA CANCIÓN DE AMOR
EN EL OTOÑO DE LA EDAD MEDIA

1

Colección
Estudios Literarios

Dirigida por
Vicente Beltrán

Vicente Beltrán

LA CANCIÓN DE AMOR
EN EL OTOÑO DE LA EDAD MEDIA

PPU
Barcelona, 1988

Primera edición, 1988

© PPU
Promociones y Publicaciones Universitarias, S.A.
Marqués de Campo Sagrado, 16
08015 Barcelona

I.S.B.N.: 84-7665-236-4
D.L.: L–1055–89

Imprime: Poblagràfic, S.A.

INTRODUCCIÓN

El presente estudio se debe al intento de describir un género, la canción cortés o canción trovadoresca,[1] cuyos precedentes históricos y cuya importancia a fines del siglo xv la ponen en el centro de los géneros líricos en Castilla. La primera aproximación permitió observar las estrictas convenciones a que estaba sujeta, así como la degradación de la temática amorosa desde los trovadores; el mayor desarrollo de los estudios sobre este aspecto[2] me inclinó a iniciar una descripción estrictamente formal, basada en las concepciones formalistas y estructuralistas.

La evidencia de los profundos cambios experimentados por la canción desde Alfonso Álvarez de Villasandino a Juan del Encina[3] impuso la exigencia de contar con una cronología segura. El tipo de poesía con que nos encontramos impedía la datación de los textos, por lo que debimos basarnos en la de los autores; el trabajo fue arduo pero no imposible: nos hallamos, en su mayor parte, ante la producción de la nobleza castellana y aragonesa y descubrimos con agrado el rico material de los genealogistas y nobiliarios. Convenientemente datados y seleccionados una nómina de cuarenta y cinco autores se hizo necesario agruparlos en ocho generaciones cuyo detalle veremos más adelante.

1. T. NAVARRO TOMÁS, *Métrica española,* tercera edición, Madrid, Guadarrama, 1972, pp. 140-143. Por su arraigo entre los géneros europeos y por el equívoco de llamar trovadores a nuestros poetas, preferiré y usaré en adelante el término «canción cortés».

2. Para lo que podríamos llamar una interpretación tradicional de la temática amorosa, véase P. LE GENTIL, *La poésie lyrique Espagnole et Portugaise à la fin du Moyen Age,* dos vols., Rennes, Plihon, 1949 y 1953, vol. I, pp. 75-213 y O. H. GREEN, «Courtly love in the Spanish *Cancioneros*», *Publications of the Modern Language Association* LXIV, 1949, 247-301, ꞏy modificado en *España y la tradición occidental,* Madrid, Gredos, 1969. La interpretación de esta lírica ha sido totalmente renovada por K. WHINNOM, «Hacia una interpretación y apreciación de las canciones del *Cancionero General* de 1511», *Filología,* XIII, 1967-68, 361-381 (retomado y ampliado en el prólogo a las *Obras completas* de Diego de San Pedro, Colección Clásicos Castalia núm. 39, Madrid, 1971 vol. I) y especialmente en el estudio de A. V. BEYSTERVELDT, *La poesía amatoria del siglo XV y el teatro profano de Juan del Encina,* Madrid, Ínsula, 1972.

3. El punto de partida para este estudio está en la descripción de P. le Gentil (*Op. cit.,* vol. II, pp. 209-290).

El estudio de los textos demostró la existencia de tres períodos netamente diferenciados: el primero fue de supervivencia y tanteos (generaciones A, B y C o poetas nacidos antes de 1400), el segundo consolidó la lengua y su estrofismo característico (generaciones D y E, nacidos entre 1401 y 1430) y el tercero articuló los recursos estilísticos que conforman la canción tal y como aparece en el *Cancionero General* de 1511 (generaciones F, G y H, nacidos entre 1431 y 1475). Estos son los capítulos en que aparece dividido el presente estudio.

Una vez escogidos los autores hube de inventariar las canciones a ellos atribuidas[4] en los diversos cancioneros, eliminar las dudosas, seleccionar una muestra y analizarlas de acuerdo con un amplio cuestionario de veintiocho puntos que iban de la métrica a la distribución de los contenidos entre las estrofas. El estudio métrico, estrófico y de las rimas fue realizado sobre la totalidad de las canciones atribuidas a nuestros poetas;[5] según las variantes observadas (número de vueltas, versos por estrofa, rimas alternas o cruzadas, agudas o graves, con o sin *retronx*, tipos de versos), todas ellas susceptibles de afectar al estilo, fueron seleccionadas veinte en cada generación y luego sometidas al resto de los análisis que van del vocabulario a la construcción sintáctica del poema.[6] La elección de esta cifra venía impuesta por necesidades estadísticas: había que obtener para cada generación un texto equivalente al menos a mil palabras, mínimo a partir del que se revelan las constantes estilísticas.[7]

El siguiente paso consistió en el estudio de los datos, su cuantificación (y la eliminación de cuantos se manifestaron no cuantificables ni susceptibles de una interpretación estructural), la elaboración del instrumental estadístico adecuado y la confección de tablas o listados de efectivos, publicados en el anexo, sobre los que se basa esta investigación. Este paso resultó esencial, aunque extraordinariamente laborioso; permitió la valoración objetiva y precisa de los aspectos analizados y la comparación entre las generaciones. En cuanto al estudio

---

4. Consideramos «canción» (*cantiga* en el *Cancionero de Baena*):
   a) Todo texto cuya rúbrica lo indique inequívocamente, excepto unos pocos del Marqués de Santillana que se razonarán en su lugar.
   b) Aquellos textos de rúbrica ambigua («Otra» en muchos casos) o sin rúbrica, cuya forma y temática sean comunes a otros coetáneos inequívocamente adscribibles al género por el criterio anterior.

5. En los capítulos correspondientes encontrará el lector referencia pormenorizada a todas las canciones y sus fuentes.

6. Hay una excepción: el único poeta adscribible a la generación B, don Diego Hurtado de Mendoza, no tiene sino tres canciones (*El cancionero de Palacio*, ed. F. Vendrell, Barcelona, CSIC, 1945, núm. 6, 36 y 38). Esto es importante en cuanto el análisis estadístico quedaría distorsionado por la introducción de muestras desiguales; el problema se resolvió apartando los datos correspondientes a esta generación cuando había que realizar cálculos de conjunto.

7. Ch. MULLER, *Estadística lingüística*, Madrid, Gredos, 1968, p. 281.

del vocabulario requirió el recurso a un ordenador, única forma de procesar en un tiempo asequible los miles de datos necesarios.

Las conclusiones de estos análisis y su inclusión en la historia literaria del siglo forman el cuerpo principal de este estudio. El lector encontrará en cada caso las referencias a los epígrafes del anexo donde aparecen descritos. En esta parte, han sido evitados en lo posible los tecnicismos con el fin de facilitar la lectura.

Pero la canción cortés castellana nos lleva a un problema histórico que no hemos querido soslayar: sus relaciones con otros géneros formalmente emparentados *(dansa, virelai, ballata, lauda)*, que ha sido incluido en el capítulo correspondiente a las primeras generaciones, a medida que el establecimiento de sus caracteres permitía la compación.

Por último he de agradecer la colaboración de numerosas personas y entidades sin las que no habría sido posible el presente trabajo. Entre otras muchas que sería prolijo enumerar, quiero manifestar mi reconocimiento a la Universidad de Barcelona por la concesión de una beca con la que comencé mis investigaciones, a la Facultad de Informática de la Universidad Politécnica y, en particular, al Dr. D. Manuel Martí, por el generoso ofrecimiento de su Centro de Cálculo, y a las diversas bibliotecas universitarias de Barcelona por las facilidades que en todo momento me dieron. Quiero agradecer también la generosidad y paciencia con que han atendido mis numerosas consultas el doctor D. Francisco Rico y D. Alberto Blecua de la Universidad Autónoma de Barcelona, D. Miquel Querol Gavaldà, del Instituto de Musicología del C.S.I.C., y D. David Romano de la Universidad de Barcelona. Y quiero agradecer muy especialmente al doctor D. José Manuel Blecua, director de esta tesis, su generosa ayuda, su paciencia y la confianza que durante años depositó en mi trabajo.

HISTORIA Y GENERACIONES

La explicación de la historia humana como el resultado de la acción de sucesivas generaciones viene siendo un recurso habitual desde el siglo XIX, sin que se parta siempre de un concepto nítido de lo que es una generación. En la historia literaria, y más especialmente en la española, el recurso a este tipo de periodización es muy corriente desde que Julius Petersen estableció las características que en su opinión definirían un grupo generacional: la herencia, la fecha de nacimiento, la educación, los contactos personales, las experiencias comunes, un guía comúnmente aceptado, un lenguaje propio y la resistencia de una generación anquilosada.[8] Esta primera teoría de las generaciones encontró amplio eco gracias a un breve pero denso trabajo de Pedro Salinas sobre la del 98.[9]

Aparte de la crítica de Julián Marías contra esta concepción desde las teorías de José Ortega y Gasset, señalaremos otros dos inconvenientes de gravedad: el asistematismo del concepto y su excentricidad al proceso histórico. Petersen cree que una generación existe sólo cuando, en un momento determinado, encontramos un grupo humano empeñado en la renovación literaria; y cree también a pies juntillas que la Historia (con mayúscula), se muestra pródiga en unas épocas y avara en otras, y hasta esboza cierto misticismo de los números observando cómo alrededor de ciertas fechas nace una pléyade de genios, como si el calendario no fuera algo tan artificial y arbitrario como el metro o el kilo.

Por otra parte, Petersen ignora que la generación no es sino la inserción del individuo en la historia; como cree Ortega, los hombres que comparten edad y experiencias forman una misma generación, sea cual fuere su lenguaje, su líder o la educación recibida. La aplicación de un concepto tan inadecuado ha creado la absurda polémica de si

8. «Las generaciones literarias», en *Filosofía de la Literatura*, México, 1945, pp. 164-188.
9. «El concepto de generación literaria aplicada a la del 98», *Revista de Occidente*, diciembre de 1935, hoy en *Literatura española del siglo XX*, colección El Libro de Bolsico, núm. 239, Madrid, 1970, pp. 26-33.

los hombres del 98 y del Modernismo, a pesar de compartir edad, manifestaciones estético-ideológicas, y de ciertas figuras de difícil ubicación (Antonio Machado, Valle-Inclán) son o no una misma generación; todo ello por no recordar el problema de si creadores como Blasco Ibáñez deben sumarse o separarse a los hombres de su época. [10] En suma, siguiendo a Petersen se identifica el concepto de generación al de grupo literario o movimiento, y es de esta falacia de donde proceden tantos equívocos.

La teoría de Ortega reúne múltiples ventajas. Es más compleja y no concibe la historia como la acción de grupos humanos aislados y sucesivos, sino como una dinámica entre el hombre y la sociedad, entre la permanencia y el cambio, sin prejuzgar la postura concreta de cada individuo ante los problemas de su tiempo. Introduce además una concepción más rigurosa del devenir histórico, [11] estudia la inserción del hombre y de los grupos humanos en su decurso [12] y esboza de forma madura la teoría de las generaciones en *En torno a Galileo*. [13] Para Ortega la generación se define por la actitud con que las sucesivas promociones de individuos se enfrentan a la vida: «para cada generación, vivir es, pues, una faena de dos dimensiones, una de las cuales consiste en recibir lo vivido —ideas, valoraciones, instituciones, etc.— por la precedente; la otra, dejar fluir su propia espontaneidad». [14] Cada época histórica contiene la acción combinada de varias generaciones, cada una con su peculiar visión de las cosas, distantes entre sí por períodos de sólo quince años; y dentro de cada generación variarán hasta el infinito las opciones personales de sus miembros, que podrán aparecer unidos o desgarrados en mil querellas, respetuosos o belicosos con sus antecesores inmediatos. Cada generación queda entonces definida por el conjunto de la herencia que asumen o ante la que se rebelan. En este estudio iremos trazando la concepción que de la canción tenía cada promoción, sus diferencias internas y el legado que dejó a sus sucesores. [15]

10. Para la crisis de esta polémica véanse las acertadas observaciones de J. C. MAINER, *Historia y Crítica de la Literatura Española*, Editorial Crítica, Barcelona, 1980, vol. VI: *Modernismo y 98*, pp. 3-10 y 45-52. El problema de fondo no es más que una teoría insuficiente de las generaciones.

11. Véase *Historia como sistema y del Imperio Romano, Obras Completas*, vol. VI, Madrid, 1947. Revista de Occidente.

12. *El tema de nuestro tiempo, Ibidem*, vol. III.

13. *Ed. cit.*, vol. V, Madrid, 1947.

14. *El tema de nuestro tiempo, ed. cit.* pp. 148-149.

15. Para algunos problemas prácticos, especialmente la delimitación de los períodos generacionales, y para el análisis de las distintas concepciones de generación, véase J. MARÍAS, *El método histórico de las generaciones*, Colección Selecta de Revista de Occidente, núm. 22, cuarta edición, Madrid, 1967.

El primer intento de aplicar el criterio generacional a la historia literaria del siglo XV se debe a Ángel del Río:

> «Fiel al concepto de lo cortesano, ha sido común estudiar esta poesía agrupándola por reinados: especialmente los de Enrique III (1390-1406), Juan II (1406-1454) y Enrique IV (1454-1474). Más claro nos parece hablar de generaciones. La primera estaría constituida por un grupo de trovadores gallego-castellanos, del siglo XIV, contemporáneos de López de Ayala: Macías, Pedro González de Mendoza, abuelo de Santillana, el Arcediano de Toro y Pedro Ferruz, el único que usó exclusivamente el castellano. Alfonso Álvarez de Villasandino, que vivió hasta 1424, serviría de vínculo con la siguiente, que es la de Francisco Imperial y su escuela de Sevilla, entre 1400 y 1450. Coetáneos de Imperial son, entre otros, Ruy Páez de Rivera, Fray Diego de Valencia, Sánchez Calavera y varios próceres, como Diego Hurtado de Mendoza, padre de Santillana, Enrique de Villena y Fernán Pérez de Guzmán.
>
> »Son las dos generaciones mayores representadas en el *Cancionero de Baena.*
>
> »Tras ellas vienen la de Santillana y Mena, y, por último, en tiempos de Enrique IV, la de Jorge Manrique, que, como otros muchos de sus coetáneos, enlaza con el tiempo de los Reyes Católicos.» [16]

Obsérvese la identificación entre generación y grupo literario y el amplio margen cronológico de cada una, así como la sucesión lineal de unas a otras, características que definirán en adelante las aplicaciones de la teoría de Petersen.

El primer intento de aplicar la de Ortega y Gasset a la poesía del siglo XV procede de los estudios de don Rafael Lapesa sobre el Marqués de Santillana. Allí observaba la existencia de una generación poética con una formación intelectual notable, marcada coherencia y unos propósitos bien definidos cuyos miembros «parecen haber nacido entre 1370 y 1385». [17] El límite de este estudio lo fijamos por otra parte en los poetas nacidos entre 1460 y 1475. La canción se halla ya completamente constituida y nada añaden los continuadores como Pedro Manuel Ximénez de Urrea o Juan Fernández de Heredia; por otra parte, entre 1475 y 1490 nacieron probablemente Cristóbal de Castillejo y Juan Boscán, para quienes la lírica petrarquista era una realidad viva. Creemos pues que en el período estudiado se cierra el ciclo de la canción cortés en Castilla.

El resultado provisional de las investigaciones de Lapesa fue publicado en forma de cuadro sinóptico por Roberto de Souza. [18] Para nuestros propósitos no podía ser una cronología de base por varias

---

16. *Historia de la Literatura Española*, reimpresión, Nueva York, 1967, vol. I, páginas 132-133.
17. *La obra literaria del Marqués de Santillana*, Madrid, Ínsula, 1957, p. 32.
18. «Desinencias verbales correspondientes a la persona *vos/vosotros* en el *Cancionero General* (Valencia, 1511)» *Filología*, X, 1964, 1-95, p. 37.

razones: la falta de un aparato crítico mínimo que indicara la precisión de algunas dataciones o su simple aproximación, y la indefinición en que quedaban los autores de la época de los Reyes Católicos. Con todo aceptamos su esquema cronológico en cuanto conocemos los criterios con que se elaboró su punto de partida.

Los autores que estudiamos, agrupados por generaciones, son los siguientes:

1. Generación A. Poetas nacidos entre 1340 y 1355.

   a) Pedro González de Mendoza. Se trata del abuelo del Marqués de Santillana, muerto en la desdichada batalla de Aljubarrota (1385). Fue biografiado por Layna Serrano [19] y su datación es conocida de antiguo por la abundante documentación. Nació en 1340. Aunque una aplicación rigurosa de nuestro esquema cronológico lo situaría en una generación de autores nacidos entre 1326 y 1340, tal solución sería en la práctica estéril por el reducido número de poemas que de él conservamos.

   b) Alfonso Álvarez de Villasandino. Se acepta tradicionalmente que este poeta debió nacer entre 1340 y 1350; dada la coherencia de estas fechas con lo que sabemos de su obra y con la probable de su muerte (1424 según conjetura Erasmo Buceta; [20] es una longevidad notoria pero no excepcional), y dado que, de ser mayor, quedaría exactamente en la misma generación que don Pedro González de Mendoza, acepto estas fechas como buenas. Obsérvese que deberíamos retrasar su nacimiento hasta después de 1355 para salirnos del umbral de su generación.

2. Generación B; nacidos entre 1356 y 1370. Sólo sabemos con certeza de don Diego Hurtado de Mendoza. Según las *Generaciones y Semblanzas* murió en 1405 «en Guadalajara, en hedat de quarenta años»; [21] debió nacer, pues, hacia 1365, casi en el centro del ámbito cronológico de esta generación. Su producción, como la de Villasandino y don Pedro González de Mendoza, nos permitirá reconstruir lo que debió ser la canción en el umbral del siglo xv.

3. Generación C: nacidos entre 1386 y 1400. Con estos poetas entramos en el período antologado por la primera floración de cancioneros, la que refleja la producción poética de las Cortes de Juan II de

19. F. Layna Serrano, *Historia de Guadalajara y sus Mendozas en los siglos XV y XVI*, Madrid, 1942, vol. I, pp. 4?-58.
20. »Fecha probable de una poesía de Villasandino y de la muerte del poeta», *Revista de Filología Española*, XVI, 1929, 51-58.
21. Ed. J. Domínguez Bordona, Colección Clásicos Castellanos, Madrid, 1965, p. 45.

Castilla, su homónimo el de Navarra y del Magnánimo en Aragón. En esta generación contamos con:

a) Álvaro de Luna, Condestable de Castilla. Es de conocimiento común tanto su nacimiento en 1390 como su muerte en el cadalso, en Valladolid, el 5 de julio de 1454. [22]

b) Iñigo López de Mendoza, Marqués de Santillana. Nació, como resulta bien sabido, en 1398.

c) Juan de Silva. Debe tratarse del tercer Conde de Cifuentes, único conocido de este nombre cuya cronología resulta compatible con los cancioneros. [23] Es persona conocidísima de quien se ocuparon Alonso López de Haro [24] y Luis de Salazar y Castro, que le dedicó una amplísima biografía. [25] Nació en Toledo en 1399.

d) El Infante don Enrique de Aragón, Maestre de Santiago, tercer hijo de Fernando de Antequera, nació en 1400 y murió en 1445, en la batalla de Olmedo. [26]

4. Generación D: autores nacidos entre 1401 y 1415. Por coincidir de lleno con la compilación de los cancioneros mencionados, tiene una amplísima nómina de poetas, en su mayor parte nobles aficionados. Encontramos entre ellos a:

a) Fernando de Sandoval y Rojas; segundo Conde de Castro, fue biografiado por Luis de Salazar. Aunque no conocemos con precisión la fecha de su nacimiento, de los datos y documentos conocidos [27] se desprende que sus padres, don Diego Gómez de Sandoval y doña Beatriz de Avellaneda, estaban ya casados en 1410; don Diego instituyó mayorazgo para sus tres primeros hijos varones en 1427, el mismo año en que casaron el poeta y su hermana María con Juana y Diego de Mendoza. Sabemos también que fue preso en la desdichada derrota aragonesa de

22. Véase por ejemplo D. GUTIÉRREZ CORONEL, *Historia Genealógica de la Casa de Mendoza*, col. Biblioteca Conquense, núms. II y IV, Madrid, CSIC, 1945, vol. II, p. 61.

23. J. ROMEU FIGUERAS, *Cancionero Musical de Palacio*, Barcelona, 1949-1951, vol. III, A, p. 205.

24. *Nobiliario Genealógico de los Reyes y Títulos de España*, Madrid, 1622, pp. 535 ss. Es impresión resumida y muy descuidada de un original que se conserva incompleto en la Real Academia de la Historia, Colección Salazar, C-21. Entre otros errores del impreso hemos de anotar, por su gravedad, la datación de la muerte de Juan de Silva, acaecida en 1464 como dice el manuscrito y no en 1474, como por errata consta en la impresión.

25. *Historia Gen1. lógica de la Casa de Silva*, dos vols., Madrid, 1685, vol. I, pp. 220-261.

26. Así se desprende del hecho de haber obtenido al Maestrazgo a los nueve años, en 1409. Véase F. FERNÁNDEZ DE BETHENCOURT, *Historia Genealógica y Heráldica de la Monarquía Española*, 10 vols., Madrid, 1877-1920, vol. III, p. 384. Véase también F. RADES Y ANDRADA, *Chronica de las tres Ordenes y Cavallerias de Sanctiago, Calatraua y Alcantara* (...), Toledo, 1572, pp. 56 y ss.

27. SALAZAR Y CASTRO, *Historia genealógica de la Casa de Lara*, cuatro vols., Madrid, Imprenta Real, 1696-1697, vol II, pp. 47, 56 y 68, y vol. III, pp. 508 y ss.

Ponza (1435) por lo que nos parece atinado situar su nacimiento antes de 1415.[28]

b) Según conjetura de Cotarelo, aceptada por todos sus continuadores, Antón de Montoro debió nacer hacia 1404.[29]

c) El rey don Juan II de Castilla nació el 6 de marzo de 1405.[30]

d) Rodrigo Manrique, Maestre de Santiago, tan conocido por sus gestas como por la elegía que le dedicó su hijo, según Salazar «vio la primer luz el año de el Señor 1406».[31]

e) Lope de Stúñiga es más conocido por detentar arbitrariamente el cancionero de su nombre que por los notables méritos de su vida caballeresca y su obra poética. «Su fecha de nacimiento, dada la de consumación del matrimonio de sus padres (1403) y el número de orden que hizo entre sus hermanos, cabe suponerla anterior al año 1410. Sensiblemente, por congruencia con otros hechos datados de su biografía y las de sus familiares, hacia 1407.»[32]

f) Juan de Dueñas fue biografiado por Francisca Vendrell, que fijó su nacimiento como más probable entre 1400 y 1410.[33] Podemos aceptar una datación tan imprecisa por caer plenamente entre los límites cronológicos de esta generación.

g) Juan de Valladolid nació entre 1403 y 1410.[34]

h) Juan Pimentel, Conde de Mayorga, fue otro modelo de caballería en la corte castellana de tiempos de Juan II. Fue muerto de un hachazo por su ayo, Pedro de la Torre, en Benavente, en 1437, en un entrenamiento; según Juan Agraz, que dedicó una composición a este desdichado accidente, tenía entonces veintisiete años, por lo que debió nacer hacia 1410.[35]

28. Véase también G. Argote de Molina, *Nobleza del Andalucía*, Sevilla, 1588, p. 268. Alonso López de Haro confunde la cronología del matrimonio de sus padres (*Op. cit.*, p. 161).

29. M. Menéndez Pelayo, *Antología de poetas líricos castellanos*, Santander-Madrid, 1944, vol. II, p. 302 y R. Ramírez de Arellano, «Antón de Montoro y su testamento», *Revista de Archivos, Bibliotecas y Museos*, IV, 1900, 484-489, pp. 484 y 485.

30. L. Suárez Fernández, *Los Trastámara de Castilla y Aragón en el siglo XV*, en *Historia de España*, dirigida por D. R. Menéndez Pidal, vol. XV, Madrid, 1964, p. 29.

31. *Casa de Lara*, vol. II, p. 284. Amplia biografía en pp. 283-321 (Libro X, cap. I) que ha servido de base a cuantos se han ocupado de él en nuestros días.

32. E. Benito Ruano, «Lope de Stúñiga, vida y cancionero», *Revista de Filología Española*, LI, 1968, 17-109, pp 20-21.

33. *La Corte literaria de Alfonso V de Aragón*, Madrid, 1933, p. 73, luego resumido en la introducción a *El cancionero de Palacio*, Barcelona, CSIC, 1945, pp. 73-75.

34. E. Levi, «Un juglar español en Italia», *Homenaje a don R. Menéndez Pidal*, vol. III, pp. 419-439.

35. F. Vendrell, *El cancionero de Palacio*, p. 37, y mejor aún Ch. Aubrun, *Le chansonnier espagnole d'Herberay des Essarts*, Burdeos, 1951, p. XCIII.

i) Juan de Mena: Florence Street, perfilando datos conocidos de muy antiguo, supone que probablemente nació poco después de las navidades del año 1411, en Córdoba. [36]

j) Carlos de Arellano se viene identificando tradicionalmente como hijo de su homónimo y nieto de Juan Ramírez el Joven, hermano de Juan Ramírez de Arellano, [37] entre una selva de parientes y descendientes del mismo nombre. [38] Aceptando como cierta la identificación tradicional, debió de nacer entre 1400 y 1412; en esta fecha murió su padre en Zaragoza, cuando acompañaba el séquito de Fernando de Antequera, dejando al primogénito, Juan Ramírez, menor de edad. [39] En 1512 cantaba Gil Vicente su martirio de amor a los 101 años de edad, y no andaba tan equivocado como supone Aubrun haciéndolo tan longevo, pues su testamento data de 1482.

k) D. Diego de Valera sabemos que confesaba sesenta y nueve años en 1481, por lo que debió nacer hacia 1412. [40]

l) El mismo año nació Gómez Manrique, hermano del Maestre don Rodrigo. [41]

ll) Gómez Carrillo de Acuña es bien conocido en los nobiliarios; [42] según don Rafael Lapesa, en el momento de su matrimonio (1434) tenía veintidós años, por que debió de nacer hacia 1412. [43]

5. Generación E. Autores nacidos en 1416 y 1430.

a) Diego de Sandoval era hermano de Fernando de Sandoval y Rojas. Lo único que se puede decir con exactitud sobre su nacimiento es que fue posterior al de aquél; con todo, considerando que casó en 1440 y testó en 1491 [44] nos inclinamos a considerar que debió nacer después de 1416. Adelantar esta fecha nos llevaría a una longevidad anómala, aunque no excepcional, y a un matrimonio muy tardío, más allá de los veinticinco años; ni qué decir tiene que todo ello es posible, aunque no probable. [45]

36. «La vida de Juan de Mena», *Bulletin Hispanique*, LV, 1953, 14-173, p. 149.
37. Aubrun, *Op. cit.*, pp. CII-CIII.
38. Para su conocimiento y el de su familia véase Salazar, *Casa de Lara*, vol. I, pp. 381-389 y vol. II, pp. 146-147.
39. *Ibidem*, vol. I, pp. 381 y 384.
40. M. Sancho de Sopranis, «Sobre Mosén Diego de Valera. Notas y documentos para su biografía», *Hispania*, VII, 1947, 531-533, p. 541. El dato no escapó a Menéndez Pelayo, que en su *Antología* data su nacimiento en Cuenca en 1412 (*Ed. cit.*, vol. III, p. 221).
41. *Ibidem*, vol. II, p. 341.
42. Véase por su fácil acceso F. Fernández de Bethencourt, *Op. cit.*, vol. III, páginas 206-210.
43. *La obra literaria del Marqués de Santillana*, p. 52 nota.
44. Salazar precisa en otra parte que murió en 1495 (*Advertencias históricas sobre las obras de algunos doctos escritores modernos...*, Madrid, 1688, p. 207).
45. Salazar, *Casa de Lara*, vol. III, pp. 510-512; de ahí proceden los datos utilizados

b) Carecemos de noticias seguras sobre el nacimiento de Fernando de la Torre; A. Paz y Meliá, basándose en que al parecer «perteneció al núcleo de donceles distinguidos que acompañaron a los prelados y embajadores al Concilio [de Basilea] (...) y como aquél se celebró en 1434» concluyó: «cabrá suponer a Fernando de edad de unos 18 años y fijar su nacimiento hacia 1416».[46] El argumento carece de la necesaria consistencia: esta fecha es el umbral de su generación y el retroceso de un solo año bastaría para arrojarlo a la anterior. Con todo se la ha aceptado por dos razones: parece preferible apostar por una edad temprana para un doncel, y, por otra parte, el análisis de ambas generaciones revelaba una notoria unidad en sus preferencias formales para la canción; una vez decidida su agrupación en un mismo período, un error en este tema carecía de relieve.

c) Don Pedro Girón, Maestre de Calatrava, cometió el error de pretender en matrimonio a la Princesa Isabel de Castilla, con el beneplácito de Enrique IV y la radical oposición de la interesada. Esto lo convirtió en el blanco de las idas del bando vencedor, lo que para nuestra fortuna hizo que los cronistas hablaran mucho de él, aunque malo. Sabemos que murió en Villarrubia de los Ajos cuando se dirigía a la Corte para su matrimonio, el dos de mayo de 1466, a los cuarenta y tres años de edad.[47] Nació pues hacia 1423.

d) Fray Iñigo de Mendoza, ocasional poeta cortés, debió nacer en Burgos poco después de 1424, fecha del matrimonio de sus padres, en opinión de J. Rodríguez Puértolas.[48]

e) Pedro González de Mendoza, Gran Cardenal de España, hijo del ilustre Marqués de Santillana y descendiente de tres generacio-

---

por GUTIÉRREZ CORONEL, *Op. cit.*, pp. 328-329. Hay documentación abundante y poco conocida sobre esta Casa; citaré por ejemplo a Pedro SALAZAR DE MENDOZA, *Descendencia de los Sandoval y línea de la Casa de Lerma y Marqueses de Denia*, Biblioteca Nacional. mss. 3277 y el impreso del Dottore Filadelfo Mugnos titulado *All'Illvstrissimo et Eccellentissimo signor Don Rodrigo de Mendoza, Saldoval, de la Vega, e Luna* (...), s. l. s. a. clasificado como manuscrito en la Biblioteca Nacional de Madrid con la signatura Ms. 11483.

46. Introducción al *Cancionero*, Gesellchaft für romanische Literature, XVI, Dresde, 1907, p. VIII.

47. G. GUDIEL, *Compendio de algunas historias de España* (...) *y especialmente se da noticia de la antigua familia de los Girones*, Alcalá, 1577, fol. 97 (biografía entre los folios 91 y 99). Se ocupó también de él Fray F. de Rades y Andrada (*Op. cit.*, fols. 72-77), López de Haro (*Nobiliario*, edición citada, pp. 384-385) y Luis de Salazar (*Casa de Lara*, vol. II, p. 591). Entre los modernos citaré sólo a Fernández de Bethencourt (*Op. cit.*, vol. II, pp. 502-528) y Francisco Uhagón (*Órdenes Militares*, Discursos leídos ante la Real Academia de la Historia en la recepción pública del Excmo. Sr. D. ——, el día 25 de mayo de 1898, pp. 12-35).

48. Introducción al *Cancionero*, Colección Clásicos Castellanos, n.º 163, Madrid, 1968.

nes de poetas nació el tres de mayo de 1428 en la villa de Guadalajara. [49] Su ocasional dedicación a la poesía amorosa se debe tanto a la tradición familiar como a su personal inclinación; se le conocen dos hijos habidos con doña Mencía de Lemos, dama de la Reina Juana, y un tercero con doña Inés de Tovar, hija de Juan de Tovar y de María de Toledo.

6. Generación F: poetas nacidos entre 1431 y 1445.

   a) Juan Álvarez Gato. Desde los estudios de Jenaro Artiles se viene aceptando que nació entre 1440 y 1450; [50] aún faltando datos más concretos, hemos de aceptar la primera fecha «a juzgar por sus relaciones con otros poetas de su tiempo». [51] El análisis de sus canciones, muy vinculadas al gusto de las generaciones precedentes, confirmará lo acertado de esta opción.

   b) A pesar de la rara unanimidad con que se ha aceptado la fecha de 1440 como del nacimiento de Jorge Manrique, tampoco hay prueba en este sentido. Con todo la datación es tan coherente con sus relaciones literarias y con su vida militar que hemos de aceptarla como enteramente verosímil. [52] Si el estudio de la obra de Juan Álvarez inducía en todo caso a adelantar la fecha propuesta para su nacimiento, la de Manrique más bien tiende a retrasarse, en cuanto su poesía anticipa la norma del *Cancionero General*.

   c) García Álvarez de Toledo debe ser el Duque de Alba al que se atribuyen canciones en diversos cancioneros, puesto que alguna de ellas fue popular en tiempos de Enrique IV. [53] Considerando que sus padres, Fernán Álvarez de Toledo y María Carrillo, casaron en 1440 y que ya en 1448 se le desposó con María Enríquez, cabe suponerlo nacido entre 1441 y 1445. [54]

49. P. Salazar de Mendoza, *Crónica del Gran Cardenal de España, Don Pedro Gonçalez de Mendoza*, Toledo, 1625, p. 62. Resulta más asequible Gutiérrez Coronel, *Op. cit.*, pp. 373-379.

50. Introducción a las *Obras completas* del poeta, colección Los Clásicos Olvidados, vol. IV, Madrid, 1928, pp. XVIII y ss. Véase la opinión de Francisco Márquez Villanueva, *Investigaciones sobre J. A. G.*, Anejos del Boletín de la Real Academia Española, n.º IV, Madrid, 1960, p. 42.

51. J. M. Blecua, *Los grandes poetas del siglo XV*, en la *Historia General de las Literaturas Hispánicas*, vol. II, pp. 73-163, Barcelona, 1951, p. 135.

52. A. Serrano de Haro, *Personalidad y destino de J. M.*, Madrid, Gredos, 1966, pp. 18 y ss.

53. J. Romeu Figueras, *Cancionero de Palacio*, vol. III A, n.º 1.

54. L. Salazar y Castro, *Índice de las glorias de la Casa Farnese*, Madrid, 1716, p. 590 y, especialmente, los *Árboles genealógicos de las casas de Berwick, Alba y agregadas*, Madrid, 1927. A López de Haro, en la versión manuscrita del *Nobiliario* (Real Academia de la Historia, Colección Salazar, mss. C-21 fol. 35 v.) adelanta esta fecha a 1433, con lo que obtiene una datación que permite pensar en un matrimonio en edad núbil y encaja con su muerte en 1488. Recuérdese con todo que este autor padece a menudo de inexactitudes, pero en cualquiera de los dos casos nos encontramos en los límites de la generación F.

d) Alfonso Enríquez, Almirante de Castilla, como conjetura Aubrun,[55] debe ser el segundo de este nombre, adscrito al bando aragonés, del que enumera intervenciones políticas entre 1445, fecha en que fue armado caballero, y su intervención en las vistas de los príncipes Isabel y Fernando en 1469. Aunque tenemos pocos datos seguros, podemos conjeturar que nació dentro de los límites de esta generación por varias razones:

1) D.ª María de Ayala, primera esposa de su padre don Fadrique Enríquez, murió en 1431. Ignoramos en que fecha casó éste con su segunda esposa, doña Teresa de Quiñones, matrimonio del que nació nuestro autor. La *Crónica de don Juan II* los cita como casados en el año 1451.[56]

2) Don Alfonso Enríquez casó con doña María de Velasco y de este matrimonio nacieron al menos tres hijos, don Fadrique, don Hernando y doña Juana. Sabemos que el primogénito nació en 1457,[57] por lo que el padre debía tener como mínimo catorce años.

3) Todo ello nos lleva a conjeturar que debió nacer entre 1432 y 1443, o sea en medio del ámbito cronológico de esta generación.[58]

e) El Conde de Feria del *Cancionero General* de 1511[59] debe de ser don Gómez Suárez de Figueroa, segundo de este título. Lo heredó de su padre don Lorenzo, muerto en 1441; casó en 1454 con Constanza Osorio, muerta en 1485, sin hijos, y en segundas nupcias en 1491 con doña María de Toledo, muerta en 1499. De este matrimonio nació el sucesor, llamado Lorenzo como su abuelo, que casó en 1528.[60] Éste es a todas luces demasiado joven para figurar en nuestro *Cancionero*. Sabemos que los padres de don Gómez, Lorenzo y María Manuel, contrajeron ma-

55. *Le chansonnier espagnole d'Herberay des Essarts*, p. LXXIV.
56. Edición de Valencia, 1779, año 45 del reinado.
57. A. CLARET, «Los Enríquez, Almirantes de Castilla», en *Revista de Historia y Genealogía Española*, VI, 1917, 488 ss. y 558 ss., p. 599.
58. Entre los estudiosos antiguos puede verse SALAZAR Y MENDOZA, *Origen de las dignidades seglares de Castilla y León*, Madrid, 1657, fol. 70, SALAZAR Y CASTRO, *Casa de Lara*, vol. I, p. 521, y vol. II, pp. 47 y 590, y *Glorias de la Casa Farnese*, p. 599. Véase también GUTIÉRREZ CORONEL, *Casa de Mendoza*, pp. 125-126, aunque todos ofrecen los mismos datos.
59. Cito por la edición facsímil preparada por D. A. Rodríguez Moñino, Madrid, Real Academia Española, 1958. Para las poesías añadidas en las sucesivas reediciones, seguiré el *Suplemento al Cancionero General de Hernando del Castillo*, Valencia, Castalia, 1959.
60. Véase GUTIÉRREZ CORONEL, *Casa de Mendoza*, ed. cit., p. 165 (con el nombre de Gonzalo). F. CARO DE TORRES, *Historia de las Ordenes Militares de Santiago, Calatrava y Alcantara*, Madrid, 1627, fol. 37-41, LÓPEZ DE HARO, *Nobiliario* (...), versión manuscrita, fol. 67 y ss., SALAZAR Y CASTRO, *Casa Farnese*, p. 600 y, especialmente, *Casa de Lara*, vol. I, pp. 455-459.

trimonio en julio de 1435; el 10 de junio de 1442 don Lorenzo recibió facultad para vincular mayorazgo en don Gómez,[61] por lo que éste debió nacer entre 1436 y 1442.

7. Generación G: poetas nacidos entre 1446 y 1460.

a) Carlos de Guevara era segundo hijo de don Iñigo de Guevara (1420-1500) y doña Beatriz de Guzmán (muerta antes de 1455). Considerando que don Iñigo dejó el capelo cardenalicio y casó para suceder a su hermano, don Pedro Vélez de Guevara, que murió sin herederos, parece verosímil considerarlo nacido después de 1445, cuando su padre tenía veinte y cinco años.[62]

b) Hay varios Alfonso en el linaje de los Silva, Condes de Cifuentes. El autor del *Cancionero General* no creo que sea el segundo Conde, nacido en 1429, por ser demasiado viejo entre los poetas compilados por Hernando del Castillo y porque, en este caso, se le citaría por el título. Se trata probablemente de su segundo hijo. Sabemos que el primogénito, tercer Conde, nació en 1452[63] y que la madre, doña Isabel de Castañeda, murió en 1462,[64] naciendo en este intervalo cinco hijos: Alonso, Pedro, Lope, Leonor y María. Aún admitiendo la posibilidad de que las dos hijas hubieran nacido intercaladas entre los varones (Salazar suele ordenar en series independientes los varones y mujeres de una familia) podemos establecer con toda seguridad que este Alonso de Silva nació entre 1453 y 1460.

c) El Juan Manuel del *Cancionero General* fue un diplomático portugués que negoció los matrimonios entre su rey y las princesas castellanas.[65] Era hijo del carmelita Frey João, Obispo de Guarda, y de su feligresa Justa Rodrigues, «de família abastada, mas não nobre». El obispo consiguió legitimar a sus hijos el 15 de noviembre de 1475, poco después de «haver instituido um morgado a favor do mais velho [nuestro poeta] menor então de 25 anos».[66] Estos datos hacen que todos los tratadistas hayan situado su nacimiento entre 1450 y 1460. Murió en Castilla, hacia 1498 o comienzos de 1499.

d) El Portocarrero del *Cancionero General* debe ser Luis Fernández de Portocarrero, «uno de los más excelentes varones de na-

---

61. *Ibidem*, pp. 455-456.
62. *Ibidem*, vol. II, pp. 50, 74 y ss., 156 y ss. y 432 y ss.
63. Salazar y Castro, *Casa de Silva*, cit., vol. I, p. 290.
64. *Ibidem*, p. 273. Véase también F. Layna Serrano, *Historia de Cifuentes*, Guadalajara, 1979, pp. 100 y ss., que coincide con estas fechas, aunque añade dos hijos más.
65. Menéndez Pelayo, *Antología*, vol. III, p. 327, y muy especialmente C. Michaelis de Vasconcelos, *Estudos sôbre o Romanceiro Peninsular*, segunda edición, Coimbra, 1934, pp. 205-207.
66. *Ibidem*, p. 206.

ción en tiempos de los Reyes Católicos, que produjo tantos y tan grandes» al decir de Luis de Salazar.[67] Nos dice también este autor que dio carta de pago por la dote de su mujer el 29 de julio de 1468 (el matrimonio se había capitulado el 29 de julio de 1459) y «la juró por ser menor de 25 [años], aunque mayor de 18».[68] Sabiendo que sus padres casaron en 1447 (la escritura correspondiente lleva fecha del 6 de junio) debió nacer entre 1448 y 1450.

e) Juan Téllez Girón, segundo Conde de Ureña, fue hijo de otro personaje conocido, don Pedro Girón. Nos dice Gudiel que «murio en Ossuna de edad de setenta y dos años, jueves, a veynte y uno de Mayo dia de la Ascension entre diez y once de la mañana del año de mill y quinientos y veynte y ocho».[69] Nacería pues hacia 1456.

f) El Cartagena del *Cancionero General* y del que se conserva en el British Museum[70] ha sido identificado y biografiado en un magistral trabajo de Juan Bautista Avalle-Arce.[71] Se trata de Pedro de Cartagena, emparentado con aquel famoso linaje de conversos. «Nació en Valladolid el 7 de marzo de 1456, hijo de García Franco y de María de Sarabia; allí, en la misma ciudad, se desposó en 1473 con D.ª Guiomar, hija de D. Pero Niño, Merino Mayor de Valladolid, y de D.ª Isabel de Castro, señora de Castroverde, y el 22 de mayo de 1486, apenas cumplidos los treinta años, lo mataron los moros en el sitio de Loja».[72]

g) Fadrique Enríquez, que fue también Almirante de Castilla como don Alonso su padre, nació, como dijimos, en 1457, lo sucedió en sus estados en 1485 y murió el siete de enero de 1537, a los ochenta años, sin descendencia.[73]

h) El Vizconde de Altamira del *Cancionero General* ha sido objeto de otra monografía de J. B. Avalle-Arce. Se trata de Alonso Pé-

---

67. *Casa de Lara*, vol. II, p. 593; se ocupa de él en las páginas siguientes. Véase también FERNÁNDEZ DE BETHENCOURT, *Op. cit.*, vol. VI, pp. 29-33, y J. PELLICER DE OSSAU Y TOVAR, *Genealogía de la noble y antigua Casa de Cabeza de Vaca* (...), Madrid, 1652, fol. 17 v.

68. *Casa de Lara*, cit., p. 594.

69. *Compendio*, p. 108. Véanse además las páginas 99-109, LÓPEZ DE HARO, *Nobiliario*, ms. cit., fol. 49 y ss., y FENÁNDEZ DE BETHENCOURT, *Op. cit.*, vol. II, pp. 500 y 528-533.

70. Cito este Cancionero por la edición de H. A. Rennert («Der Spanische Cancionero des British Museums», *Romanische Forschungen*, X, 1899, 1-176).

71. «Cartagena, poeta del *Cancionero General*», en el *Boletín de la Real Academia Española*, XLVII, 1967, 287-310, por el que cito. Incluido más tarde con modificaciones respecto a su fama póstuma en *Temas hispánicos medievales*, Madrid, Gredos, 1974, pp. 280-315.

72. *Op. cit.*, p. 292. Véase también el trabajo de F. CANTERA BURGOS, «El poeta Cartagena y sus ascendientes los Franco», *Sefarad*, XXVIII, 1968, 3-39, en gran parte réplica del anterior.

73. CLARET, *Op. cit.*, p. 559.

rez de Vivero, segundo de este título, que sucedió a su padre, don Juan de Vivero, antes de 1480. Según el *Cronicón de Valladolid*, nació en esta ciudad «el sábado en la noche de 8 de septiembre de 1458».[74]

8. Generación H. Poetas nacidos entre 1461 y 1475.

a) Iñigo Pérez de Velasco, tercer Condestable de Castilla en su familia y segundo Duque de Frías, heredó estos títulos de su hermano Bernardino, nacido en 1454 y muerto sin sucesión el 9 de febrero de 1512. Nacido en 1461 fue un paladín del Emperador contra las Comunidades y murió el 17 de septiembre de 1528.[75]

b) La fecha de nacimiento de Garci Sánchez de Badajoz es muy controvertida; se aceptaba tradicionalmente la conjetura de que hubiera nacido hacia 1460, pero su editor P. Gallagher[76] retrasa su nacimiento hasta 1480. Alega que la del *Cancionero Musical de Palacio* debe posponerse hasta 1520-1525 y el *Cancionero del British Museum* al menos de 1500 a 1525; dejaremos de lado estos argumentos, que no implican forzosamente retrasar la fecha de nacimiento de un autor, para fijarnos en un tercer Cancionero, el *General* de 1511.

Hernando del Castillo incluyó dieciséis composiciones de Garci Sánchez en su edición de 1511. Esta cifra sólo es superada por el Marqués de Santillana, Antón de Montoro, Juan de Mena, Diego de San Pedro, Jorge Manrique, Juan Álvarez Gato, Alonso de Cardona, Cartagena, el Vizconde de Altamira y Juan Fernández de Heredia. El lector observará cómo los más jóvenes pertenecen a la generación nacida entre 1446 y 1460; ninguno de ellos nació después de esta fecha excepto Juan Fernández de Heredia,[77] poeta áulico valenciano que se movía en los mismos círculos que el compilador. Otro tanto sucedió en la reedición de 1514. Allí se añaden veintiséis composiciones de Garci Sánchez, que pueden equipararse a las dieciesiete de Portocarrero, las veintidós de otra valenciano, el Comendador Escrivá, y dieciocho del italiano Bertomeu Gentil.

En conjunto, Hernando del Castillo parece ignorar lo que

74. «El Vizconde de Altamira», en *Temas hispánicos medievales*, pp. 316-338, especialmente p. 328.

75. Pueden espigarse datos en SALAZAR DE MENDOZA, *Origen de las dignidades*, p. 132, P. FERNÁNDEZ DE VELASCO, *Seguro de Tordesillas* (...), segunda edición, Madrid, 1784, pp. XV-XVII y GUTIÉRREZ CORONEL, *La Casa de Mendoza*, p. 180. La cronología fue establecida por E. COTARELO, «La dama castellana a fines del siglo XV», *Boletín de la Real Academia Española*, III, 1916, 80-88, pp. 84-86 y nota.

76. Introducción a *The life and works of G. S. de B.*, Londres, Tamesis Books, 1968.

77. Se le supone nacido entre 1480-1485. Véase R. Ferreres en la edición de las *Obras* del poeta, Col. Clásicos Castellanos, n.º 139, Madrid, 1955, p. XI.

estaban haciendo los poetas castellanos nacidos con posterioridad a 1460, incluso después de que el éxito de su *Cancionero* lo
facultase para ser el crítico mejor situado de su tiempo. Resulta
muy sintomático que sólo encontremos seis poemas atribuibles
a este período: uno del Marqués de Astorga, otro de Diego de
Mendoza y sólo cuatro de Juan del Encina, que había publicado
gran parte de su obra; de los poetas jóvenes sólo tiene en cuenta los ingenios valencianos. Creo, por tanto, que debe mante-
nerse para Garci Sánchez, que con gran seguridad no tuvo contactos con el círculo valenciano, una datación más antigua, por
lo que lo incluyo entre los nacidos de 1460 a 1475.

c) Pedro Álvarez Ossorio, tercer Conde de Trastámara y segundo
Marqués de Astorga, debió nacer, según documentos de la Colección Salazar, hacia 1463.[78]

d) Diego de Mendoza, Conde de Melito y quinto poeta de su linaje, fue segundo hijo del Gran Cardenal y doña Mencía de Lemos, que casó más tarde con Suero de Quiñones.[79] Tuvo una
vida militar muy activa en Granada y en Italia que le valió el
título condal, y fue Virrey de Valencia durante las Germanías.
Nació en 1466.[80]

e) Juan del Encina nació el 12 de julio de 1468.[81]

f) García de Resende, de quien conservamos algunas canciones en
un castellano más bien malo, nació hacia 1470 y murió en 1536.[82]

Las canciones cuyo texto ha sido sometido al análisis estilístico y
lingüístico son las siguientes:

Generación A: Alfonso Álvarez de Villasandino: *Cancionero de Baena*,
n.º 5, 8, 10, 11 a 15, 17, 19, 27, 32, 43 a 45, 49 y 50. Pero González
de Mendoza, *Ibidem*, n.º 251, 251a y 251b (cito por la edición de
J. M. Azáceta, Colección Clásicos Hispánicos, CSIC, Madrid, 1966,
que respeta la numeración introducida por P. J. Pidal en la suya
de 1851).

Generación B: Diego Hurtado de Mendoza, *Cancionero de Palacio*, n.º 6,
36 y 38.

---

78. Rodrigo Álvarez Osorio, *Breve compendio sobre el origen y genealogia de los
Osorios*, Mss. B-82, fol. 37. Véase además López de Haro, *Nobiliario*, impreso cit., p. 284,
con errores de datación como es habitual, y mejor las breves referencias de A. Vargas-
Zúñiga, «Títulos y grandezas del reino» (*Hidalguía*, I, 1953, 9, 217 y 453, II, 1954, 9,
213, 421 y 629, III, 1955, 17, 161, 305, 449 y 897 y IV, 1959, 17, 161 y 449), vol. III, p. 421.
79. Salazar y Castro, *Casa de Silva*, p. 227.
80. Véase también Gutiérrez Coronel, *Casa de Mendoza*, pp. 387-391, J. Mateu
Ibars, *Los Virreyes de Valencia*, Valencia, 1963, pp. 109-113 y Vargas-Zúñiga, *Op. cit.*,
vol. III, p. 908.
81. M. Espinosa Maeso, «Datos biográficos de Juan del Encina», *Boletín de la
Real Academia Española*, VIII, 1921, 640-656, p. 645.

Generación C: Álvaro de Luna (*Ibidem*, n.º 2, 195 a 197, 199, 200, 203, 205), Enrique de Aragón (*Cancionero de Herberay*, n.º 185 y 186), Juan de Silva (*Cancionero de Palacio*, n.º 35, *Cancionero del British Museum*, n.º 96), Marqués de Santillana (*Obras*, edición de J. Amador de los Ríos, Madrid, 1852): «Bien cuydava yo servir», pág. 434, «Quien de vos merçet espera», pág. 444, «Recuérdate de mi vida», pág. 446, «Quanto más vos mirarán», pág. 447, «Há bien errada opinión», pág. 452, «Señora, muchas merçedes», pág. 453, «Nuevamente se m'ha dado», pág. 458 y «De vos bien servir», pág. 460).

Generación D: Antón de Montoro (edición Cotarelo y Mori, Madrid 1900, n.º 35, 49 y 61), Carlos de Arellano (*Cancionero de Herberay*, n.º 177), Diego de Valera (*Cancionero de Roma*, ed. M. Canal Gómez, Florencia 1935, n.º 177), Fernando de Rojas (*Cancionero de Palacio*, n.º 222), Gómez Carrillo de Acuña (*Cancionero de Palacio*, n.º 193), Gómez Manrique (ed. Paz y Meliá, Madrid 1885, n.º 15, 18, 19 y 23), el rey don Juan II de Castilla (*Cancionero de Palacio*, n.º 241), Juan de Dueñas (*Cancionero de Herberay*, n.º 132), Juan de Mena (*Ibidem*, n.º 52 y 57), Juan de Valladolid (*Ibidem*, n.º 199), Juan Pimentel (*Cancionero de Palacio*, n.º 14), Lope de Stúñiga (E. BENITO RUANO, «L. de S. Vida y cancionero», *Revista de Filología Española*, LI, 1968, 17-109, n.º 6), Rodrigo Manrique (*Cancionero General* de 1511, n.º 379 en el índice de primeros versos de don A. Rodríguez Moñino, y *Cancionero de Herberay*, n.º 151).

Generación E: Diego de Sandoval (*Cancionero de Herberay*, n.º 168), Fernando de la Torre (ed. Paz y Meliá, Gesellchaft für romanische Literatur XVI, Dresden, 1907, «De quien se sienpre sere» y «Cierta mente si sera», pág. 153, «Donzella, por vos amar», «O quan negro fue aquel dia», en pág. 154, «El dia que vos no veo», «Fasta aqui nunca pensse» y «Por servir su señoria», pág. 155, «Quien tanto bien me priuo» y «En pensar en el deseo», pág. 157, «Ya tan grande es ell'amor», pág. 158, «Obra fue vuestro nasçer», pág. 160, «Que fiziese me mandastes» y «Sy asi como graçiosa», pág. 162-163, «Sy a mi grand perdiçion», pág. 164 y «Quien fermosura partio», pág. 165), Fray Iñigo de Mendoza (*Cancionero General* de 1511, n.º 853 del susodicho índice), Pedro González de Mendoza (C. B. BOURLAND, «The unprint poems of the Spanish "Cancioneros" in Bibliothèque Nationale de Paris», *Revue Hispanique*, XXI, 1909, 460-566, pág. 509, *Cancionero del British Museum*, ed, cit., n.º 290 y *Cancionero Musical de Palacio*, ed. cit. n.º 8).

---

82. MICHAËLIS DE VASCONCELOS, *Op. cit.*, p. 226.

Generación F: Alfonso Enríquez (*Cancionero de Herberay*, n.º 109 y 152), García Álvarez de Toledo (*Cancionero Musical de Palacio*, n.º 1 y *Cancionero General* de 1511, n.º 950 del índice), Gómez Suárez de Figueroa (*Cancionero General* de 1511, n.º 839 del índice), Juan Álvarez Gato (ed. J. Artiles Rodríguez, Madrid, 1928, n.º 9, 11, 16, 17, 28, 36, 52), Jorge Manrique, «Quien no'stuviere en presencia», «No sé por qué me fatigo», «Es vna muerte escondida», «Por vuestro gran merecer», «Con dolorido cuidado», «Quanto más pienso seruiros», «Justa fue mi perdición» y «No tardes, Muerte, que muero», ed. A. Cortina, Madrid, 1966, págs. 68-75).

Generación G: Cartagena (*Cancionero General* de 1511, n.º 161, 170, 184, 185, 228, 591, 867, 966), Juan Manuel (*Ibidem*, n.º 488 y 775 del susodicho índice), Alonso Pérez de Vivero, Vizconde de Altamira (*Ibidem*, n.º 121, 419), Alonso de Silva (*Ibidem*, n.º 660), Carlos de Guevara (*Ibidem*, n.º 318), Fadrique Enríquez (*Ibidem*, n.º 717), Juan Téllez Girón (*Cancionero General* de 1514, ed. cit., n.º 63) y Portocarrero (*Ibidem*, n.º 72, 73, 75, 95).

Generación H: Diego de Mendoza (*Cancionero General* de 1511, n.º 112 del índice), García de Resende (*Cancioneiro Geral*, Lisboa, Centro do Livro Brasileiro, 1973, vol. V, pág. 355, «Los mys ojos toda ora»), Garci Sánchez de Badajoz (ed. cit., n.º 20, 37, 41, 44 y 45), Iñigo Pérez de Velasco (*Cancionero General* de 1511, n.º 178 del índice), Juan del Encina (ed. R. O. Jones y C. Lee, Madrid, 1975, n.º 5, 6, 8, 9, 16, 17, 19, 20, 23, 49 y 111) Pedro Álvarez Ossorio, Marqués de Astorga (*Cancionero del British Museum*, n.º 285).

LA GÉNESIS DE LA CANCIÓN

Si realizamos un rápido repaso a la cronología de los últimos trovadores en Portugal, observaremos en seguida un factor del mayor interés: lo rápido de su desaparición. Tras la muerte del rey don Denís, los *cancioneiros* ya sólo nos conservan los nombres de algún superviviente y los de sus dos hijos: Alfonso Sanches y Pedro de Barcelos. En acertada expresión de Manuel Rodrigues Lapa, «após a morte de D. Dinis, em 1325, a nossa poesia arrasta ainda uma vida obscura, até que se extingue em meados do século XIV».[1]

Mucho se ha hablado sobre las causas de este fenómeno,[2] pero podría quizá aplicarse una actitud hipercrítica y suponer que no es necesario pensar en una decadencia inmediata del cultivo poético sino en un cierto desinterés social, un cambio en la valoración estética que relegara la lírica al cultivo oral, reduciendo al mínimo su reproducción escrita. El mismo fenómeno de que los últimos trovadores copiados sean de familia real y de que el más antiguo añadido al antígrafo del que proceden los *Cancioneiros* sea la *cantiga* de Alfonso XI, parecen sugerir que tales composiciones no se copiaron por su valoración intrínseca sino por la personalidad del autor. El apogeo simultáneo de la prosa, el desarrollo de la poesía didáctica y sapiencial, la escasez de códices regios con obras poéticas, son otros tantos indicios de un desplazamiento que, si no presupone la desaparición de la lírica cortesana, debió debilitarla considerablemente. En las próximas páginas veremos qué se puede deducir de las escasas muestras conservadas y cómo esta lí-

---

1. En *Lições de Literatura Portuguesa. Época Medieval*, 7.ª ed., Coimbra, 1970, p. 297.
2. Cambios de orientación en la psicología portuguesa, predominio de lo mercantil y burgués, preferencia por los poemas narrativos (*lais*) y la prosa (el *Amadís* de Vasco de Lobeira), etc. Véase M. R. LAPA, *Op. cit.*, pp. 298-302 y T. BRAGA, *Cancioneiro Portuguez da Vaticana*, Lisboa, 1878, pp. LXXIV y ss., y, especialmente, G. TAVANI, «L'ultimo periodo della lirica galego-portoghese: archiviazione di un'esperienza poetica», *Revista da Biblioteca Nacional*, 3, 1983, 9-17, y A. DEYERMOND, «Baena, Santillana, Resende and the Silent Century of Portuguese Court Poetry», *Bulletin of Hispanic Studies*, 59, 1982, 198-210.

rica confluye con la tradición juglaresca y alfonsí de la estrofa con vuelta.

Las *Cantigas de Santa María* están en la raíz de toda la tradición escrita de la estrofa con vuelta bajomedieval en la Península Ibérica,[3] y si bien el Rey Sabio prefirió la forma más sencilla (trístico con vuelta) no faltan, entre las más desarrolladas, esquemas como el de la *Cantiga* número 239 que podría atribuirse a cualquier poeta del siglo xv:

$$\text{ABAB} \; // \; \text{cdcd} \; / \; \text{abab.}^{4}$$
$$\alpha\,\beta\,\alpha\,\gamma \qquad \delta\,\varepsilon\,\delta\,\xi \qquad \alpha\,\beta\,\alpha\,\beta$$

Comparando los estribillos de las *Cantigas de Santa María* con los del *Cancionero de Baena* se observa que en aquéllas la forma básica es el dístico monorrimo o el trístico con un verso libre, con mudanza en trístico y vuelta de un solo verso, aunque a veces la longitud de los versos, su división en hemistiquios y la complejidad de su estructura melódica enmascaran a primera vista su nitidez; sin embargo, las canciones del *Cancionero de Baena* sólo usan una vez esta fórmula (*CB* n.º 500)[5] y en otros pocos casos la vuelta es ampliada a dos versos (*CB* n.º 7 bis) o se complica el esquema de la mudanza (*CB* n.º 9 y 31 bis). Por otra parte, los estribillos de cuatro versos de las *Cantigas* (descontadas las que desdoblan los versos en hemistiquios diferenciados por la melodía y cesura, pero sin adscribirles rimas propias) son casi todos de rima alterna, combinación poco frecuente en el *Cancionero de Baena* (*CB* n.º 313, 314 y 560), seguida por el tipo *AAAB*, con un caso en este *Cancionero* (*CB* n.º 307). Los estribillos de rimas cruzadas, que predominan desde fines del siglo xiv (*CB* n.º 18, 24, 25, 26, 33, 317, 318 y 561), son rarísimos en las *Cantigas* (números 146, 149 y 243). Pero estas diferencias son irrelevantes para el caso que aquí estudiamos, puesto que las rimas cruzadas, desusadas por los trovadores en estrofas de cuatro versos,[6] se imponen progresivamente en la lírica castellana desde los textos del *Cancionero de Baena*.

3. P. LE GENTIL, *La poésie lyrique Espagnole et Portugaise à la fin du Moyen Age*, vol. II, Rennes, 1953, p. 209. Luego el autor desestima este factor en beneficio del influjo francés; más adelante nos ocuparemos de este aspecto.

4. Véase el esquema en H. ANGLES, *La Música de las Cantigas*, vol. II, Barcelona, 1943.

5. Se usa además en dos *decires*: núms. 203 y 219.

6. Véase la exposición de R. BAEHR, *Manual de Versificación Española*, Madrid, 1973, pp. 241 y ss., y D. C. CLARKE, «Redondilla and Copla de Arte Menor», *Hispanic Review* 9, 1941, 489-493, pp. 489 y ss. La redondilla (*abba*) sólo aparece dos veces en la lírica galaico-portuguesa, ambas en textos tardíos: un *lai* (157,5) y una composición cuatrocentista, erróneamente atribuida a Roy Martinz do Casal (145,7, véase G. MACCHI, «Le poesie di R. M. do C.», *Cultura Neolatina*, 26, 1966, 129-157, pp. 131-132. Sin embargo es más frecuente como *frons* de la estrifa trovadoresca (G. TAVANI, *Repertorio metrico della lirica galego-portoghese*, Roma, 1967, esquema estrófico 128 y ss.).

Las *Cantigas de Santa María*, cuando abandonan la mudanza en trístico monorrimo, suelen preferir las de rimas alternas, raramente cruzadas (n.º 300). Lo mismo ocurre en el *Cancionero de Baena*, donde sólo se da esta forma en ocho canciones.[7] La sextina de rimas alternas *(ccbccb)* está en el mismo caso, si bien es menos frecuente (*Cantigas* n.º 7 y 94), y en el *Cancionero de Baena* aparece más evolucionada (*cdecde*, n.º 307). Hay por tanto una notable unidad entre las mudanzas de ambas colecciones.

Es en la vuelta donde se manifiesta con mayor nitidez la evolución ocurrida entre Alfonso X y los albores del siglo XV. En las *Cantigas de Sta. María,* a pesar del predominio absoluto del esquema zejelesco *(AA//bbb/a)*, de vuelta reducida, hay quince composiciones donde es rigurosamente simétrica al estribillo:

$$AB\ A\ B\ //\ cdcd\ /\ abab\ ^{8}$$
$$\alpha\beta\alpha\gamma\qquad \delta\epsilon\delta\xi\quad \alpha\beta\alpha\beta$$

que en nada esencial se diferencian de esta canción:

$$ABAB\ //\ cdcd\ /\ abab.^{9}$$

Otras, como ocurre a menudo con el *Cancionero de Baena*, mezclan en la vuelta las rimas del estribillo y las de la mudanza:

$$ABAB\ //\ cdcd\ /\ cddb\ ^{10}$$

y otro grupo, menos numeroso, introduce en la vuelta rimas nuevas:

$$ABAB\ //\ cdcd\ /\ ebeb.^{11}$$

Si bien en los cancioneros abunda este tipo de estrofa, no es fácil encontrarlas idénticas puesto que, como ya apuntamos, los estribillos de rimas alternas retroceden respecto a los de rimas cruzadas. Queda un

---

7. *CB* núms. 5, 26, 43, 49, 317, 318, 561 y 565.
8. *Cantiga* n.º 18. Véanse también los núms. 7, 9, 18, 31, 94, 100, 134, 151, 153, 156, 158, 162, 189, 350 y 380.
9. Marqués de Santillana, en *Obras*, p. 446 («Recuérdate de mi vida»).
10. *Cantiga de Sta. María*, n.º 46 y *Cancionero de Baena*, n.º 560. En el repertorio alfonsí hay veinticinco casos: núms. 3, 4, 5, 15, 20, 26, 30, 32, 38, 40, 46, 49, 59, 89, 95, 97, 106, 146, 147, 192, 195, 239, 300, 397 y Apéndice II, n.º 2 (Cito según los esquemas de Anglés).
11. *Cantigas de Sta. María*, n.º 171. Son semejantes los números 28, 51, 139, 171 y 155 con un total de seis.

grupo de *Cantigas de Santa María* que, aún ajustándose a alguno de estos modelos básicos, repite en la mudanza alguna rima del estribillo, como el *rondeau* y el *virelai:*

$$\text{ABAB} \; // \; \text{acac} \; / \; \text{acab.} \quad [12]$$

Vemos, pues, que un total de 53 *cantigas* (12 %) anticipan esquemas cuyos principios son en todo semejantes a los que predominarán desde el *Cancionero de Baena.*

Sin embargo, raramente los esquemas de este cancionero son idénticos a los del repertorio alfonsí, que daba distinta forma a la vuelta. Las *Cantigas de Santa María,* cuando los estribillos no eran dísticos o dísticos cesurados, [13] solían tener las rimas alternas, por lo que si la vuelta era simétrica a la cabeza, tenía una forma arcaica, casi desaparecida en el *Cancionero de Baena,* que prefiere las vueltas de rimas cruzadas. Por otra parte, mientras las de este cancionero repiten en la mitad de los casos una sola rima de la mudanza y la completan con rimas independientes o procedentes del estribillo:

$$\text{ABAB} \; // \; \text{cdcd} \; / \; \text{daab}$$
$$\text{ABAB} \; // \; \text{cdcd} \; / \; \text{deeb,} \quad [14]$$

en las *Cantigas de Santa María* con estribillo de cuatro versos, las rimas de la mudanza suelen invadir dos o tres versos de la vuelta:

$$\text{ABAB} \; // \; \text{cdcd} \; / \; \text{cdca} \quad [15]$$
$$\text{ABAB} \; // \; \text{cdcd} \; / \; \text{cdcb} \quad [16]$$

y las rimas nuevas suelen suplantar en la vuelta a todas las de la mudanza:

$$\text{ABAB} \; // \; \text{cdcd} \; / \; \text{ebeb} \quad [17]$$

lo cual tampoco es frecuente en el *Cancionero de Baena.*

En conclusión, sólo encuentro dos esquemas de este tipo comunes a ambas colecciones:

---

12. *Ibidem,* n.º 56. La número 108 es del mismo tipo y las números 11, 41, 66 y 99 se acercan más al modelo francés en cuanto carecen de rimas diferenciadas en la mudanza. En total suman seis poemas.
13. *AA, NANA,* en los esquemas de Anglés.
14. *Cancionero de Baena,* núms. 313 y 314, respectivamente.
15. Número 146.
16. Números 3, 4, 30, 38, 40, 49, 105 y Apéndice II, n.º 2.
17. Número 171.

AABAAB // cdcd / ccbccb,

usada una vez por el Rey Sabio y otra por Villasandino con distinta métrica,[18] y la antes citada:

ABAB // cdcd / cdcb [19]

que usa aún Villasandino.[20]

A la luz de estos datos parece existir una relación directa entre las *Cantigas de Santa María* y las del *Cancionero de Baena*. Los poetas de fines del siglo XIV habrían recogido los modelos más elaborados entre las composiciones de Alfonso X, los habrían incorporado a la evolución de la estrofa desde la rima alterna a la cruzada y habrían desarrollado la vuelta, buscando el mayor paralelismo con el estribillo. Pero cabe preguntarse si las cosas ocurrieron así o si, por el contrario, hay una tradición lírica zejelesca en el siglo XIV que, recogiendo la herencia del Rey Sabio, hubiera elaborado y transmitido estas formas desde la poesía religiosa y narrativa de mediados del XIII hasta la lírica cortesana recogida por Juan Alfonso de Baena. Este es el punto que intentaremos dilucidar a lo largo de las próximas páginas.

Parece como si todas las tradiciones zejelescas, por diversos caminos, confluyeran en el *Libro de Buen Amor*, gran parte de cuyas composiciones con vuelta nos acercan más a las fuentes de Alfonso el Sabio que a su escuela.[21] Obsérvese que sus tres zéjeles[22] son de carácter ajuglarado, aunque dos de ellos, los «de escolares», si admitimos que refleja los ambientes estudiantiles de su época, hemos de suponerlos también familiarizados con una tradición musical culta que podía muy bien entroncar con las *Cantigas*. Más seguro es el caso de los *Gozos de Santa María* cuyo esquema:

AAAA // bbb / a

18. *Cantiga de Sta. María*, n.º 20 y *Cancionero de Baena*, n.º 13.
19. Véase nota 19.
20. *Cancionero de Baena*, n.º 44.
21. Para el estudi. de estas formas véase F. LECOY, *Recherches sur le livre du Buen Amor*, s. l., 1974, cap. III, D. MCMILLAN, «Juan Ruiz's use of the estribote», en *Hispanic Studies in honour of Ignasi González Llubera*, Oxford, 1959, pp. 183-192, y LE GENTIL, *La poésie lyrique* cit., vol. II, pp. 219-220.
22. Estrofas 115-120, la «trova cazurra» (114a), 1650-1655 («De cómo los escolares demandan por Dios») y 1656-60 («Otro cantar de escolares»). Véase también R. MENÉNDEZ PIDAL, *Poesía juglaresca y orígenes de las literaturas románicas*, 6.ª ed., Madrid, 1957, pp. 230 y ss. y 30-31. Cito el *Libro de Buen Amor* por la edición de J. COROMINAS, Madrid, 1967, en la Biblioteca Románica Hispánica.

aparece dos veces en las *Cantigas* [23] y entronca con ellas por su contenido narrativo y tema mariano. El *Ave María de Santa María*, si por el contenido tiene aspecto de loor, por la forma se asemeja a varias *Cantigas*:

$$\text{AAAB // cdecde / eaab}$$

y es idéntica a una composición de Macías que repite su estructura estrófica, su métrica y la misma distribución de los quebrados. [24]

Las dos *Pasiones* de Juan Ruiz tienen esquemas semejantes:

$$\text{ABAB // cdcd / cdeb}$$
$$\text{ABAB // cdcd / cdab,}\ [25]$$

que carecen de parangón en el *Cancionero de Baena* [26] y en las *Cantigas*, pero que están a mitad de camino entre formas antiguas como

$$\text{ABAB // cdcd / cdcb}\ [27]$$

y otras más modernas como

$$\text{ABAB // cdcd / deeb}\ [28]$$
$$\text{ABBA // cdcd / dbba}\ [29]$$

por la configuración de sus vueltas. Entre aquellas *Cantigas de Santa María*, aquellas *Pasiones* del Arcipreste y estas *cantigas* del cancionero no hay sino una pérdida progresiva de las rimas de la mudanza en la vuelta y su progresivo acercamiento a la cabeza, o una creciente in-

---

23. *Cantigas* núms. 32 y 72. La número 100 es muy semejante: *AAAA // bbbb / aaaa*. Los gozos van de la estrofa 20 a la 32.

24. *Libro de Buen Amor*, estrofas 1661-1667. Las *Cantigas* núms. 79 y 150 tienen el mismo estribillo y la 255 se le aproxima por su configuración general:

$$\text{AAAB // cdcd / eeeb.}$$

En el *Cancionero de Baena* es idéntica la cantiga n.º 307 («Señora en que fyança»); aunque la forma estrófica de este *Ave María* es controvertida, su imitación en el número 344 del mismo *Cancionero* acredita su popularidad en la Corte castellana durante la segunda mitad de siglo, y esta semejanza formal autoriza la reconstrucción estrófica de Corominas. Véase su nota en las pp. 612, 614 y 616 de su edición.

25. *Libro de Buen Amor*, estrofas 1046-1058 y 1059-1066, respectivamente.

26. Obsérvese sin embargo su semejanza con *Cancionero de Baena*, n.º 44 (*ABAB // cdcd / cdcb*) y n.º 27 ((*ABAB // cdcd / xdab*).

27. *Cantigas*, núms. 30, 38 y 40 y Apéndice II n.º 2 de la edición de Anglés.

28. *Cancionero de Baena*, *cantiga* del Arcediano de Toro, n.º 314.

29. *Ibidem*, n.º 308, *Cantiga* de Macías.

dependencia que acerca nuestra *cantiga* a la *ballata*. Sea cual fuere el motor del cambio no cabe duda de que nos encontramos ante un desarrollo gradual de formas propias muy aclimatadas.

La *Cántica de la serrana de Tablada* que ahora vamos a considerar [30] tiene una forma bastante extraña:

$$AABA \; // \; ccdda.^{31}$$

El texto no permite una separación regular de las estrofas en mudanza y vuelta, por lo que caben aquí todas las combinaciones excepto

$$AABA \; // \; c \; / \; cdda,$$

que carece de antecedentes por su mudanza única. Cabría pensar en una forma bastardeada, de origen vulgar, y el tono irónico del texto, su contraste entre la idealización narrativa y la guasa del desenlace sugiere más de lo que resuelve. En cuanto a la *Cántica de la Serrana de Riofrío* [32] se trata de una auténtica moaxaja por su estructura, aunque la vuelta presenta los cambios habituales en el siglo XIV:

$$AAB \; // \; cd.cd.cd \; / \; cdb.$$

Obsérvese que esta composición es de estrofas *capfinidas* pues cada una comienza con la última palabra de la anterior. Este recurso, quizá descendiente directo del *leixa-pren*, enmascara la forma de otra *Passión* [33] que, repitiendo al comienzo de cada mudanza el último verso de la estrofa anterior distorsiona el artificio de las rimas característico de la forma con vuelta hasta dejarla en una alternancia de redondillas (estribillo y vuelta) y cuartetas (mudanzas):

$$ABBA \; // \; Abab \; // \; bccb \; /$$
$$Bdbd \; // \; deed \; /$$
$$Dfdf \; // \; fggh \; / \; etc.$$

30. *Libro de Buen Amor*, estrofas 1022-1042.
31. Le Gentil propone rectificar el esquema así:

$$AAA \; // \; bb \; / \; cca$$

pero si admitimos esta disposición quedará un tercer verso del estribillo dodecasílabo que no tiene correspondencia en la vuelta. El caso no es insólito, pero ante nuestro absoluto desconocimiento de la melodía me inclino más bien a pensar en una vuelta reducida respecto al estribillo.

32. *Libro de Buen Amor*, estrofas 987-992.
33. *Ibidem*, est. 1059-1066. Fue reconocido y clasificado entre los «estribotes» por McMILLAN, *Op. cit.*, pp. 184-185.

En conjunto el Arcipestre recoge diversas posibilidades en el uso de la estrofa con vuelta que acreditan su *Libro* como una «lección e muestra de metrificar e rimar, e de trobar»[34] y nos deja todavía un eco de la multiplicidad de las corrientes que desde los letrados hasta las serranas, pasando por clérigos goliardescos, debieron introducir en su cultivo.

Sea por el tiempo transcurrido, por su mayor esmero erudito o por acogerse a una tradición más restringida, el *Rimado de Palacio* presenta unas formas más coherentes y evolucionadas.[35] La más regular

$$ABBA // cdcd / abba [36]$$

es también la que se impondría en el siglo xv por su semejanza a la *dansa* y, quizá por su estribillo en redondillas, aparece ahora por primera vez. Lo mismo ocurre con dos esquemas de gran fortuna:

$$ABBA // cdcd / daab [37]$$
$$ABAB // cdcd / deeb [38]$$

cuya vuelta está perfectamente desarrollada.

Al lado de estas formas tan evolucionadas, se encuentran otras que sobrevivirán hasta muy entrado el siglo xv, aunque nunca sean mayoritarias, y que revelan la existencia de puntos en común con la lírica francesa al menos desde Alfonso X: me refiero a la inclusión de rimas del estribillo en la mudanza:[39]

$$ABAB // acac / abab [40]$$
$$ABAB // acca / adda. [41]$$

Esta segunda forma estrófica fue utilizada en dos composiciones por D. Álvaro de Luna.[42] En el reducido haber de una hipotética influencia

---

34. Prólogo en posa, p. 79.
35. Sobre los poemas líricos de López de Ayala ya llamó la atención P. le Gentil (*Op. cit.*, vol. II, pp. 221-223) aunque sólo contaba con los que Menéndez Pelayo había incluido en su *Antología*. Hoy tenemos dos ediciones simultáneas, la de J. Joset en Alhambra y la de M. García en Gredos, ambas de 1978. Cito la primera. Sendos análisis de las formas líricas pueden verse en las pp. 46 y 54, respectivamente.
36. *Libro Rimado del Palacio*, estrofas 912-921.
37. *Libro Rimado del Palacio*, estrofas 732-738.
38. *Ibidem*, est. 774-780 y 815-821.
39. Véase 1.3.1 y lo que allí llamamos «irregularidad Y».
40. *Libro Rimado del Palacio*, est. 869-875. Joset, en su esquema estrófico (p. 46) no advierte que la primera estrofa repite rimas del estribillo, y aunque en las demás no se dé este fenómeno creo que es relevante para el aspecto que ahora interesa.
41. *Ibidem*, est. 785-791.
42. *Cancionero de Palacio*, núms. 197 y 199.

francesa, cabría situar lo que parece una imitación de la forma estrófica del *rondeau*, aunque la sustitución del estribillo por texto nuevo, su misma ausencia al principio de la composición, el uso del verso alejandrino y su desmesurada longitud (trece estrofas) lo enmascaran de tal forma que, al parecer, nadie había reparado en ello; [43] obsérvese que basta reformar su esquema estrófico *(aaabab)* restituyéndole el estribillo:

$$[AB] \ // \ aAab \ / \ AB$$

para convertirlo en un perfecto *rondeau* con *refrain* de dos versos [44] como los que en esta composición cierran la última estrofa. [45] Esta interpretación no es segura: puede tratarse de una forma con doble vuelta [46] cuya mudanza repita la primera rima del estribillo:

$$[AB] \ // \ aa \ / \ ab \ / \ ab$$

con lo cual reuniría dos fenómenos atípicos. Esta posibilidad viene apoyada por otro texto lírico de doble vuelta:

$$AA \ // \ bb \ /ba \ / \ ba, \ ^{47}$$

pero que reproduce el estribillo como tal antes y después del poema, y por la existencia de una *Cantiga de Santa María* cuya primera rima del estribillo es la única de la mudanza, pero que tiene una sola vuelta:

$$AB \ // \ aa \ / \ ab. \ ^{48}$$

He de observar también que los *rondeaux* incluidos en las *Cantigas* tienen la forma de los latinos, no de los franceses, y que el único que, por su estrofismo, puede acercarse a éste de López de Ayala difiere en la rima del cuarto verso de la estrofa:

43. T. Navarro Tomás, *Métrica española*, Madrid, 1966, p. 143, no hace ninguna referencia a estas estrofas, ni parecen haberlo observado J. Joset ni M. García en sus ediciones.

44. Véanse los esquemas del *rondeau* en el siglo XIV, tras la renovación de Machaut, en D. Poirion, *Le poète et le prince*, París, 1965, pp. 325 y 333. Ni qué decir tiene que éste es el modelo más sencillo y primitivo y por tanto el más abundante antes de Machaut. Véanse los textos en N. Van der Boogaard, *Rondeaux et Refrains du XIIe au début du XIVe*, París, 1969.

45. Los dos versos finales de la estrofa 752, de carácter invocatorio como el estribillo del fragmento lírico comprendido entre las estrofas 796 y 809, pueden también interpretarse como tal y tanto Joset como García los entrecomillan en sus respectivas ediciones.

46. Véanse las *Cantigas de Santa María* n.º 25 y 285 y la dansa de Guiraut d'Espanha n.º 11 en la edición de C. Hoby, *Die Lieder des Trobadors G. d'E.*, Friburgo, 1915.

47. *Libro Rimado de Palacio*, est. 796-809.

48. Número 299.

AB // aAaA / ab. [49]

Creo, pues, que nos encontramos ante un simple zéjel doblemente anómalo y quizá sin estribillo, cuyas rimas comunes han sido reducidas a un caso de *rim estramp*.

Quiero llamar también la atención sobre otro esquema:

ABAB // cdcd / cbcb, [50]

semejante en todo a una *Cantiga* excepto en el desdoblamiento por rima interna de los versos de la vuelta:

A B A B // cdcd / cccb cccb [51]
10101010   5555 5555

El arcaísmo de sus rimas alternas explica que este esquema sea inusitado en los cancioneros, aunque sí encuentro alguna forma muy próxima. [52]

Quisiera subrayar que estos fragmentos líricos del *Rimado del Palacio*, con sólo dos excepciones, tienen la misma longitud: tres estrofas. Esto es muy importante porque demuestra que, en la segunda mitad del siglo XIV, las dimensiones del poema con vuelta estaban codificadas, al menos en el uso cortés, y que era la misma de la *dansa* y la *ballata*. Quizá fuera la moda musical su condicionante común, quizá hubiera influencias literarias; en cualquier caso los textos de Pedro López de Ayala acreditan la existencia de un género lírico fijado, de forma idéntica a la de la canción y con la que debemos identificarlos, puesto que siempre van precedidos por la indicación «cantar» en la estrofa introductoria. [53] Si no fuera por estos datos no podríamos adivinar que

49. Número 120.
50. *Libro Rimado del Palacio*, est. 877-883.
51. *Cantiga* n.º 192.
52. *Cancionero de Baena* n.º 44: *ABAB / cdcd // cdcb*.
53. Cada fragmento está precedido por la indicación «cantar» excepto dos (869-875 y 877-883), que comparten quizá *cantares* que introduce el primero y donde el segundo viene precedido por el verso «mi corazón siempre sus loores *canta*». Hay dos excepciones: el último texto (912-921), precedido por la indicación «cantar» (911a), tiene cuatro estrofas, lo cual no invalida la teoría esbozada, y el texto zejelesco, de doce estrofas de longitud (más el estribillo) cuya introducción lo define «oración» (795d). Examinando el resto de los fragmentos líricos observo que son definidos como «deitado» o «ditado» (depende del manuscrito) incluso el supuesto *rondeau* (739c, 831d, 893c) y con sólo una excepción: el que comienza en la estrofa 796, calificando de «oración» (795d); por el término usado para definir estos textos y por su longitud y metro parecen ser los precedentes del *dezir* del *Cancionero de Baena*. Quiero observar por fin que el manuscrito N introduce el texto de las estrofas 774-780 con la rúbrica «cantar» mientras el mss. E introduce un «deitado» (832-868) con la rúbrica «cántica» (véase la edición

el género estuviese tan desarrollado hacia el tercer cuarto del siglo XIV ni comprenderíamos la acusada personalidad de Villasandino, que se apartó conscientemente de un camino perfectamente trazado y seguido por su coetáneo Pedro González de Mendoza y, más tarde, por D. Álvaro de Luna y los contemporáneos del Marqués de Santillana. Nada de todo esto hubiéramos podido adivinar en la producción polifacética, letrada y nada caballeresca del Arcipestre de Hita.

Pero ¿cómo era la lírica cortesana entre D. Denis y Villasandino? Sólo encuentro cuatro testimonios directos de canción atribuibles a este período, todos intercalados en los *cancioneiros* pero indudablemente posteriores al período trovadoresco.

Por su forma y autor, el más arcaico debe ser la *cantiga de amor* de Alfonso XI, «En un tiempo cogí flores», de la que me ocupé en un trabajo anterior.[54] De ella se desprende, por una parte, la ruptura de las limitaciones temáticas de la cantiga de amor; por otra, la ampliación de los recursos descriptivos al ámbito sensorial y concreto, especialmente mediante la *descriptio puellae* con imágenes de tipo floral, vivas aún en la obra de Villasandino, y, por fin, la adopción de la estrofa zejelesca y la inclusión de la canción en el ámbito de las formas fijas.

La *Cantiga* de Alfonso XI parece escrita hacia 1329, aunque por la rúbrica hemos de pensar que fue copiada después de la batalla del Salado, a la que se alude, y que tuvo lugar en 1340. En fecha incierta se añadieron otros textos trecentistas, alguno quizá cuatrocentista,[55] de los que retendremos tres que, por su forma, hemos de clasificar entre las canciones.

Joset, única que reproduce las rúbricas de los distintos manuscritos); esta indicación puede relacionarse con el término *cantiga*, con el que el verso 753c se introduce un fragmento considerado por Michel García como lírico e individualizado a pesar de no caracterizarse ni por el metro ni por la estrofa (755-769, véase su introducción, p. 54). Podríamos pensar que «cántica» se identificaría con un texto largo lo cual resulta muy seductor ante las rúbricas del *Cancionero de Baena*, y está apoyado en varios textos: la rúbrica a la *Canción de veladores* en el *Duelo que hizo la Virgen en el día de la Pasión de Nuestro Señor Jesucristo* (estrofa 177e en la edición de *Poetas castellanos anteriores al siglo XV*, BAE, n.° 57, Madrid, 1966), ciertos pasajes del *Libro de Alixandre* (edición D. A. Nelson, Madrid, 1979, estrofas 223a, 242a y nota a la primera), los textos líricos que terminan el *Libro de Buen Amor* (1668 y ss.) y las *cantigas de serrana* del mismo *Libro;* pero quedan los *cantares* de ciegos y escolares del *Libro de Buen Amor* (1656 ss.) y una estrofa del *Libro Rimado del Palacio*, donde ambos términos son al parecer sinónimos (753c y nota en la edición Joset). Quede esta cuestión para ulteriores estudios.

54. «La *cantiga* de Alfonso XI y la ruptura poética del siglo XIV», en *El Crotalón. Anuario de Filología Española*, 2, 1985, pp. 259-263.

55. TAVANI, *Repertorio*, pp. 9-10. Para la discusión de cuatro textos copiados a continuación de las *cantigas* de Roy Martinz do Casal, a quien se han atribuido, véase el estudio de Macchi, citado en la nota 6.

La primera, atribuida a Roy Martinz do Casal, tiene estribillo de dos versos y vuelta irregularmente larga: [56]

$$\text{AA} \mathbin{//} \text{bccb} \mathbin{/} \text{baa}^{[57]}$$

Por su contenido es una *canción* satírica o paródica de la que escasean los ejemplos en castellano,[58] pero resulta algo más abundante en el *Cancioneiro Geral.*[59]

Los dos textos restantes tienen formas muy semejantes a las que predominaron hacia 1420 en la lírica castellana:

$$\text{ABBA} \mathbin{//} \text{caca} \mathbin{/} \text{addb}$$
$$\text{bdbd} \mathbin{/} \text{deea}^{[60]}$$
$$\text{ABBA} \mathbin{//} \text{caca} \mathbin{/} \text{adda.}^{[61]}$$

Parecen pues demasiado tardíos, quizá también lo sea el anterior, y por tanto poco pueden aportar al período oscuro que va de la muerte de D. Denis hasta el *Cancionero de Baena.*

De todos estos datos podemos inferir la existencia de una tradición cortesana consolidada, de formas muy semejantes a las que abren el siglo xv, que se habría formado quizá ya durante el reinado de D. Denis y que discurrió al margen de los *cancioneiros*, probablemente apartada de ellos por su propia renovación formal y temática, que se dirigía hacia el cultivo de los géneros de forma fija y, entre ellos, de la *canción*. El hibridismo lingüístico de la *cantiga* de Alfonso XI autoriza a pensar que este proceso fue paralelo al desarrollo del castellano como lengua poética;[62] las coincidencias formales y expresivas con los testimonios indirectos de Pero López de Ayala y Juan Ruiz permiten suponer que esta escuela gozaba de unidad y pleno desarrollo a mediados del si-

56. Este fenómeno tiene poca frecuencia: véase por ejemplo la última estrofa del número 347 del *Cancionero del British Museum*. Tomo este dato de SÁNCHEZ ROMERALO, *El Villancico*, Madrid, 1969, p. 43 nota 50.

57. Véase el texto en Macchi, *Op. cit.* p. 155. No cito su esquema según Tavani (139:23) ni según Macchi, que adoptan distintos convencionalismos para la representación de las relaciones entre estribillo y estrofa, con lo que se imposibilitaría el cotejo directo entre ambos.

58. Véase la canción de Juan de Padilla en el *Cancionero de Stúñiga*, Madrid, 1872, p. 69, y la de Diego de San Pedro, *Cancionero General*, fol. CCXXVI vto.

59. P. LE GENTIL, *La poésie lyrique espagnole et portugaise*, cit., vol. I, p. 205.

60. Texto en *Cancioneiro da Biblioteca Nacional*, ed. E. Paxeco y P. J. Machado, Lisboa, 1949-1964, n.º 1633.

61. Atribuida a Roy Martinz do Casal. Texto de la edición Macchi, n.º 9.

62. La interpretación de D. R. Lapesa de la cantiga castellana de Alfonso X («¿Amor cortés o parodia? A propósito de la primera lírica de Castilla» en *De la Edad Media a nuestros días*, Madrid, 1967, pp. 48-53) permite pensar, contra la opinión de D. Ramón Menéndez Pidal (*Poesía juglaresca*, p. 194), que la lírica cortés castellana ha de ser posterior a la decadencia de los trovadores galaicos.

glo xiv y que, por sus formas estróficas, sus canciones debieron aproxi-marse a las que se componían a comienzos de la siguiente centuria. En cuanto al contenido, la *cantiga* de Alfonso XI, tan aislada respecto a la lírica gallegoportuguesa como respecto a la castellana posterior,[63] pa-rece un acierto del monarca, de cuya producción poética desearíamos saber algo más. Tanto por las formas como por las fórmulas expresi-vas, estos textos arrancan de las *Cantigas de Santa María*, aunque la pobreza de nuestras fuentes apenas permite vislumbrar la magnitud de su dependencia; esperemos que algún hallazgo afortunado nos ayu-de a rellenar un poco esta laguna que los azares de la transmisión tex-tual han creado en nuestros conocimientos de la lírica peninsular.

63. En algunos aspectos del amor correspondido pueden acercársele ciertas com-posiciones de Villasandino; en él encontramos el concepto del sentimiento como bene-ficio divino para la felicidad del amante (*Cancionero de Baena* n.º 5), la compasión de la dama (*Ibidem* n.º 15) el bienestar amoroso (*Ibidem* n.º 32), la esperanza (*Ibi-dem* n.º 45), pero nunca aparece una alusión tan directa a la correspondencia. La natu-raleza panegírica y mercenaria de su producción puede justificar ambos aspectos.

POLÍTICA Y POÉTICA AL FILO DEL CUATROCIENTOS

La segunda mitad del siglo XIV está marcada por una serie de hechos históricos que determinarían el futuro de Castilla. En 1369 y en
los Campos de Montiel, Enrique de Trastámara mató a su hermano
Pedro, apoderándose del trono y abriendo una larga sucesión de reinados cortos y tutorías que potenciarían el poder de la nobleza; sin estas
bases sociológicas la producción cortés no habría podido ser la misma.

Viene siendo un tópico desde Menéndez Pelayo[1] que el *Cancionero
de Baena* representa el paso de una escuela poética dominada por la
herencia de los *Cancioneiros* a otra, de orientación italiana, cuyo exponente máximo sería Imperial y cuya culminación histórica se daría en
las composiciones mayores del Marqués de Santillana y Juan de Mena.[2]
Dentro de la concepción culta de la poesía que se explaya en debates,
alegorías, «çiencia e avisaçion e dotrina»,[3] la canción era un género
menor, poco representado en el cancionero que compiló Baena y por
ende muy influido por los demás, especialmente por el *dezir*, y por pre-
tensiones arqueológicas de enlazar con la *cantiga de amor*, muy visibles
en Villasandino y en el Marqués de Santillana. Los poetas del *Cancionero de Baena* basculan, efectivamente entre el peso de la tradición galaico-portuguesa y el de las novedades procedentes de Italia, a pesar del
pretendido influjo francés que postula le Gentil.[4] Esta perspectiva cam-
biará radicalmente en el siglo XV en lo que a la canción se refiere: la
batalla de Aljubarrota (1385) marca el fin de la orientación portuguesa

1. *Historia de la poesía castellana en la Edad Media*, en *Obras completas*, vol. 1,
pp. 381 ss. y vol. II, pp. 88 ss, Madrid, 1911-1913 y 1914.
2. Para el desarrollo del *dezir* véase P. LE GENTIL, *La poésie lyrique espagnole et
portugaise à la fin du Moyen Age*, vol. I, pp. 239 y ss. y R. LAPESA, *La obra literaria del
Marqués de Santillana*, pp. 95 y ss.
3. Juan Alfonso de Baena en «Prologus Baenensis», *Cancionero de Baena*, ed. cit.
p. 15.
4. Para la relación de Imperial con la lírica dantesca véase el reciente balance
de Colbert I. NEPAULSINGH, «Introducción» a MICER FRANCISCO IMPERIAL, *El «dezir de
las siete virtudes y otros poemas*, Madrid, 1978, pp. LXVII y ss. y Apéndice (pp. 176-178).

en la política exterior castellana, y la entronización de los Trastámara en la confederación catalano-aragonesa (Compromiso de Caspe, 1412) lanzará a Castilla a una política mediterránea, consumada tras la unión dinástica, que apenas será contrapesada por la colonización americana. El nacimiento de Enrique de Villena en vísperas de Aljubarrota (1384) prefigura una relación cultural y literaria con el área catalano-proven-zal[5] que se afianzará durante los reinados de Juan II de Castilla (1406-1454) y su cuñado Alfonso el Magnánimo (1416-1458).

Fernando de Antequera, que aspiraba a consolidar su partido en Castilla para articular el futuro de la Península en torno a su linaje, aprovechó el nuevo reino para deslumbrar a sus coterráneos. «Con muy diversos motivos, casi todos los nobles que tenían alguna significación política fueron invitados a Aragón, Cataluña, incluso Sicilia, para ser agasajados y para asomarse a los amplios horizontes de la política internacional: Alfonso Enríquez, Juan Hurtado de Mendoza, Diego Fernández de Quiñones, Garci Fernández Manrique, Diego López de Stúñiga, Juan Fernández de Velasco y Ruy López Dávalos estaban entre ellos»,[6] y también el jovencísimo don Iñigo de Mendoza.[7] Las banderías entre los Infantes de Aragón y don Álvaro de Luna, que agitaron Castilla hasta la batalla de Olmedo (19 de mayo de 1445), fueron pródigas en confiscaciones y en exilios, especialmente tras el golpe de estado de 1422,[8] que intensificaron las relaciones entre la aristocracia de ambos reinos. El perdón general que seguiría a Olmedo[9] confirmó el futuro castellano de una nobleza que apadrinó la poesía como una muestra más del ideal cortés, fastuoso y brillante, revestido de bellas formas.

Resulta difícil valorar en sus debidas proporciones la trascendencia de estos hechos en el desarrollo de nuestra lírica. «Fernando y sus hijos contribuirán más que nadie a introducir en Castilla la espléndida fantasía que, en otras Cortes de Europa, empezaba a dominar por este mismo tiempo. La vida se impregna de esta artificiosidad que Huizinga ha llamado certeramente «nostalgia de una vida más bella» (...) Fernando y sus hijos viven inmersos en el artificio de lo heroico, cabalgadas en tierras musulmanas, torneos deslumbrantes, cortes de poetas

5. Para la actuación de Villena entre los poetas catalanes, especialmente en la creación del Consistorio de Barcelona y de sus juegos florales, véase el capítulo correspondiente en M. DE RIQUER, *Història de la Literatura Catalana*, Barcelona, 1964, vol. I, pp. 568 y ss.

6. L. SUÁREZ FERNÁNDEZ, *Nobleza y monarquía. Puntos de vista sobre la historia política del siglo XV*, segunda edición, Estudios y Documentos n.º XV, Universidad de Valladolid, 1975, p. 112.

7. F. VENDRELL DE MILLÁS, Introducción al *Cancionero de Palacio*, p. 28 y previamente en *La Corte literaria de Alfonso V de Aragón y tres poetas de la misma*, Madrid, 1933, pp. 64 y ss.

8. L. SUÁREZ FERNÁNDEZ, *Op. cit.*, pp. 122 y ss.

9. *Ibidem*, pp. 166 y ss.

en que descuellan los nobles por encima de todos, lujo en los trajes que se complican y recargan, despliege de riquezas, fiestas y banquetes, *devaneos y verduras de las eras* como dirá Jorge Manrique». [10] El progresivo prestigio de estos usos y de la producción poética que de ellos deriva permite entender la proliferación de poetas a partir del cuatrocientos, así como la floración de cancioneros que, a mediados de siglo, recogen la producción de las cortes castellana, navarra y aragonesa. Entre todos ellos hay identidad de lenguaje, géneros y temas, resultado sin duda del fermento igualador de aquellos trasvases.

De esta homogeneidad destaca, por su fuerte personalidad y en su peculiar selección de autores y géneros, el *Cancionero de Baena*. Por ser el primero entre los publicados [11] y por su indudable interés para el conocimiento de los orígenes de nuestra lírica ha atraído más que ningún otro la atención de nuestros investigadores; los casi cien años transcurridos entre su edición y la del *Cancionero de Palacio*, que refleja la producción literaria de la Corte de Juan II, [12] los problemas suscitados por su datación, sólo recientemente resueltos por A. Blecua, [13] y su dedicatoria a dicho Rey hicieron creer, equivocadamente, que «ce recueil nous conserve les oeuvres que l'on goûtait à la cour de Castille à la fin de la première moitié du xvè siècle».[14]

En realidad los mejores poetas de la Corte de Juan II fueron excluidos de la colección de Juan Alfonso de Baena; no hay un solo poema del Marqués de Santillana (1398-1458), ni de Antón de Montoro (1404?-1477?) o Gómez Manrique (1411-1490) y sólo dos de Juan de Mena (números 471 y 472) que, como ha demostrado Alberto Blecua, son interpolaciones posteriores. [15] El adelanto en la fecha de composición del *Cancionero* explicaría la omisión de la obra de los dos últimos poetas, pero nada justifica la del Marqués: el «Dezir contra los aragoneses» debe datar de 1429, la «Visión», el «Planto de la Reina Margarida» y la «Coronación de Mossen Jordi» de 1430, y la «Defunssión de Don Enrique de Villena» y la «Comedieta de Ponça» de 1434 y 1436 respectivamente; en 1437 su carrera como poeta doctrinal estaba bastante consolidada como para que el Rey le encargara los «Proverbios o centiloquio», destinados a la educación del Príncipe Enrique. [16]

10. *Ibidem*, p. 105.
11. *El Cancionero de J. A. de Baena, (siglo XV) ahora por primera vez dado a luz con notas y comentarios*, Madrid, 1851.
12. F. Vendrell, *Ed. cit.*, p. 108.
13. Para la versión tradicional véase la introducción a la edición de J. M. Azáceta, pp. XXVI-XXXIV. Alberto Blecua lo sitúa acertadamente hacia 1430 («Perdióse un quaderno... sobre los cancioneros de Baena», en *Anuario de Estudios Medievales*, IX, 1974-79, pp. 229-266, especialmente pp. 242 y nota.
14. Le Gentil, *La poésie lyrique*, vol. I, p. 7.
15. *Op. cit.*, p. 242.
16. Para la datación de estas composiciones véase R. Lapesa, *Ob. cit.*, cap. IV y VI.

Más tardío es el «Proemio e carta», compuesto hacia 1448 o 1449. Allí decía de sus canciones y *dezires* amorosos, que le habían sido solicitados por el Condestable de Portugal: «estas cosas alegres e jocosas andan e concurren con el tienpo de la nueua hedad de juuentud, es a saber con el vestir, con el justar, con el dançar e con otros tales cortesanos exercicios»; [17] aún aceptando lo que en estas frases pueda haber de tópico, como el mismo Marqués parece insinuar («muchas cosas plazen agora a vos *que ya no plazen o no deuen plazer a mi*»), razones psicológicas e históricas colaboran a certificarnos de que la mayor parte de la obra amorosa del Marqués debe ser anterior a 1430. En otras palabras, don Iñigo López de Mendoza debía ser muy conocido antes de estas fechas, al menos desde 1420, como poeta cortés, lo cual no le bastó para ser representado en el *Cancionero de Baena*.

Más significativa que la omisión de los grandes poetas entonces en la flor de su edad lo es la de ciertos poderosos que sólo a título de su relevancia social frecuentaban la poesía. Si Baena hubiera querido representar la producción de su tiempo, no hubiera podido omitir la de don Álvaro de Luna [18] o de don Enrique de Aragón [19] y mucho menos la que se atribuye al propio Rey destinatario del *Cancionero*. [20] La explicación a estos hechos la encontramos en el propio «Prologus Baenensis».

En su mayor parte, el autor se dedica a ponderar «el saber del tienpo passado», [21] recomienda

«leer e saber e entender todas las cosas de los grandes fechos e de las notables fasañas passadas de los tienpos antyguos», [22]

y termina colocando la «gaya ciencia» en este mismo tiempo pasado que tanto admiraba:

«a todos es çierto e notorio que *entre todos los libros notables e loadas escripturas que en el mundo fueron escriptas* e ordenadas, e fechas, e conpuestas por los sabios e discretos attores, maestros e conponedores d'ellas, *el arte de la poetrya e gaya çiençia es vna escriptura e conpusiçion muy sotil e byen graciosa*». [23]

---

17. Ed. M. Durán, en *Poesías Completas*, vol. II, Madrid, 1980, p. 210.
18. *Cancionero de Palacio*, n.º 2, 173, 194-200 y 203-205.
19. *Le chançonnier espagnole d'Herberay des Essarts*, n.º 185 y 186.
20. *Cancionero de Palacio*, n.º 241.
21. Ed. Azáceta, p. 8.
22. *Ibidem*, p. 10.
23. *Ibidem*, p. 14. A la misma conclusión llega, estudiando la evolución poética en la obra de Villasandino, G. CARAVAGGI, «Villasandino et les derniers troubadours de Castille», en *Mélanges offerts à Rita Lejeune*, Gembloux, 1969, vol. I, pp. 395-421, especialmente en p. 401.

A la luz de estos datos parece evidente que Baena se propuso recoger los últimos testimonios de una escuela en extinción, incluyendo su propia obra, y pretendió reconstruir, en su prólogo y en sus rúbricas, una poética que se estaba perdiendo con la progresiva subordinación de la lírica a los discretos de la erótica cortesana. La cronología parece favorecer esta hipótesis: Imperial habría escrito en el cambio de siglo, hacia 1400,[24] y coetáneos suyos parecen los más recientes poetas antologados aún cuando continuaran su producción hasta muy tarde, como es el caso de Villasandino;[25] por otra parte, Fernando de Antequera no accedió al poder hasta la muerte de Enrique III, el día de año nuevo de 1407, y fue llevado al trono aragonés en 1412. Por esta fecha empezaría su formación literaria el Marqués de Santillana, llevado a Aragón con el séquito del nuevo Rey.

Los cancioneros de mediados de siglo (*Cancionero de Palacio, de Herberay* y toda la familia italiana)[26] reflejan, a diferencia del de Baena, los autores de las recién desaparecidas cortes de Juan II de Castilla, de Alfonso V de Aragón y la navarra de Juan II; la obra que recogen pertenece a lo escrito por la generación del Marqués de Santillana, Álvaro de Luna y sus continuadores, que arrumbaron aquella escuela tan cara a Juan Alfonso de Baena. El cambio generacional debió producirse en la segunda o tercera década del siglo XV, madura ya en Aragón y Castilla la herencia de Fernando de Antequera.[27]

El cambio no afecta sólo a la evolución de las formas poéticas y a la nómina de los poetas seleccionados, sino al concepto mismo de la poesía[28] y a la selección de los géneros nobles. El *Cancionero de Baena* contiene sobre todo *dezires*, preguntas y respuestas, y apenas setenta y seis *cantigas*, de las que dos terceras partes pertenecen a Villasandino. Y sin embargo no podemos aceptar la hipótesis de que la *cantiga* fuera un género escasamente cultivado en cuanto poseemos testimonios indirectos de su continuidad durante todo el siglo XIV[29] y, sobre todo,

24. C. I. NEPAULSINGH, en *Ob. cit.*, pp. VII y ss.

25. Para la producción más tardía de Villasandino véase E. BUCETA, «Fecha probable de una poesía de Villasandino y de la muerte del poeta», *Revista de Filología Española*, XVI, 1929, 51-58.

26. Véase A. VARVARO, *Premesse ad un'edizione critica delle poesie minori di Juan de Mena*, Nápoles, 1964.

27. A fines de 1418 comienzan las disensiones entre D. Enrique y D. Juan de Aragón, origen de su fracaso poltico; en 1430 se daría el definitivo encumbramiento de D. Álvaro de Luna (L. SUÁREZ FERNÁNDEZ, *Nobleza y monarquía...*, cap. VII). Es en este período cuando se produce un triunfo político que no podía sino consagrar el de la moda poética que sus protagonistas representaban, a la vez que Baena compila su cancionero. Es la época del Marqués de Santillana, Juan de Mena y Gómez Manrique.

28. Aparte de las opiniones vertidas en el «Prologus Baenensis», véase el trabajo de J. GIMENO CASALDUERO, «Pero López de Ayala y el cambio poético de Castilla a comienzos del siglo XV», *Hispanic Review*, XXXIII, 1965, 1-14.

29. Véase el trabajo citado más arriba, nota 54, así como V. Beltrán y C. Alvar, *Antología de la poesía gallego-portuguesa*, Madrid, Alhambra, 1984, pp. 63 y ss. Refi-

porque estaba ligada a formas de la vida cortesana —canto y baile— cuyo eclipse resulta impensable. A la luz de todo cuanto queda dicho es preferible postular que la diferencia no estaba tanto en el uso real del período como en la estimación que, en su escala de valores, tenían unos u otros génros. Las convulsiones demográficas, espirituales y políticas del siglo XIV producirían una caída en la estima que los eruditos sentían por la lírica cortés y la sobrevaloración de la poesía doctrinal, de la que el Canciller Ayala y Juan Ruiz proporcionan dos reflejos antitéticos. Cuando la corte de Juan II puso la etiqueta cortés entre los valores sociales más cotizados, los géneros poéticos que la reflejaban —canción, *dezir* amoroso y esparsa, así como los motes y letras de justadores en cuanto empezaron a ser glosados— pasaron a ocupar un lugar privilegiado en las antologías poéticas. De ahí el predominio de estos géneros en los cancioneros de mediados del siglo XV.

---

riéndose a la escasez de *cantigas* en el *Cancionero de Baena*, decía le Gentil que «tomberont un moment dans le discrédit quand Imperial fera triompher le *decir* allégorique» (*Ob. cit.*, vol. II, p. 244). La frase es exacta si la referimos al ámbito de la valoración erudita, letrada, que presidió la elaboración de dicho cancionero.

LOS PRIMEROS PASOS

La característica más sobresaliente de las generaciones nacidas en el siglo XIV, de Alfonso Álvares de Villasandino al Marqués de Santillana, es su originalidad y su variedad formal y temática. Por una parte, encontramos abundantes cantigas no amorosas, [1] el predominio de la canción de loores y la baja frecuencia de la lamentación, especialmente en Villasandino; [2] por otro lado destaca la desviación formal de las *cantigas de meestria* del *Cancionero de Baena* [3] y la elevada frecuencia del poema largo, con más de dos vueltas, que desaparece prácticamente en la obra de los autores nacidos después de 1400 (1.2.3.).

La *cantiga de meestria* es anormalmente larga. La estadística correspondiente a la generación A (Villasandino y Pero González de Mendoza), revela el predominio absoluto de los textos de cuatro estrofas, el 55,56 %, mientras los demás tipos no pasan de uno o dos ejemplos (1.2.3). En cuanto a la *cantiga de refram*, el mismo cuadro muestra cómo oscila en torno a las cuatro vueltas, con valores casi iguales para las de tres, cuatro o cinco. Si extendemos nuestro examen a las demás canciones del *Cancionero de Baena*, [4] que como hemos dicho más arriba

1. *Cancionero de Baena*, n.º 1, 3, 22, 28, 29, 30, 31.
2. Para los géneros temáticos de la canción, véase LE GENTIL, *Op. cit.*, vol. I, páginas 228 y ss. Para las frecuencias de cada tipo véase 1.1.1.
3. *Cancionero de Baena*, n.º 6, 10, 11, 12, 14, 15bis, 16, 17, 19, 21, 32, 40, 41, 42, 45, 46, 47 48.
4. Excluyo las *cantigas* no amorosas (n.º 302, 317, 318, 499, 500, 502, 503, 559-563, 567 y 568). Quedan como objeto de nuestro recuerdo los números 301, 306, 309, 310, 312, 504, 555 y 558 (*de meestr'*) los números 307, 308, 311, 313, 314, 470, 557 y 565 (*de refram*) Los datos son:

	Refram		Meestría	
Una estrofa:	1	0,125	—	——
Dos estrofas:	—	——	—	——
Tres estrofas:	3	0,375	2	0,25
Cuatro estrofas:	3	0,375	4	0,5
Cinco estrofas:	1	0,125	2	0,25

revelan una misma estética, obtendremos también el neto predominio de las de cuatro estrofas entre las *de meestria*, mientras las *de refram* oscilan entre las tres y las cuatro vueltas; todo ello nos aleja tanto de los ejemplos conocidos en el siglo XIV como de sus homólogos transpirenaicos y de la *cantiga de amor* trovadoresca.

Un examen detenido de la generación C revela otra tendencia: la especialización de las grandes figuras por el texto largo. En efecto, mientras tanto Villasandino como don Pero Gonçales de Mendoça, componentes de la generación A, prefieren la *cantiga* «larga», los tres textos de don Diego Hurtado de Mendoça son de una sola vuelta y ésta es la tendencia dominante en todos los autores que le siguen excepto su propio hijo, el Marqués de Santillana; hemos analizado catorce canciones suyas de las que sólo cuatro tienen una sola vuelta,[5] mientras las de dos vueltas son cinco,[6] y otras tantas las de tres.[7] Juan de Silva, el que más se le aproxima, tiene dos canciones de dos vueltas y otras tantas de una;[8] de don Álvaro de Luna conocemos trece, una de dos vueltas y el resto de una sola,[9] y las dos canciones de Enrique de Aragón son de una sola vuelta.[10] El Marqués de Santillana parece así actuar un tanto al margen de lo corriente en su tiempo, probablemente movido por un programa estético semejante al de Villasandino: dignificar la canción aproximándola al prestigioso *dezir*, aunque en sus canciones «no hay ostentación de imágenes ni, de ordinario, retorcimiento de conceptos; los alardes de erudición son excepcionales».[11] Lapesa señaló que «Por amar non saybamente» se ajusta al patrón estrófico de una célebre *cantiga* de Macías, «Señora, en que fiança»[12] pero es de observar que, a tenor de lo expuesto, redujo su longitud de cuatro a dos estrofas. Observemos también que «Quanto más vos mirarán» por su tono netamente laudatorio, la falta de *retronx*, la sencillez de su dicción y la expresión «flor de lis» (verso 6) emparenta con las *cantigas* de Villasandino,[13] y «Ha bien errada opinión», por su línea argumental, emparenta también con los *dezires*. Para redondear estos datos recordaremos

5. «Señora, muchas mercedes», ed. Amador de los Ríos, p. 453, «Nuevamente se m'ha dado», p. 458 y «Ya del todo desfallesçe» y «De vos bien servir», p. 460.

6. «Bien cuydava yo servir», p. 434, «Por amar non saybamente», p. 443, «Quien de vos merçet espera», p. 444», «Deseando ver á vos», p. 445 y «Recuérdate de mi vida», p. 446.

7. «Quanto más vos mirarán», p. 447; «Señora, qual so venido», p. 448; «Dios vos faga virtuosa», p. 450; «Si tú desseas a mí», p. 451, y «Ha bien errada opinión», p. 452.

8. *Cancionero de Palacio* núms. 35 y 186, y *Cancionero del British Museum*, 96, así como el n.º 323 del *Cancionero de Palacio*.

9. *Cancionero de Palacio*, n.º 203 y núms. 2, 3, 173, 194, 195, 196, 197, 198, 199, 200, 204 y 205.

10. *Cancionero de Herberay*, núms. 185 y 186.

11. R. LAPESA, *Op. cit.*, p. 79.

12. *Ibidem*, p. 80 y nota.

13. El término *flor*, usual como vimos en los textos del siglo XIV y remontable a Alfonso X, aparece doce veces en Villasandino (5.1) y desaparece después de este

la gran admiración que Santillana sentía por Villasandino, «del qual se podria dezir aquello que en loor de Ouidio un grand estoriador descriue, conuiene a saber que todos sus motes e palabras eran metro». [14]

Otra particularidad común al estrofismo de los poetas nacidos en el siglo XIV es la baja proporción de las canciones regulares. Llamamos aquí regulares a aquellas cuya vuelta repite la forma y las rimas del estribillo y cuyas mudanzas repiten el mismo esquema y tienen igual o menor longitud que éste, pero nunca menos de cuatro versos. [15] Esta forma abarca al menos el 80 % de las canciones a partir de la generación D, pero es irrelevante en la A y sólo alcanza el 42 % en la C (1.3.1.3.).

Un repaso a estas irregularidades (1.3.1.2), abstracción hecha de las *cantigas de meestria*, permite observar que registran tres variantes fundamentales: unas incluyen en la vuelta rimas de la mudanza, otras, rimas nuevas y distintas de las del resto de la canción, y un tercer grupo combina ambos procedimientos. El prestigio de este tipo de vueltas en los poetas tempranos es tanto más chocante si consideramos su escasez en las *Cantigas de Santa María* [16] y su casi total desaparición a partir de la generación D. Si buscamos ejemplos de este tipo más allá de los Pirineos, veremos cómo esta vuelta es característica de la *ballata* italiana. [17] A lo largo del siglo XIV hay bastantes ejemplos como para pensar en una aclimatación progresiva, [18] coetánea y quizá incluso anterior a la aparición de la llamada escuela alegórico-dantesca.

En el haber de las posibles influencias hay que contemplar también las escasas canciones que incluyen rimas del estribillo en la mudanza. Esta irregularidad aparece una vez en don Diego Hurtado de Mendoça [19] y siete en la generación C [20] para casi desaparecer después: [21] es la forma canónica del *virelai* anterior a Machaut, pero la tendencia a repetir rimas del estribillo en la mudanza se intensificó con este autor, que la usó en 32 de sus 38 *virelais*. [22] Volveremos más adelante sobre esta posible relación. [23]

del Marqués. Véase V. Beltrán, «La *cantiga* de Alfonso XI y la ruptura poética del siglo XIV».

14. «Proemio e carta», ed. Durán, p. 221.

15. Para más detalles véase 1.3.1.1.

16. Véase el repertorio de H. Spanke, «Die Metrik der Cantigas», en H. Anglès, *La música de las Cantigas de Santa María de Alfonso el Sabio*, vol. III, Barcelona, CSIC, cap. V.

17. V. Beltrán, «De zéjeles y *dansas*: los orígenes de la estrofa con vuelta», en *Revista de Filología Española*, LXIV, 1984, 239-266.

18. Véase el capítulo anterior y las páginas que siguen.

19. *Cancionero de Palacio*, n.º 36.

20. Álvaro de Luna, *Cancionero de Palacio*, núms. 2, 3, 195, 199, 200, y don Íñigo de Mendoza, ed. cit., «Por amar non saybamente», p. 443 y «Si tú dessees a mí», p. 451. Para el inventario de las formas estróficas véase 1.3.1.2.

21. 1.3.1.2.

22. H. POIRION, *Le poète et le Prince*, París, P.U.F., 1965, p. 329 y nota.

23. No sigo a don Rafael Lapesa cuando considera canciones las composiciones

El estribillo de la *cantiga* en la generación A ofrece un muestrario demasiado amplio para la posterior evolución del género: dos dísticos (9,52 %), cinco trísticos (23,81 %), diez redondillas y dos cuartetas (57,15 %), una quintilla y una sextina (4,76 % cada una). El porcentaje de los estribillos de cuatro versos es ligeramente inferior al resto de las generaciones (del 56 % al 66 %, siendo éste el valor en la generación C) y los demás valores son notoriamente distintos, incluyendo estos dísticos que ya no reaparecerán y esta sextina que sólo raramente encontraremos (1.3.2.5). Pero la marca diferencial de estos poetas es la baja frecuencia de la quintilla, con sólo un 4,36 % en la generación A, 3 % en la C y ninguna en la B, y la significación del trístico (23,81 % en la generación A y 28 % en la C), que prácticamente desaparece desde la siguiente generación. Su interés por el estribillo de tres versos justifica las sospechas de un origen popular a veces postulado para la canción, [24] y viene reforzado por la lengua de ciertos estribillos, [25] por la simplificación de algunas canciones de Villasandino respecto a las convenciones de la retórica, vocabulario y sintaxis de la *cantiga de amor* trovadoresca [26] y por la frecuencia del trístico entre los estribillos de la canción tradicional; [27] a la luz de los datos antes manejados sobre el origen y formación del género, cabe pensar más bien en una influencia pasajera, quizá en el comienzo del interés aristocrático por la canción tradicional, que pesaría cada vez más después del Marqués de Santillana. [28] Sin embargo, habremos de considerar la posible relación con la *dansa* catalano-provenzal del siglo XIV, que cuestionará seriamente estos datos.

---

rubricadas como *dezires*, aunque uti icen la estrofa con vuelta pues esta anomalía se da también en algunos de Villasandino (*Cancionero de Baena*, núms. 203 y 219). He de observar también que orillo un problema tan interesante como el de los textos monoestróficos que en las ediciones del Marqués llevan la rúbrica «Canción» («Yo del todo he ya perdido», ed. cit., p. 432, «Defetto es quien bien s'entiende», *ibidem*, p. 459). Si la rúbrica procede de manuscritos y no están mutilados por los azares de la transmisión textual, nos encontraríamos ante interesantes innovaciones formales, quizás en la línea de la «esparsa» que se estaba entonces introduciendo (véase mi *Cancionero y Coplas*, de Jorge Manrique, Barcelona, 1981, § 2.2.3.). Véase 1.3.1.2.

24. L. KNAPP en *Bibliografía de los Cancioneros castellanos del siglo XV y repertorio de sus géneros poéticos*, vol. I, París, 1975, p. 31.

25. A. Sánchez Romeralo introdujo en su antología dos textos de Villasandino, procedentes del *Cancionero de Baena* (*El Villancico*, pp. 508-509).

26. Compárese la dicción elegante y natural de la *cantiga* n.º 8 del *Cancionero de Baena*, con estribillo en trístico, y el amaneramiento de la número 14, claro *pastiche* de los *cancioneiros*.

27. Véase mi introducción a *La canción tradicional*, Tarragona, 1976, pp. 67-68.

28. Los antólogos, desde que don J. M. Blecua publicara su *Antología de la poesía española. Lírica de tipo tradicional*, Madrid, Gredos, 1964, han venido incluyendo textos del Marqués de Santillana, Fernando de la Torre, Gómez Manrique, Juan Álvarez Gato, Fray Íñigo de Mendoza, Fray Ambrosio Montesino, Juan del Encina, Lucas Fernández y Gil Vicente entre otros poetas del período. Recuérdese la excelente ambientación del huerto de Melibea, en el acto XIX de *La Celestina*, mediante la canción «Papagayos, ruiseñores», fiel reflejo de la fuerza de esta moda literaria.

Otra característica del género que sólo falta en las *cantigas* del *Cancionero de Baena* es el *retronx*. En la obra de los dos poetas estudiados en la generación A sólo encuentro un caso de *retronx* de palabra, atribuido a Pero González de Mendoza: se trata de un texto sin rúbrica, de estribillo en trístico y de tres mudanzas en cuartetas, cuya vuelta, de tres versos, repite en los dos primeros las rimas de la mudanza y toma en el tercero la palabra rimante en el tercer verso del estribillo: *parte*. [29]

En dicho cancionero no hay sino otra *cantiga* de estas características: «Byue leda sy podras». [30] Fue una de las canciones más célebres de todo el siglo xv, tanto por su indudable calidad como por su circulación y por su vinculación a la leyenda sentimental del autor, y ni qué decir tiene que debe pertenecer a un período más tardío que el resto del cancionero, coetáneo al menos del Marqués de Santillana. Alberto Blecua supone que tanto las obras de este poeta como las de Juan de Mena serían añadidas al corpus de Baena con posterioridad a 1440. [31]

En la generación C se encuentra el *retronx* con cierta frecuencia. El tipo que llamamos «de verso» aparece en ocho canciones (24 %), y no encontramos relación alguna entre el uso de este recurso y el número de vueltas; en el caso del *retronx* «de palabras», si bien su frecuencia es, en conjunto, semejante a la anterior (21 %) parece aumentar progresivamente con la longitud del poema: 15 % de las canciones de una vuelta, 29 % de las de dos y 40 % de las de tres (1.4.2.1 y 1.4.3.1). Estas cifras son muchísimo menores de lo que será normal a partir de la generación D: el triple para el de versos, el doble para el de palabra; el último cuadro de esta prueba (1.4) permite observar que sólo el 14,36 % de los versos de las vueltas en la generación C está afectado por algún tipo de *retronx*, mientras el resto de las generaciones oscilan entre el 50 % y el 60 %.

En cuanto a lo que podríamos llamar la cobertura del *retronx*, la generación C manifiesta unas preferencias que permanecerán constantes en todo el siglo. En los casos de canciones con varias vueltas, suele preferirse que aparezca en todas, tanto en el caso «de palabra» como en el «de verso» (1.4.3.2 y 1.4.2.2 respectivamente).

29. *Cancionero de Baena*, n.º 251b. El *retronx* procede de la *dansa* provenzal y fue fijado por las *Leys d'Amors* (ed. J. Anglade, Bibliothèque Méridionale, Tolouse, 1919, vol. II, p. 180); consiste en la repetición de versos del estribillo en la parte correspondiente de la vuelta, a veces reducido a la palabra en la rima (*retronx* de palabra). Le Gentil lo llamó *reprise en manière de refrain*, término adaptado por T. Navarro Tomás en *represa* (*Ob. cit.*, p. 149), que rechazo por carecer la palabra de esta acepción en castellano. Me he ocupado más ampliamente de este fenómeno en «La *Leonoreta* del *Amadís*», *Actas del I Congreso de la Asociación Hispánica de Literatura Medieval*, en prensa.

30. N.º 470. Para su éxito en este siglo véase la nota bibliográfica de Azáceta y la de Romeu Figueras en *El Cancionero Musical de Palacio*, Barcelona, C.S.I.C., 1951, vol. IV, n.º 75.

31. *Op. cit.*, p. 263.

El papel de avanzada que venimos observando en esta generación queda sin embargo de manifiesto si estudiamos la extensión del *retronx*, que puede ser indiferentemente de uno o dos versos y lo mismo en el tipo de palabra que en el de verso (1.4.2.3. y 1.4.3.3.); esta tendencia evolucionará desde la generación D en dos direcciones: incrementará el número de versos ocupados por el *retronx*, pero el aumento será particularmente notorio para el tipo de verso (del 9 % al 40 % de los versos), con escaso incremento en el de palabra (del 5 % al 11-22 %).

La consideración de qué autores lo utilizan con más frecuencia puede ayudarnos a interpretar históricamente estos datos. El conjunto de canciones con algún tipo de *retronx* es de 14,[32] que equivale al 42,42 % de las canciones; calcularemos cuántas canciones con *retronx* habría escrito cada autor si lo hubiera hecho en esta proporción (valores esperados o *ej*) y, mediante la prueba de χ^2, valoraremos las desviaciones respecto al número de canciones con *retronx* que en realidad escribieron (valores observados: *oj*): [33]

	Oj	Ej	χ^2
Álvaro de Luna	2	5,52	2,24
Íñigo López de Mendoza	6	5,94	0,00
Juan de Silva	4	1,7	3,52
Enrique de Aragón	2	0,85	1,56
Σ	14	14	6,93

Es muy curioso que el único autor cuyo uso del *retronx* coincide con la media de su generación sea el Marqués; don Álvaro de Luna apenas lo usa (dos canciones sobre 13; debería haber escrito cinco o seis) mientras tanto Juan de Silva como Enrique de Aragón lo hacen en todas sus composiciones.

32. *Retronx* de palabra:
    a) de don Íñigo López de Mendoza: «Dios vos faga virtuosa» (ed. Amador de los Ríos, p. 450), «Ha bien errada opinión» (*Ibidem*, p. 452), «Recuérdate de mi vida» (*Ibidem*, p. 446).
    b) de Álvaro de Luna: *Cancionero de Palacio*, n.º 2.
    c) de Juan de Silva: *Cancionero de Palacio*, n.º 323 y *Cancionero del British Museum*, n.º 96.
    Retronx de versos:
    a) del Marqués: «Señora muchas mercedes (*ed cit.*, p. 453) «Si tú desseas a mí» (*Ibidem*, p. 451).
    b) del Condestable: *Cancionero de Palacio*, n.º 198.
    c) de Enrique de Aragón: *Cancionero de Herberay*, núms. 185 y 186.
    d) de Juan de Silva: *Cancionero de Palacio*, n.º 35 y *Cancionero del British Museum*, n.º 96.
    Retronx de versos y de palabras a la vez: «Bien cuydava yo servir», de don Íñigo de Mendoza (*ed. cit.*, p. 434).
33. Para el funcionamiento de esta prueba véase 2.2.2.

Por lo expuesto más arriba, sabemos que el *retronx* no era desconocido en el siglo XIV y su uso parece mayoritario en la canción tradicional,[34] sustituyendo la vuelta y contra la tradición zejelesca pura postulada por Menéndez Pidal. Ahora bien, en este contexto, ¿qué posición ocupa nuestra generación C?

Su éxito en las generaciones posteriores no puede atribuirse a la obre del Marqués de Santillana, que hizo un uso limitado, y es absurdo creer en el éxito de poetas tan oscuros y ocasionales como Enrique de Aragón y Juan de Silva. Si era conocido en el siglo XIV y si domina el campo de la canción y del villancico tradicional y cortés en el siglo XV, hemos de pensar en una tradición soterrada de la que se desviaron, por un prurito de profesionalización literaria, los poetas del *Cancionero de Baena* y algunos sucesores, como D. Álvaro de Luna. Los autores secundarios se mantendrían más fieles a esta tradición, connatural con la canción cortesana de baile, que emergería en cuanto la poesía cortés abandonara las nobles aspiraciones que tienen su asiento remoto en la obra de Imperial. La producción del Marqués, que sintetiza y conforma todas las orientaciones de su tiempo, se mantendría abierta a estas corrientes sin abrazar ninguna; si intentó emparentar con la lírica trovadoresca con una canción en gallego [35] y si en otros casos imitó abiertamente a Villasandino y los poetas antologados por Baena, [36] tendió a las tradiciones de la poesía oral en el «Villancico que hizo (...) a tres hijas suyas», así como a otro tipo de tradición folklórica en la colección de refranes que se le atribuye. Enfrentado a la lírica de baile de sus predecesores y conocedor de la *dansa* catalano-provenzal, que raramente utiliza el *retronx*, el Marqués hizo un uso ponderado de ambas técnicas. Cuando en las generaciones que siguen triunfó la línea cortés sobre le erudita en la lírica de los cancioneros, emergió la canción con *retronx* con toda su fuerza, a la vez que desaparecía el *dezir* alegórico y de lenguaje latinizante. [37]

---

34. M. FRENK ALATORRE, «El zéjel ¿forma popular castellana?» en *Estudios sobre lírica antigua*, Madrid, 1978, pp. 309-326, especialmente p. 317. Hay que observar que la autora, al desconocer la existencia de este recurso, interpreta mal los datos.

35. «Por amar non saybamente», ed. Amador de los Ríos, p. 443. Obsérvese que no sólo la lengua pertenece a los *cancioneiros*: el motivo del enamorado desleal como justificación al desamor de la dama es claramente arcaizante; tiene antecedentes en la cortesía trovadoresca, pero desaparece totalmente en el siglo XV, cuando la dama se vuelve cruel por naturaleza.

36. Para otros contactos entre este tipo de composiciones y los precedentes poéticos de Santillana, véase Lapesa, *Op. cit.*, pp. 79 y ss. No he incluido en el análisis ni «¿Quién será que se detenga?» ni «Amor, el cual olvidado», que están rubricados como *dezir* (véase nota 25); el primero debe serlo a juzgar por su contenido (la «batalla de amores»), ajeno a la canción, y cabe pensar que enlazan con los *dezires* con estribillo del *Cancionero de Baena*.

37. Me he ocupado ampliamente de este problema en mi introducción al *Cancionero y Coplas*, de Jorge Manrique. El tema desborda los límites y las intenciones del presente trabajo.

El estudio de las rimas ha sido hecho en 2.1, por lo que nos limitaremos aquí a resumir sus conclusiones y a ubicarlas en la historia literaria. Como en tantos aspectos ya estudiados, la generación A forma un mundo aparte, ajeno a la forma habitual de la canción, que aparece perfectamente perfilada en la C; las *cantigas* de Villasandino destacan por varios aspectos, tanto cuantitativos como cualitativos.

Cuantitativamente, la primera generación tiene un rimario pobre, formado por un pequeño grupo de desinencias flexivas (—*ar,* —*ado,* —*é,* —*ir,* —*i,* —*ía,* —*er*) y otro pequeño grupo que procede de la tradición trovadoresca (—*al,* —*oso,* —*ura.* —*or*), más frecuentes que entre sus sucesores. De éstas, la primera es la más significativa en cuanto se encuentra tantas veces en esta generación como en todas las demás; —*oso* aparece seis veces en la generación A y sólo una en la D, —*or* se encuentra veinte veces, la mitad en la generación A, y los valores de —*ura* decrecen progresivamente a lo largo de todo el siglo. Al lado de estas rimas más frecuentes, destacan otras de menor uso, pero casi confinadas a los poemas en gallego de Villasandino por su propia naturaleza: —*ai,* —*ei,* —*eja,* —*ejo,* —*ade,* —*eus* y, en menor medida, —*en* y —*ença;* su constatación no es sino un exponente del cambio de idioma. Es significativo que aparezcan preferentemente en los números 14, 19 y 45, que intentan aproximarse a las formas y la dicción característica de la *cantiga de amor.* Volviendo a la cuantificación, los valores del cuadro 2.1.2, especialmente la frecuencia media y las probabilidades, demuestran que Villasandino utilizaba pocas rimas, siempre las mismas; y su análisis (2.1.0) nos indica que son casi siempre formas de flexión. Esta observación concuerda mal con la veneración de Baena por Villasandino, «el qual, por graçia infusa que Dios en él puso, fue esmalte e lus e espejo e corona e monarca de todos los poetas e trobadores que fasta oy fueron en toda España»,[38] pero se entiende perfectamente si pensamos que fue un poeta mercenario y de circunstancias, cuyo mayor mérito nos parece, hoy, la facundia de su genio poético.

Con el paso a la generación C entramos de lleno en lo que será la rima de la canción en el siglo XV: unos valores semejantes para cada frecuencia, el mismo número de rimas (entre 49 y 58), la misma suma para el uso (N: de 80 a 96), frecuencias medias muy próximas (de 1,5 a 1,8) y probabilidades muy semejantes para las frecuencias uno (de 0,57 a 0,71) y dos (de 0,18 a 0,22 con un bajón de la generación H a 0,14). Las rimas de frecuencia uno (las que no se repiten) y las de frecuencia dos (usadas dos veces) en conjunto suponen entre el 76,56 % y el 89,65 % del total, incluso en la generación A, lo cual nos dará una idea de su escasa variedad; la mayor pobreza de esta generación reside en la baja probabilidad de las rimas de frecuencia dos y en la existencia de unas

---

38. *Cancionero de Baena,* rúbrica al n.º 1.

pocas que se repiten cinco, seis, siete, nueve y hasta diez veces, frecuencias ausentes en todas las demás generaciones (2.1.2). Un somero repaso (2.1.1) permite identificar las únicas rimas de relativa frecuencia: —ad, —ado, —ar, —é, —ente, —ento, —eo, —ér, —era, —í, —ía, —ida, —ido, —ir, —ón, —or, —ora, —res y —ura; en su mayoría son formas de la flexión verbal, excepto unos pocos derivativos prestigiados por su historial trovadoresco: —ad, —ente, —ón, —or/ —ores y —ura. La persistencia de estos datos nos eximirá de volver sobre ellos en la exposición de las demás generaciones.

Otro problema del mayor interés es la proporción de rimas agudas y graves. Los provenzales, en cuya lengua predominaban netamente las palabras agudas,[39] impusieron el gusto por la rima oxítona en una lengua con mayor abundancia de palabras graves como el gallego-portugués de los cancioneiros. Obsérvese la siguiente estrofa, donde los únicos polisílabos agudos están en la rima y donde faltan las rimas graves:

> Non vos sabedes, amigo, guardar
> de vos saberen, por vosso mal sén,
> como me vós sabedes muit'amar
> nena gran coita que vos por mí ven,
> e quero-vos end'eu desenganar:
> se souberen que mi queredes ben,
> quite sodes de nunca mi falar.[40]

La irrupción del petrarquismo, forjado ya en una lengua paroxítona como el italiano, produjo la repentina desaparición de la rima aguda en la lírica castellana y en la portuguesa.

La estadística de rimas usadas por la canción durante el siglo XV, desde la generación del Marqués de Santillana, muestra cómo estos poetas están librándose de la tiranía del verso agudo, que oscila entre el 32 % y el 25 %.[41] Analizando la evolución de estos valores observamos

39. Los paroxítonos latinos acabados en vocal la perdieron excepto cuando era —a, y lo mismo ocurrió, como regla general, con los proparoxítonos, que perdieron las dos últimas sílabas convirtiéndose en agudos cuando no terminaban en dicha vocal. (J. ANGLADE, *Grammaire de l'Ancien Provençal*, París, Klincksieck, 1969, pp. 122 y ss. Es reproducción fotomecánica de la edición de 1921).

40. *El cancionero de Joan Airas de Santiago*, ed. J. L. Rodríguez, Anexo 12 de *Verba, Anuario Galego de Filoloxia*, Universidad de Santiago de Compostela, 1980, n.º XLVIII. Obsérvese que se trata de una cantiga de amigo, donde este factor no pesa tanto como en la de amor.

41. Véase 2.2.3. Obsérvese que falta la generación de Villasandino; la casi ausencia de canciones con vuelta regular la hacía irrelevante para el estudio que sigue. En cuanto a la generación B, ha sido excluida por su bajo efectivo (tres canciones), como en casi todos los estudios estadísticos. En general este cuadro de tipos acentuales en la rima está condicionado por el análisis que sigue en cuanto no han sido contabilizadas las canciones irregulares ni las rimas de la vuelta, y sólo cuentan las rimas diferentes, haciendo caso omiso del número de veces que se repiten; otro planteamiento

cómo hay dos fases bien marcadas: en la primera tenemos un 31 % en la generación C, un 38 % en la D y una subida al 53 % en la E; en la segunda empezamos con un nuevo mínimo en la generación F (25 %) para pasar al 26 % en la G y una nueva subida al 36 % en la H, justo antes de la irrupción de la poesía italianizante. En conjunto puede decirse que los poetas nacidos entre 1386 y 1430 (generaciones C, D y E) tienen más rimas agudas que los nacidos después de esta fecha; en efecto, si las tres primeras generaciones tienen un conjunto del 42 % de rimas agudas, las tres que siguen no tienen sino un 31 %. Todo ello nos lleva a un cambio en la sensibilidad que, si bien debió producirse gradualmente, no se manifestó sino de forma brusca, con el advenimiento del petrarquismo y el simultáneo abandono de las formas poéticas postrovadorescas.

El estudio de las combinaciones de las rimas, al lado de unos tipos de poca consideración, mostraba un cierto número de canciones donde éstas eran todas agudas en el estribillo y todas graves en la mudanza o viceversa. [42] Encontrándonos ante un tipo de poema que opone estructuralmente el estribillo y la vuelta a la mudanza por su contenido, términos y fraseología, sintaxis, estructura conceptual, estrofismo y rimas, cabe sospechar que nos encontramos con un uso intencionado de la alternancia entre agudas y graves; para comprobarlo hemos realizado un estudio estadístico de este tipo de canciones, así como de aquellas que presentan tipos de oposición más matizada: una rima aguda y una grave en el estribillo y todas agudas o todas graves en la mudanza y viceversa; todas agudas o todas graves en el estribillo y una de cada tipo en la mudanza. Después de realizadas sendas pruebas hemos de concluir que los poetas del siglo XV no captaron las posibilidades estéticas de este recurso. [43]

Otro factor definitorio de la *cantiga* del *Cancionero de Baena*, donde el Marqués de Santillana y su generación aparecen como puente hacia la forma canónica del siglo XV, es la selección de los tipos métricos (3.1.3).

---

habría exigido la elaboración de dos cuadros: el que nos ocupa y el necesario para el ensayo 2.2.4 (véase 2.2.1). Para el abandono de la rima aguda tras el advenimiento del petrarquismo, véase F. Rico, «El destierro del verso agudo», en *Homenaje a J. M. Blecua*, Madrid, Gredos, 1983, pp. 525-552.

42. Las frecuencias son: 1 en la generación C, 5 en la D, 2 en la E, ninguna en la F, 4 en la G y 7 en la H, en total diecinueve canciones sobre un total de 175 (recuérdese que en los aspectos estróficos se ha analizado la totalidad de las canciones de cada autor). Estos efectivos han sido sumados a los efectivos que le siguen en 2.2.4.1 pues la prueba de χ^2 no es fiable si hay efectivos teóricos inferiores a 5 (véase 2.2.2.).

43. Véase 2.2.4 y las explicaciones pertinentes en 2.2.3. Un resumen de todo ello puede verse en 0.2.

El proceso de creación de los géneros de forma fija supuso la depuración y rechazo de aquella variedad formal tan cara a los trovadores; los poetas italianos acogieron el endecasílabo y el heptasílabo, así como sus combinaciones, y los castellanos se ciñeron prioritariamente al octosílabo y al verso de arte mayor, seguidos en esto por los portugueses; los franceses obraron con mayor libertad, apoyados en el prurito técnico que seguiría a las innovaciones de Machaut.

El aspecto general de esta evolución es rigurosamente paralelo en el estrofismo y en las combinaciones métricas. La obra de Villasandino representa un compromiso entre las formas fijas y la libertad de la poesía trovadoresca, pues si bien utiliza casi exclusivamente el octosílabo en sus *cantigas* amorosas (sólo encontramos una en eneasílabos, una en heptasílabos y una tercera en hexasílabos), en una parte notable de su repertorio (6 cantigas, 16 %) utiliza combinaciones de dos medidas, una de ellas casi siempre octosilábica (5 casos), y en dos cantigas (5,5 %) combina tres tipos métricos.[44] Los versos cortos son de entre dos y cinco sílabas, lo cual le aparta de la más ortodoxax reducción de los quebrados a casi exclusivamente cuatro sílabas que le sobrevivirá.

El absoluto predominio del octosílabo y las veintisiete composiciones monométricas confirman nuestra hipótesis: el peso de una tradición ya consolidada al menos desde el Canciller Pero López de Ayala, que Alfonso Álvares intentó deliberadamente alterar desde la óptica de las técnicas trovadorescas y de los contenidos del *dezir* alegórico. Las variaciones pertenecen al sustrato trovadoresco, que todavía tiraba fuertemente de la *cantiga* a fines del trescientos.

El análisis de la posición de los versos cortos confirma estos postulados; mientras a partir del Marqués de Santillana y sus coetáneos los quebrados se disponen o bien en todas las partes de la canción o bien sólo en el estribillo y vuelta, en las combinaciones de este tipo entre las de Villasandino, la mitad de los casos presentan los quebrados sólo en las mudanzas. En lo sucesivo esta parte de la canción será preferentemente octosilábica, excepto en unos pocos poemas donde todas las estrofas están construidas con quebrados.

La generación del Marqués se presentaba como un compromiso entre ambas orientaciones, más cercana a la canción típica del cuatrocien-

---

44. Las dificultades que aún entraña la métrica de Villasandino con su vacilación entre la sinalefa y el hiato podrían despertar la sospecha de si nos encontraríamos en algunos casos al menos, con simples irregularidades en el quebrado de cuatro sílabas. La crítica acepta tradicionalmente esta variedad en la medida de los quebrados (T. NAVARRO TOMÁS, *Métrica española*, edic. cit., p. 137 y LE GENTIL, *La poésie lyrique...*, vol. II, pp. 338 y ss.) y D. C. Clarke, en la línea de interpretación que hemos apuntado, considera que «the unorthodox usage in the *quebrado* was a moribund left-over from the Galician-Portugueses, soon replaced by the more restricted use of the line» («On Villasandino's versification», *Hispanic Review* XIII, 1945, 185-196, p. 190.

tos, pero aún ligada al prurito de la variedad. Desaparecen definitivamente todas las combinaciones excepto la de octosílabos y quebrados, que conserva un cuarto del total; el porcentaje de composiciones polimétricas es sensiblemente el mismo que en la generación A, pero está representado por la combinación que devendrá canónica. Es interesante verificar que, a partir de la generación D, la presencia de quebrados no rebasará valores testimoniales (2 % en la generación H, 3 % en la D y la E, 7 % en la G y 11 % en la F).

Lo que sí queda relegado a valores ínfimos en la misma generación C es la presencia del hexasílabo, con sólo dos casos, [45] para luego desaparecer casi por completo. La canción se convertirá en campo privado del octosílabo a partir de la generación D.

Como en casos anteriores, la variedad formal viene de manos de un poeta con inquietudes: el Marqués de Santillana. Las ocho canciones con quebrados se distribuyen muy irregularmente: una sobre las cuatro de Juan de Silva (25 %), [46] una sobre las trece de Álvaro de Luna (8 %) [47] y seis sobre las catorce del Marqués (43 %). [48] Nuevamente vemos destacar la originalidad de las grandes figuras sobre una forma previamente consolidada que rastreamos en los rimadores de segunda y tercera fila.

En su análisis de los géneros de forma fija en el *Cancionero de Baena*, le Gentil concluía tiempo ha que «cette situation correspond à celle qui, en France, se prolonge jusqu'à Machaut, et dont le *Chansonnier d'Oxford* permet de se faire une idée. Situation confuse, qu'illustrent à la fois l'incertitude des formes et celle de la terminologie technique». [49] Observando que «Machaut n'est cité en Catalonge que dans le dernier quart du XIVᵉ siècle et au Portugal que dans les premières années du siècle suivant», deduce que «les poètes espagnols, en matière de poésie lyrique française, devaient avoir bien souvent, pour principal source, le répertoire des musiciens ambulants». [50] Siendo nuestro método notoriamente distinto del suyo y contando con una información más completa a través de los repertorios estróficos, nos abstendremos de analizar sus argumentos, que nos llevarían por una ruta equivocada [51],

45. Álvaro de Luna, en el *Cancionero de Palacio*, n.º 3 y Marqués de Santillana, «De vos bien servir», ed. cit., p. 460.

46. *Cancionero de Palacio*, n.º 323.

47. *Ibidem*, n.º 95.

48. «Bien cuydaba yo servir», ed. cit., p. 434, «Por amar non saybamente», *ibidem*, p. 443, «Desseando ver á vos», *ibidem*, p. 445, «Recuérdate de mi vida», *ibidem*, p. 446, «Senyora, qual soy venido», *Ibidem*, p. 448 y «Si tú desseas a mí», *Ibidem*, p. 451.

49. *Op. cit.*, vol. II, pp. 242-243.

50. *Ibidem*, p. 243.

51. Le Gentil observaba por ejemplo que, en el *Cancionero de Baena*, «nous sommes à un moment (...) où la solution définitive, que sera la *canción*, est encore à peine indiqué» (*Ibidem*, p. 242). Los capítulos anteriores nos han sugerido que el modelo básico

y pasaremos al estudio de los contactos entre la canción y los géneros europeos de forma fija.

En lo que respecta al posible contacto entre la *cantiga* de estas dos generaciones y el *virelai*, también Lapesa apuntó en este sentido para explicar la alternancia de octosílabos y quebrados en algunas canciones del Marqués de Santillana, [52] con especial referencia a Machaut. El problema es, en realidad, mucho más complejo.

Acabamos de ver que la alternancia de medidas en una misma composición, tan característica del Marqués, reduce en realidad un abanico de combinaciones que se mostraba con mayor riqueza en la obra de Villasandino. Conociendo de antemano cuán de cerca lo sigue en algunas de sus composiciones pensaríamos que nos encontramos sobre sus huellas si no hubiera tanta desproporción entre aquel 22 % de *cantigas* polimétricas en Villasandino y el 43 % en la obra del Marqués. Estos datos nos llevan de nuevo al estudio de la lírica francesa.

En el repertorio de Mölk y Wolfzettel encontramos 84 esquemas polimétricos entre los 126 *virelais* anteriores a Machaut (66,67 %). [53] En la obra de este autor el porcentaje aumenta a 94,74 % pues sólo aparecen ya dos *virelais* monométricos de los 38 que se le conocen; [54] esto nos sitúa en una estética totalmente distinta para este aspecto de la técnica de la canción, puesto que diferencias tan considerables no pueden atribuirse al azar. A la vista de estos datos cabría con todo pensar que Santillana aumenta considerablemente la frecuencia de las combinaciones polimétricas en sus canciones con el fin de acercarse a la estétita francesa; una respuesta más matizada requerirá análisis complementarios.

En primer lugar hemos de considerar el tipo de combinaciones métricas. En la obra de Machaut aparecen *virelais* con versos de una, dos, tres y cuatro medidas, en la siguiente proporción:

---

de la canción existía ya en tiempos de D. Diego Hurtado de Mendoza y D. Pedro González de Mendoza, y que puede remontarse hasta Pedro López de Ayala; este último caso es aún más extraño en cuanto le Gentil conocía los textos de este autor incluidos por Menéndez Pelayo en su *Antología*, pero no los valoró como se debe llevado por su hipótesis inicial: la dependencia de todos los aspectos de la lírica castellana respecto a la francesa d'oïl (*Op. cit.*, vol. II, pp. 220 y ss.). El acceso a fuentes de información más completas y la reducción del ámbito de trabajo a un solo género permiten el enfoque que aquí damos al tema.

52. *La obra literaria del Marqués de Santillana*, pp. 83-84.

53. U. Mölk y F. Wolfzettel, *Répertoire métrique de la poésie lyrique française* Mün chen, 1972. 19, 44, 126, 189, 190,, 239, 249, 255, 288, 289,, 337, 342, 346, 357, 358, 378, 386, 388, 392, 395, 396, 405, 409, 410, 411, 413, 415, 417, 418, 424, 428, 458, 467, 481, 483, 529, 532, 537, 539, 540, 547, 549, 554, 556, 557, 567, 581, 636, 667, 715, 717, 721, 1369, 1463, 1584, 1585, 1586, 1795, 1902, 1903, 1905, 1908, 1911, 1913, 1942, 2039, 2048, 2059, 2060, 2063, 2210, 2298, 2299, 2311, 2313, 2314, 2316, 2318, 2326, 2328, 2329, 2492, 2494, 2497.

54. G. REANEY, «The poetic form of Machaut's musical works. I. The ballades, rondeaux and virelais», *Musica Disciplina*, XIII, 1954, 25-41, pp. 39-41.

$$1 \text{ medida:} \quad 2 \text{ virelais} = 5,26\,\%$$
$$2 \text{ medidas:} \quad 20 \quad » \quad = 52,63\,\%$$
$$3 \quad » \quad 11 \quad » \quad = 28,95\,\%$$
$$4 \quad » \quad 5 \quad » \quad = 13,16\,\%$$

Con estos precedentes podría extrañar que el Marqués no ensayara más combinaciones que las de octosílabos y quebrados. Es cierto que éstas son casi exclusivamente las usadas en su siglo si exceptuamos el arte mayor, pero no lo es menos que en este tiempo aparecen, en formas de tipo tradicional, tanto la seguidilla como los heptasílabos y los eneasílabos,[55] y que el ejemplo de los trovadores galaico-portugueses y el más inmediato del *Cancionero de Baena* podían haber colaborado con los ejemplos franceses para convencer a un poeta tan dado a la innovación.

Otra prueba significativa puede construirse sobre la longitud de las mudanzas. Compararemos los datos expuestos en las tablas de las generaciones A y C con los datos del repertorio de Mölk y Wolfzettel y con los que atañen a Machaut:

Versos en las mudanzas	Mölk	Machaut	Gen. A	Gen. C
2	67 55,37 %		5 23,8 %	
4	49 40,5 %	11 28,9 %	15 71,4 %	28 84,8 %
6	5 4,1 %	26 68,4 %	1 4,8 %	2 6,1 %
8		1 2,6 %		

Como se puede observar, con G. de Machaut el *virelai* pasa de una simplicidad extrema (55,37 % de mudanzas de dos versos) a una complejidad muy notable (68,42 % de mudanzas de seis versos); en la *cantiga* de la generación A, sólo un cuarto tienen mudanza de dos versos (23,8 %) frente a 55,37 % del repertorio de Mölk, y los porcentajes de la mudanza de cuatro versos son siempre desproporcionadamente superiores en la lírica castellana: 71,43 % en la generación A, 84,85 % en la C. **Todo** ello por no citar la diferencia estructural de las mudanzas de tres y cinco versos, presentes en la generación C (1.3.2.5) aunque con efectivos muy bajos; ninguna de ellas tiene cabida en la estructura del *virelai*, donde debe constar, forzosamente, de un *ouvert* y un *clos* simétricos.[56] Parece ser que durante el siglo XIV, la variedad de las combina-

55. LE GENTIL, *Op. cit.*, vol. II, pp. 440 y ss., R. BAEHR, *Manual de versificación española*, Madrid, Gredos, 1973, pp. 251 y ss. y T. NAVARRO TOMÁS; *Métrica española*, pp. 176 y ss.

56. D. POIRION, *Le poète et le Prince*, pp. 327 y 344-345.

ciones tendía a reducirse; abundan cada vez más los *virelais* monométricos y en general no se pasa más allá de dos tipos de versos.[57] Sin embargo, la estadística de las mudanzas muestra el neto predominio de las de seis versos (tres en el *ouvert* + tres en el *clos*) en la obra de Froissart, Deschamps, Christine de Pisan y Oton de Grandson:[58]

Versos en las mudanzas	*Virelais*	
4	21	15,44 %
6	112	82,35 %
8	3	2,21 %

Cabe preguntarse si el Marqués conocía estos autores; en el «Proemio» sólo cita a los creadores del *Roman de la Rose*, Jean de Lorris y Jean de Meun, y a Machaut, que «escriuio asy mismo un grand libro de baladas, canciones, rondeles, lays, virolays», «Micer Otho de Grandson» y Alain Chartier,[59] poeta casi de su misma edad que vivió en plena decadencia del *virelai*, cuando ya había sido sustituido por el *rondeau* en el gusto de las cortes francesas. Y es de notar que Grandson no escribió sino un *virelai*.[60] De todo ello se desprende que, de haber precedentes franceses en las canciones del Marqués, deben centrarse en Machaut y ello parece poco probable. Estos contactos serían más verosímiles si nos fijamos en el caso de Villasandino, y sólo en las combinaciones métricas; sus esquemas estróficos quedarían aparte de este contagio.

Examinemos por fin uno de los fenómenos más característicos del *virelai*: la repetición de rimas del estribillo en la mudanza. Treinta y cinco composiciones entre las 105 registradas por Wolfzettel y Mölk revestían esta particularidad antes de Machaut, lo cual representa un tercio exacto del total.[61] En los *virelais* de este poeta, el porcentaje aumenta hasta el 84,21 % puesto que sólo 6 de 38 esquemas se apartan de tal recurso. Si ahora volvemos a los inventarios estróficos de las generaciones A y C (1.3.1.2) veremos cómo en la obra de la primera no existe este tipo, que aparece ya en la generación B (dos casos sobre tres) y alcanza cierta entidad en la C (7 casos sobre 33, el 21,21 %), para casi

57. *Ibidem*, pp. 345-346. Desgraciadamente, y contra su costumbre, no precisa los datos.
58. *Ibidem*, pp. 344-345.
59. Ed. Durán, pp. 215-216. Nótese que por «canción» debe entenderse el *chant royal*, derivado de la antigua *chanson* trovadoresca (POIRON, *Ob. cit.*, pp. 362 y ss.) a pesar de que Machaut llamaba sus *virelais chanson balladée*. De otra forma no se comprendería la inclusión de los *virolays* en esta relación. Hemos de observar también que en la biblioteca del Marqués, reconstruida por M. Schiff, sólo estaba Chartier de entre todos estos autores (*La bibliothèque du Marquis de Santillane*, Paris, 1905, pp. 371 y ss.).
60. POIRION, *Op. cit.*, pp. 344-345.
61. Esta irregularidad está marcada como *y* en 1.3.1.2 (nota 3). Véase también V. Beltrán, «De zéjeles y *dansas*: los orígenes de la estrofa con vuelta», p. 254 y nota

desaparecer en las generaciones posteriores. Viendo esta anomalía cabe de nuevo pensar en un probable influjo francés.

Si de las estadísticas pasamos a los poemas nos llevaremos una pequeña sorpresa. De Santillana, donde en principio cabía esperar el peso de lo francés,[62] sólo encontramos una canción más que dudosa, «Si tú desseas a mí»,[63] donde una rima del estribillo reaparece en la tercera mudanza; más parece descuido que artificio. El resto de estas composiciones, seis, corresponden a la obra de Álvaro de Luna.[64] Si consideramos que esta peculiaridad falta por completo en el *Cancionero de Baena*, deberemos considerarla una innovación de la corte de Juan II —quizá muy temprana, a juzgar por los dos casos de D. Diego Hurtado de Mendoza[65]— y, en cualquier caso, efímera.

Cabe pensar que hubo influencia francesa en algún momento temprano, pero sólo aparece inequívocamente en dos autores marginales y, según todos los indicios, ni siquiera el prestigio y poder personal del Condestable bastaron para imponer la moda. Del otro factor aquí considerado, las combinaciones métricas, deberemos hacer capítulo aparte porque pueden remitirnos a otro ámbito poético: la *ballata* italiana.

La *ballata* italiana, formada, como el estribote peninsular, a partir del esquema de tipo zejelesco, creó una vuelta anómala que unía a las rimas del estribillo rimas de la mudanza y rimas nuevas:

ABB // cd cd / dbb [66]
ABBA // cde cde / effa. [67]

El primer tipo era raro entre los primitivos (memoriales boloñeses, Bonagiunta Orbicciani) pero equivale a la mitad de las de Dante y Petrarca. El segundo tipo tiene un cariz más arcaico, pues aparece desde los textos preliterarios, equivale a la mitad de las escritas por los *stilnovisti* y Petrarca y falta en la amplia producción de Franco Sacchetti;

62. R. LAPESA, *Ob. cit.*, p. 158, nos recuerda que según las *Coplas de la Panadera se* nos lo presenta «con habla casi estrangera, armado como francés».
63. *Ed. cit.*, p. 451.
64. *Cancionero de Palacio*, n.° 2, 3, 195, 197, 199 y 200. Obsérvese que el n.° 3 no tiene la forma de la canción; la acepto en este inventario porque la rúbrica la identifica como tal.
65. *Cancionero de Palacio*, n.° 36 y 38.
66. Este esquema fue usado dos veces por Petrarca (*Canzoniere*, ed. G. Contini, y D. Ponchiroli, Turín, Einaudi, 1974, n.° 55 y 59), otras dos por Dante («Rime amorose», en *Tutti le opere*, Florencia, 1919, n.° 12 y 74), cuatro por G. Cavalcanti (L. di Benedetto, *Rimatori del dolce stil novo*, Bari, 1939, núms. 24, 26, 28 y 35), dos por Gianni Alfani (*Ibidem* núms. 2 y 5), una por Cino de Pistoia (*Ibidem*, n.° 24) y seis por Franco Sacchetti (*Il libro delle rime*, ed. de A. Chiari, Bari, 1936, n.° 8, 18, 26, 30, 32 y 34).
67. Aparece dos veces en la obra de Dante (*Ob. cit.*, n.° 61 y *Vita nuova*, ibidem n.° 1), una en la de Cavalcanti (*Ob. cit.*, n.° 29) y ocho en la de Lapo Gianni (*Ibidem* núms. 1, 2, 3, 4, 5, 7, 9 y 11).

reaparecerá durante el cuatrocientos en la producción de Lorenzo el Magnífico y su círculo,[68] pero entonces habrán cambiado tanto la selección métrica como el contenido y el tono de la composición.

Esta clase de esquemas son frecuentes en el *Cancionero de Baena*. Dentro del primer tipo encontramos dos composiciones del Arcediano de Toro:

ABAB // cd cd / daab
AABBA // cd cd / dcca [69]

otras dos de Macías:

AAAB // cde cde / eaab [70]
ABBA // cd cd / dbbd [71]

y una última de Garci Ferrandes de Jerena:

ABAB // cd cd / cddb. [72]

El segundo tipo ofrece cuatro ejemplos; uno es del mismo Garci Ferrandes de Jerena:

ABBA // cd dc / ceea [73]

otro del Arcediano de Toro:

ABAB // cd cd / deeb [74]

otro de Pero Veles de Guevara:

ABBA // cd cd / ebba [75]

y el último, ya tardío, de Juan Rodríguez del Padrón:

ABBBAA // cd dc / aeea. [76]

---

68. Se trata de la *frottola barzeletta, canti carnascialeschi* y *canzonette d'amore*, de aire falsamente populariz.., a menudo en octosílabos.
69. N.º 313 y 311 respectivamente.
70. N.º 307.
71. N.º 308.
72. N.º 560.
73. N.º 561.
74. N.º 314.
75. N.º 317.
76. N.º 470.

Si examinamos ahora la obra de los poetas objeto de este estudio, veremos cómo en la generación C aparecen siete esquemas del primer tipo y cuatro del segundo, pero éstos se encuentran repetidos hasta dar un total de siete canciones;[77] uno de los tres textos de la generación B pertenece al segundo grupo, y en la C encontramos cuatro formas del primer tipo y seis del segundo.

Resulta extremadamente difícil dilucidar hasta qué punto las formas italianas hayan pesado sobre los poetas de hacia 1400. Las dos variantes de la *ballata* que estamos estudiando son relativamente frecuentes en el repertorio alfonsí y dominan en el *Libro de Buen Amor* y en el *Rimado de Palacio*. Por otra parte la forma de la canción, como la de la *ballata*, parte en su evolución de un trístico con vuelta reducida, lo cual permite aplicar a la lírica peninsular los mismos principios evolutivos que a la italiana; no obstante resulta forzado acudir a la explicación poligenésica cuando existen contactos entre las culturas afectadas y éstos están sobradamente demostrados en el caso de la poesía castellana y la italiana,[78] más precoz y sólida en su aparición y desarrollo.

Quizá deberíamos considerar la posible relación entre las combinaciones de octosílabos y quebrados y el modelo italiano. Veíamos en el capítulo anterior que no podían aproximarse a la polimetría del *virelai*, pero parece la perfecta adaptación al castellano de la alternancia de endecasílabos y heptasílabos característica de la *ballata*. En este sentido es significativo que la desaparición del quebrado y la de las anomalías en la vuelta sean rigurosamente paralelas.[79]

Algunos esquemas estróficos, muy pocos por cierto, reclaman el contacto italiano para una explicación coherente: se trata de las mudanzas con tres rimas. Ni la dansa ni el *virelai* utilizan más de dos, ni siquiera en el caso de *ouvert* y *clos* amplios, que se resuelven mediante la multiplicación de versos con las mismas rimas; sin embargo, son frecuentes las *mutazioni* de tres y hasta de cuatro rimas en la *ballata* de los *stilnovisti* y de Petrarca:

ABBA // cde cde / effa[80]
ABBC // defg defg / ghhc.[81]

77. Véase 1.3.1.2.
78. A. FARINELLI, *Italia e Spagna*, dos vols., Torino, 1929. El influjo de Petrarca en los autores del *Cancionero de Baena*, si bien se basa en su obra intelectual, es estudiado en el vol. I, pp. 37 y ss. Es interesante observar que cree ver un eco del soneto de Petrarca «Occhi piangete; accompagnate il core» en el n.º 15 bis del *Cancionero de Baena*, obra de Villasandino (vol. I, p. 79 nota).
79. Compárense los cuadros 3.1.3 y 1.3.1.3.
80. Es el mismo esquema reproducido más arriba, nota 67.
81. Lapo Gianni, *Op. cit.*, n.º 8.

A este tipo hay que remitir el número 307 del *Cancionero de Baena*, arriba citado, y el número 23, obra de Villasandino:

ABAB // cdef cdef / fgga.

Sin embargo la prueba no es concluyente puesto que esquemas semejantes aparecen ya en Juan Ruiz:

AAAB // cde cde / eaab [82]

y, aunque faltan precedentes en las *Cantigas de Santa María*, no puede descartarse la evolución interna en la tradición peninsular, tan pobre en testimonios para todo el siglo XIV.

Podemos pues deducir que, si bien faltan pruebas concluyentes del influjo de la *ballata* sobre la canción entre 1350 y 1450, los numerosos paralelismos entre las formas de ambos géneros, en coincidencia temporal con el influjo comprobado de la lírica italiana en las letras peninsulares, inducen a pensar que su desarrollo fue mediatizado por su ejemplo. Tal como veremos en las próximas páginas, este proceso encuentra su término cuando el Marqués de Santillana impone la moda de las formas provenzales.

La *dansa* catalano-provenzal en los siglos XIV y XV, por la estrecha conexión que desde muy antiguo se ha señalado entre este género y la canción, merece estudio detallado. Ya le Gentil señaló las semejanzas entre ambos géneros, especialmente en lo que toca al uso del *retronx*, pero un grave error de perspectiva, por desgracia frecuente entr los investigadores franceses, le impidió aprovechar los materiales entonces conocidos. En su opinión, «l'évolution qui a conduit à ces transformations caractéristiques de la chanson courtoise a incontestablement commencé en France», [83] y nada deberíamos objetar si no identificara la tradición provenzal con la francesa y, sobre todo, si no subordinara la lírica tardo-provenzal a la francesa del siglo XIV; en esta línea llega al extremo de considerar que el uso del *retronx* es definido por Molinier «d'après le modèle, semble-t-il, de la ballade des poètes du Nord», y termina: «précissons seulement que des intermédiaires catalans existent entre la *canción* et la *dansa* provençale». [84] Luego pone un ejemplo del *Cancionero de Zaragoza*, cuyos autores son en su mayor parte de las cortes del Magnánimo y de Juan II en Navarra (desde 1425) y en la

---

82. «Ave María de Santa María», estudiada más arriba.
83. *Op. cit.*, vol. II, p. 290.
84. *Ibidem*, p. 270.

corona catalano-aragonesa (1458-1479). [85] Con el fin de aclarar este punto resumiremos brevemente la evolución estrófica de la *dansa* en la lírica catalano-provenzal tras la desaparición del fenómeno trovadoresco.

La problemática de este género en los siglos XIV y XV encierra una doble orientación: su difusión, y su adaptación a los fines de la lírica religiosa: «non seulement ils [los trovadores catalanes] nous ont laissé un nombre de *dansas* de beaucoup supérieur à celui-ci qui nous reste des Provençaux, mais ils ont fait encore de ce système de versification (...) l'instrument de la poésie religieuse populaire». [86] La adaptación de la *dansa* a la lírica religiosa, concretamente la mariana, es muy antigua, al menos desde fines del siglo XIII, [87] y su posterior implantación en Provenza es considerada reflejo de su cultivo en Cataluña, [88] donde se convirtió en forma dominante del género hasta nuestros días. [89] Aquí sólo tocaremos algunos aspectos de la *dansa* mariana o *goig*, los imprescindibles para interpretar su evolución formal.

Por otra parte la lírica escrita en Cataluña siguió apegada a la lengua y los usos trovadorescos hasta bien entrado el siglo XV; si la poesía amorosa castellana no rompió neta y rotundamente sus ataduras con la tradición galaico-portuguesa hasta el Marqués de Santillana, la catalana no lo hizo hasta Ausias March, un año mayor que don Iñigo a juzgar por las hipótesis sobre su nacimiento. [90] Si bien la mayor parte de los territorios transpirenaicos tenazmente adquiridos por Alfonso II para la Corona de Aragón habían sido perdidos tras la batalla de Muret (1213) y Jaime I había renunciado a sus derechos históricos en el tratado de Corbeil (1258), el Pirineo no suponía barrera alguna para la comunicación literaria entre los dos países. Había concurrencia de catalanes en las justas de Tolosa [91] y a su imagen fueron creadas las de Barcelona, con la activa intervención de don Enrique de Villena. [92] Cataluña y Provenza formaron una unidad poética hasta muy entrado el

85. M. MILÁ I FONTANALS, *Antichs poetes catalans* en *Obras completas*, vol. III, Barcelona, 1890, pp. 141-240 y M. DE RIQUER, *Història de la Literatura Catalana*, vol. III, Barcelona, 1964, pp. 11 y ss.

86. A. PAGÈS, «La 'dansa' provençale et les 'goigs' en Catalogne», *Homenatge a A. Rubió i Lluch*, vol. III, Barcelona, 1936, pp. 201-224, especialmente p. 203 y M. DE RIQUER, *Op. cit.*, vol. I, p. 201.

87. A. SERRA I BALDÓ, «Els 'goigs de la Verge Maria' en l'antiga poesia catalana», *Homenatge a A. Rubió i Lluch* cit., vol. III, pp. 367-386, especialmente p. 371 y M. DE RIQUER, *Ob. cit.*, vol. I, p. 201.

88. A. PAGÈS, *Op. cit.*, p. 215.

89. Sobre la forma estrófica de los textos populares antiguos véase también J. ROMEU FIGUERES, *Cançons nadalenques del segle XV*, Els nostres clàssics, Barcelona, 1949, p. 48 y nota.

90. M. DE RIQUER, *Andreu Febrer, Poesies*, Els nostres clàssics, Barcelona, 1951, Apèndix II, e *Història de la Literatura Catalana*, vol. II, p. 544.

91. M. DE RIQUER, «Contribución al estudio de los poetas catalanes que concurrieron a las justas de Tolosa», *Boletín de la Sociedad Castellonense de Cultura*, XXVI, 1950, 280-310.

92. Véase más arriba, p. 100 nota 5.

siglo xv, cuyos orígenes y tradiciones se asientan en el esplendor trovadoresco,[93] y que se mantiene totalmente al margen de la evolución de las líricas románicas hacia los géneros de forma fija. El peso de los trovadores fosilizó la evolución formal, cuya única manifestación es el afianzamiento de la *dansa* entre los géneros líricos; y no olvidemos que, si bien Pagès señalaba su mayor presencia en Cataluña, no contabilizaba más de 32 *dansas* amorosas conocidas en los siglos xiv y xv.[94] Estos datos son imprescindibles si queremos colocar en su justo punto las deuda de nuestros poetas con la tradición lírica europea.

Remontándonos a los ejemplos más antiguos que conservamos, terminado ya el período trovadoresco, encontramos varios textos religiosos, al filo del siglo xiv, de los que retendremos dos con la forma inequívoca de la *dansa*. El primero fue publicado por Milà i Fontanals[95] y tiene un esquema estrófico corriente en la canción:

ABA // cd cd / aba.

El segundo nos recuerda inequívocamente las formas que rastreábamos entre las *Cantigas de Santa María* y el *Cancionero de Baena:*

ABAB // cd cd / ab ab.[96]

Un tercer texto, también religioso, es atribuido al rey don Jaime II (1267-1327), que lo fue también de Sicilia. El dato es importante en cuanto el esquema estrófico utilizado:

ABBA // cde cde / effa,[97]

por el número de rimas en la mudanza y por las rimas de la vuelta,

93. Es muy significativo que Santillana coloque indiscriminadamente entre «los catalanes, valencianos e aun algunos del reyno de Aragón», a Guilhem de Bergada, autor del siglo xii en la más genuina tradición trovadoresca (M. de Riquer, *Guillem de Bergadà*, dos vols., Abadía de Poblet, 1971), Pere March (M. de Riquer, *Història de la Literatura Catalana*, vol. I, pp. 543 y ss.), Jordi de Sant Jordi (M. de Riquer, *Op. cit.*, vol. I, pp. 654 y ss., y *Jordi de Sant Jordi. Estudio y edición*, Universidad de Granada, 1955) y Andreu Febrer, M. de Riquer, *Història de la Literatura Catalana*, vol. I, pp. 592 y ss. y edición citada en la nota 90), que usaban un provenzal arcaizante más o menos deturpado, y Ausias March, que escribía ya en un catalán puro («Proemio e carta», *Ed. cit.*, pp. 216-218).
94. *Op. cit.*, p. 208.
95. «Flor de lis, Verge Maria», en M. Milà i Fontanals, *Poètes lyriques catalans*, en *Obras*, vol. III, p. 307 y nota.
96. «En lo món sí fos dotada», SERRA y BALDÓ, *Op. cit.*, p. 371. Adapto el esquema estrófico a las convenciones usuales en este estudio.
97. I. CLUZEL, «Princes et troubadours de la maison royale de Barcelone-Aragon», en *Boletín de la Real Academia de Buenas Letras de Barcelona*, XXVII, 1958, 321-374, pp. 356-357.

enlaza con la tradición italiana de la *ballata*. Otro tanto podría decirse del verso utilizado, el hexasílabo, que resulta de contar al modo catalán o provenzal el heptasílabo italiano.

Si nos fijamos en estos tres esquemas, observaremos dos aspectos que permanecerán ya inalterados y característicos de la *dansa:* en primer lugar, desaparecen de la mudanza las rimas del estribillo; en segundo lugar, la mudanza está formada por dos miembros simétricos, como el *ouvert* y el *clos* del *virelai* y como los dos *piedi* de la *ballata*. Estas características serán confirmadas por la primera colección importante para la historia del género: el *Cançoner de Ripoll*.

Este cancionero ha sido recientemente datado hacia el segundo cuarto del siglo XIV [98] y por el predominio de la *dansa* parece indicar una fuerte preferencia por los géneros de forma fija que carecería de seguidores. [99] Encontramos allí los siguientes esquemas estróficos:

ABA // cd cd / aba [100]

ABB // cd cd / abb [101]

ABC // de de / abc [102]

ABB // cdd cdd / abb [103]

ABA // cd ed / aba [104]

ABAB // ccd ccd / abab [105]

ABBA // cd cd / abba [106]

AABA // cd dc / aaba. [107]

Excepto una (n.º XVIII, XIX para Rubió) tienen una longitud uniforme: tres estrofas más *tornada*, que acerca el género al canon de la *ballata* y de los textos del *Rimado de Palacio*. A estos ejemplos podemos añadir una *dansa* del Capellà de Bolquera (autor del número VII

98. L. BADIA, *Poesia catalana del segle XIV. Edició i estudi del «Cançoneret de Ripoll»*, Barcelona, Edicions dels Quaderns Crema, 1983, pp. 24-38 y 42-44. Hasta la fecha disponíamos exclusivamente de la edición y estudio de J. Rubió, «Del manuscrit 129 de Ripoll del segle XIV», *Revista de Bibliografia Catalana*, V, 1905, 285-376. Citaremos por la edición de Badia, que modifica algunos esquemas estróficos al rechazar el uso de la asonancia, aceptado por Rubió, pero daremos el número en cada edición cuando difieren.

99. L. Badia cree que esto puede atribuirse a tradiciones locales (*Ob. cit.*, p. 198), lo cual nos devuelve a la tesis de Pagès: el mayor arraigo de la *dansa* en Cataluña.

100. Núms. II, III, VIII, XVI (XVII en la edición Rubió).

101. N.º X.

102. N.º I.

103. N.º XI.

104. N.º VI.

105. N.º XVIII (XIX en Rubió).

106. N.º XII.

107. N.º VII.

del *Cançoner de Ripoll*) que repite el esquema más frecuente de la colección:

ABA // cd cd / aba,

y cuyo texto, procedente de Eiximenis, ha sido repetidamente publicado. [108] En todos estos casos, el tipo de verso preferido es el heptasílabo (octasílabo si contamos por el procedimiento castellano) que señoreará el género en el siglo XV; sin embargo, son frecuentes las combinaciones métricas de dos medidas (n.º VI, XI, XII) y hay un caso de tres (n.º XVIII, XIX en Rubió) y otro de cuatro (n.º VII).

A mediados del siglo XIV podemos datar cuatro *dansas*, una de Joan de Castellnou [109] y tres de Peyres de Ladils, [110] uno a cada lado de los Pirineos. La primera, por su estrofismo, sigue en la línea de las formas más complejas del *Cançoner de Ripoll:*

AABBB // ccd ccd / aabbb

así como por las combinaciones de versos de tres medidas (heptasílabos, tetrasílabos y trisílabos según el cómputo provenzal). Sin embargo, Peyres de Ladils se sitúa en la línea de lo que serán los certámenes poéticos tolosanos en este siglo, utilizando una línea más sobria en los esquemas:

ABA // cd dc / aba
AAA // bbc ccb / aaa
ABAB // ab ab / abab [111]

y un solo tipo de verso en cada caso: heptasílabos en el primero y tercero y pentasílabos en el segundo. En cuanto a sus dimensiones, se trata siempre de tres estrofas y *tornada*. [112] Terminaremos este bloque con un texto incluido en las *Leys d'Amors*, [113] que combina los pentasílabos

108. *Ibidem*, n.º XIX.
109. «Aixi'm te dins el gran briu», mss. 146 de la Biblioteca de Catalunya, fol. CIX vto. Para Johan de Castellnou véase Riquer, *Op. cit.*, vol. I, pp. 525-526. Las noticias de este autor sitúan entre 1340 y 1350.
110. J. B. NOULET y C. CHABANEAU, *Deux manuscrits provençaus du XIVᵉ siècle*, París-Montpellier, 1888. Se trata de los números XLVI, XLVIII y L. Los editores sitúan la producción de este autor en el segundo cuarto del siglo XV (p. XXV y nota).
111. *Ed. cit.*, núms. XLVI, XLVIII y L, respectivamente.
112. Jeanroy habla de una *dansa* de Bertran de Sant Roscha en el ms. 146 de la Biblioteca de Catalunya, cuya composición data de hacia 1325-1360 («La poésie provençale dans le Soud-Ouest de la France et en Catalogne du début au milieu du XIVᵉ siècle», en *Histoire Littéraire de la France*, vol. 38, París, 1941, pp. 1-138, especialmente p. 116. Vista tal composición (mss. 146, fol. 132 y 132 v.) resulta ser *una canso ab refranh*, no una *dansa*. La rúbrica dice: «canso dança q̄ feu mossen bertran de sant roscha e fo coronada».
113 Edición de J. Anglade, Bib. Méridionale, núms. XVII a XX, Toulouse, 1919-1920, vol. III, p. 160.

de estribillo y vuelta con los octosílabos y heptasílabos alternados de la mudanza:

$$AAB \; // \; cd \; cd \; / \; aab.$$

Los poemas galardonados en los certámenes tolosanos fueron publicados por Jeanroy con el título de *Les joies du gay savoir*,[114] y la indicación del año daría una valiosa información si el academicismo de la escuela no la hubiese fosilizado desde sus comienzos; la *dansa* más temprana es de 1372, la más tardía de 1474, coincidiendo con el fin del período del *Cançoner de Saragossa*. El manuscrito contiene catorce cuyas formas son:

$$ABBBA \; // \; cdddc \; / \; abbba \; [115]$$
$$ABAB \; // \; cd \; cd \; / \; abab \; [116]$$
$$ABAB \; // \; cd \; dc \; / \; abab \; [117]$$
$$ABBA \; // \; cd \; dc \; / \; abba \; [118]$$
$$ABBBAB \; // \; cd \; cd \; / \; abbbab \; [119]$$

El tema, casi exclusivamente religioso,[120] la fosilización de las formas, ancladas en la rima alterna, y lo tardío de la mayor parte de dichas composiciones, impiden a esta colección representar el papel que, en principio, cabría esperar. Señalaremos por fin que todas estas *dansas* tienen tres estrofas y una *tornada*.

Volveremos a los poetas catalanes, mejor estudiados, más abundantes y más libres en sus elecciones formales y temáticas. Del *Cançoner Vega-Aguiló* señalaremos a Pere Tresfort, al filo del siglo XV, autor de una *dansa* en estrofas de cuatro versos con rimas alternas, escrita en heptasílabos:

$$ABBA \; // \; cd \; dc \; / \; abba, \; [121]$$

114. Bib. Méridionale n.º XVI, Toulouse, 1914. Cada poema suele ir precedido del galardón obtenido y el año.
115. N.º V, de Huc de Valat, galardonada en 1372. Se trata de una *dansa* y una *canso* que intercalan sus estrofas.
116. N.º XLVII (de Boneti, sin año), XLVIII (Mossen Guilhem de Galhac, sin año), L (Antonius de Jaunaco, sin año), LI (Johan de Calmo, 1451), LIII (Johan Gombaut año 1456), LIV (Peyre de Blays, año 1462), LVII (Franciscus de Morlanis, 1466) y LXI (Johan Bemonys, 1474).
117. N.º LVI, de Peyre de Vilamur, en 1465.
118. N.º XLIX (P. Malarderii, sin año), LII (De Brolio, sin año) y LX (R. Benedictis, 1471).
119. N.º LIX (Ramondus Sairem, 1468).
120. Sólo los números V, LVI y LXI son de tema amoroso.
121. M. de Riquer, «Contribución...» cit., p. 285.

también de tres estrofas y tornada. Es a comienzos del siglo XV que hemos de colocar otras tres *dansas*, una de Guerau de Massanet, otra de Gabriel Ferruç y una tercera de Jordi de Sant Jordi, con el mismo esquema estrófico. [122]

Diremos por último que éste es ya el modelo dominante en la época de Alfonso el Magnánimo y de Juan II de Navarra y de Aragón, con algunos poemas de rima alterna, tal como se manifiestan en la obra de Johan Berenguer de Masdovelles. [123] El *Cancionero Catalán de la Universidad de Zaragoza*, [124] sin embargo, resulta más variado en el orden de las rimas, aunque casi siempre dentro de los límites de la estrofa de cuatro versos. Pero nos encontramos en una etapa tardía, muy alejados ya de la gestación de la canción castellana que, con todo, admitía mayor variedad formal.

Si comparamos estos esquemas con los trovadorescos, veremos que son la continuación del modelo más frecuente en el siglo XIII; de las treinta dansas conocidas, veintiuna tenían mudanza de dos miembros simétricos, con rima independiente del estribillo, y vuelta regular y completa, que repite su esquema estrófico. De las doce formas usadas en aquellas *dansas*, ocho tienen estribillo de cuatro versos y dos, de tres, pero la mudanza de cuatro sólo aparece en otros tantos esquemas. La continuidad formal queda de manifiesto si consideramos que sólo dos formas son comunes a más de una composición, precisamente aquellas que pervivirán a través del siglo XIV:

ABA // ab ab / aba (dos veces)
ABAB // cd cd / abab (seis veces). [125]

Como en los demás campos de la Romania, este siglo supuso una depuración de la variedad trovadoresca y, a diferencia del *virelai*, la dansa evolucionó hacia el predominio de la forma simple, monométrica, con tres o cuatro versos en el estribillo y sólo cuatro en la mudanza, y con ambas partes diferenciadas por la rima. En las cortes catalanas y en los consistorios catalano-provenzales se continuaba fielmente la gloriosa tradición trovadoresca, con plena independencia del *virelai*, anterior o posterior a Machaut.

---

122. M. de Riquer, «G l Ferruç y Guerau de Massanet, poetas catalanes del siglo XV», en *Boletín de la Sociedad Castellonense de Cultura*, XXVII, 1951, 148-176 y 234-257, números III y VII, respectivamente, y M. de Riquer, *Jordi de Sant Jordi*, cit. n.º I.
123. *Cançoner dels Masdovelles*, ed. R. Aramon i Serra, Barcelona, 1938. Los números 20, 25, 27, 29, 31, 59 y 129 son de rima cruzada, los números 48 y 58 de rima alterna.
124. Edición M. Baselga y Ramírez, Zaragoza, 1896.
125. V. Beltrán, «De zéjeles y *dansas*: los orígenes de la estrofa con vuelta», p. 250 y nota.

Es curioso el paralelismo que de antiguo se establece entre la *dansa* y la canción. También en el *Libro de Buen Amor* y en el *Rimado de Palacio* aparecen los estribillos y mudanzas de cuatro versos, aunque difieran las rimas de la vuelta, y también en el Canciller Pero López de Ayala encontramos el poema de tres estrofas. Sin embargo la semejanza se acentúa a partir del Marqués de Santillana: dominan los estribillos de tres y cuatro versos y las mudanzas de cuatro, mientras la vuelta tiende, cada vez con más intensidad, a reproducir las rimas del estribillo. Hemos de subrayar que, al tiempo de este desarrollo, se consagra la canción de una o dos vueltas, con una sola excepción: el Marqués de Santillana, en cuya obra predominan las canciones largas (cinco de tres vueltas y otras tantas de dos) sobre la de una vuelta (sólo cuatro); en el lado opuesto se encuentra Juan de Silva, con dos canciones de dos vueltas y dos de una, Álvaro de Luna, con doce de dos y una de una sola vuelta, y Enrique de Aragón, cuyas dos canciones son de una sola vuelta.

Si estudiamos ahora las formas estróficas de la generación C, nos afirmamos más en las semejanzas entre la *dansa* y la evolución de la canción. De las catorce composiciones del Marqués, diez se ajustan a sus mismas normas: estribillo de tres versos [126] o de cuatro, [127] mudanza de cuatro con rimas independientes del estribillo y vuelta con las mismas rimas de aquél; sólo en cuatro composiciones (28 %) [128] aparecen en la vuelta rimas de la mudanza o rimas nuevas, esquema normal en el *Cancionero de Baena*. No menos significativos son los esquemas de las dos composiciones atribuidas en el *Cancionero de Herberay* al Infante don Enrique de Aragón, [129] plenamente ajustadas a la forma de la *dansa* con estribillo en trístico, y tres de las cuatro de Juan de Silva, que corresponden a la *dansa* con estribillo en redondilla. [130] En cuanto a Álvaro de Luna, que veíamos decantarse hacia la tradición del *virelai* en las rimas de la mudanza, sólo en dos canciones sobre trece se acoge a las normas de la *dansa* [131] y una de ellas tiene estribillo de cinco versos, extraño a este género. [132]

126. «Quanto más vos mirarán, ed. Amador de los Ríos, p. 447, «Dios vos faga virtuosa», p. 450 y «Ha bien errada opinión», p. 452.
127. «Bien cuydava yo servir», ed. cit., p. 434, «Desseando ver á vos», p. 445, «Recuérdate de mi vida», p. 446, «Señora, muchas mercedes», p. 453, «Ya del todo desfallesce» y «De vos bien servir», p. 460, «Si tú desseas a mí» (p. 451) repite una rima del estribillo en la tercera vuelta, lo cual, como antes vimos, debe ser antes descuido que artificio, por lo que hemos de considerarla dentro del grupo provenzalizante.
128. «Por amar non saybamente», p. 443, «Quien de vos merced espera», p. 444, «Señora, qual soy venido», p. 448, y «Nuevamente se m'ha dado», p. 458.
129. Núms. 185 y 186.
130. *Cancionero de Palacio*, núms. 35 y 323 y *Cancionero del British Museum*, n.º 96. La cuarta es una canción con trístico monorrimo en la mudanza (*Cancionero de Palacio*, n.º 186).
131. *Cancionero de Palacio*, núms. 198 y 203.
132. No resisto la tentación de relacionar el antagonismo literario entre el Marqués

A la luz de estos datos cabe considerar que la canción fue atraída por la *dansa* desde el Marqués de Santillana, produciendo el predominio del estribillo de cuatro versos, seguido del de tres, y de la mudanza de cuatro, imponiendo a la vez la vuelta simétrica al estribillo; si bien el peso de la *dansa* se manifiesta también en la longitud de las canciones del Marqués, en este aspecto la influencia fue efímera, y afectó sólo a este autor y no a todas sus composiciones. Quizá por la continuidad de los contactos con el área catalano-provenzal desde este momento, quizá por el prurito de simetría que en lo sucesivo regirá la canción, a medida que el siglo XV progresa se reducirán las dimensiones del género a una sola vuelta, pero ésta será rigurosamente simétrica al estribillo. De todas las atracciones que sufrió, la de la *dansa* fue la más profunda y eficaz, si bien la pervivencia de la variedad estrófica, sus dimensiones y su temática cerradamente amorosa atestiguan la profunda personalidad del género castellano. El petrarquismo supuso la adopción de unos géneros y unas formas que venían dados, tal cual, en otra lírica; los poetas de los cancioneros, bien al contrario, estaban abiertos a todas las influencias, pero seleccionaban en cada caso los aspectos de sus modelos que mejor encajaban en las propias tradiciones.

En el estudio sobre el estilo de la canción, [133] se observa cómo dentro de la marcada unidad que, a efectos formales, preside la selección y uso del vocabulario, existe una notable diferenciación de la generación A, marcada por la peculiar selección de los grupos sintagmáticos en el acento y en la rima, que en algunos puntos concretos afecta también a la generación C. En los capítulos que siguen veremos cómo aparecen ligadas en un estadio arcaico y cómo, a medida que nos adentramos en el siglo, una lengua poética cuyo afianzamiento se debe a la época del Marqués alcanza el dominio de la canción, para extenderse después a otros géneros líricos.

El primer aspecto sorprendente en la selección léxica de la generación A es la relativa abundancia de vocablos concretos. Términos como *flor, rosa, visso, gesto, espejo, luna, ruiseñor, centella, claridad, açucena, clavellina, Doiro, estrella, fuego, jardín, joya, lirio, lis, luzero, montaña, naranjal, oro, orta, país, paja, prado, rosal* o *tribuna,* nombres propios como *Elena, España, Extremadura, Guadalquivir, mayo, Paris, Policena, Salvaterra* (5.1) remiten la *cantiga* de Villasandino a hechos,

y el Condestable con su enfrentamiento político. Ambos militaron desde muy temprano en bandos opuestos, terminando su acerba enemistad con el resentido «Doctrinal de Privados». Dada la caracterizada personalidad literaria del Marqués de Santillana, hemos de suponer que fue el Condestable quien se mantuvo al margen de una evolución que identificaría con el partido aragonés. Poesía cortés y política eran al fin y al cabo manifestaciones distintas de un mismo estamento.
133. V. Beltrán, *El estilo de la lírica cortés*, Barcelona, PPU, 1988.

objetos y lugares de la experiencia sensible que desaparecerán a partir de la generación C. Es curioso que en el reducido *corpus* de la B (5.2) sólo aparece un término asimilable a esta larga lista: *lanzada*. En cuanto a la generación C (5.3) sólo encontramos dos términos: *flor de lis* y *navarro*, ambos en una misma canción que sigue muy de cerca las formas de Villasandino, [133 bis] una referencia al pintor *Giotto* [134] y el calificativo *linda*, [135] que muestran cómo el Marqués se colocaba conscientemente en esta tradición. Sin embargo, el carácter minoritario de estos fenómenos y los aspectos que estudiamos a continuación marcan claramente las diferencias entre las generaciones A y C e indican cómo esta última se sitúa ya en la línea de lo que será el vocabulario característico de la canción en el siglo XV.

El listado de los vocablos usados sólo en la generación A muestra hasta qué punto aquella relación le es particular. Sorprende por otra parte que en ella aparezcan 164 vocablos (6.1), 19 con frecuencia superior a tres y uno *(rosa)* de frecuencia siete, cuando en la generación C (6.3) no constan sino 69 y sólo uno *(cedo)* con frecuencia tres, valores que en lo esencial se mantendrán hasta la generación F para disminuir a continuación.

El vocabulario de la generación A, a pesar de la mayor vivacidad e interés de muchas de sus composiciones frente a la monotonía de textos posteriores, resulta notablemente reducido. Cada término aparece usado un promedio de 5,45 veces, muy alejado del siguiente valor (4,95 en la generación H, 7.1.1), y las proporciones de las palabras con frecuencia uno y dos son también notoriamente bajas 47,20 % y 15 % [136] (7.1.2). Naturalmente, cuantas más veces aparece un mismo vocablo en un texto y cuantos menos vocablos han sido usados sólo una o dos veces, más pobre es dicho vocabulario, más machaconamente recurre a unos mismos términos para cualquier contenido. Es cierto que la generación A está formada casi exclusivamente por un solo autor, y esto perjudica su variedad, pero dada la riqueza temática de Villasandino esperaríamos más de él. El análisis de la estructtura del vocabulario nos lleva a la misma conclusión; mientras en la generación A aumenta progresivamente, de frecuencia en frecuencia, hasta el orden de las treinta, a partir de la generación C aparecen grandes saltos ya desde la veinte.

133 bis. «Quanto más vos mirarán», ed. cit., p. 447. Es canción de *loor*, género dominante en la generación de Villasandino (1.1.1), y quizá de ahí le viene el uso de unos recursos expresivos anticuados.

134. «Qual Gioto non vos pintara», en «Dios vos faga virtuosa», ed. cit., p. 450.

135. El término aparece en «De vos bien servir» (ed. cit., p. 460) y en «El triste que se despide» (p. 473). Este texto no ha sido incluido en el presente estudio por su forma netamente atípica (dos *coblas unissonans*). *Lindo* aparece once veces en los textos analizados de la generación A y sólo una en la C y otra en la F; véase su uso en el *Cancionero de Baena*, n.º 50.

136. Para estos datos y su interpretación, véase Muller, *Estadística lingüística*, pp. 267 y ss. y 323 y ss.

Cuanto más palabras aparezcan usadas veinte, treinta, cuarenta, cincuenta veces, naturalmente más pobre será el vocabulario (7.1.3).

De lo dicho se deduce la mayor aproximación del que usa la generación C a los valores habituales. [137] De los términos usados sólo en esta generación, ninguno supera la frecuencia dos [138] (6.3), lo cual nos certifica de su excepcionalidad e irrelevancia; dicho de otra manera, y a pesar de la presencia de una personalidad como la del Marqués de Santillana, los autores de esta generación se ciñen a un vocabulario ya codificado por el uso anterior y renuncian de plano a la innovación. El dato es relevante si pensamos que es en este momento cuando, especialmente bajo el influjo de don Iñigo de Mendoza, se crea el gran decir alegórico que dominará durante muchos años el panorama poético castellano. Esto puede explicar cómo la canción se ciñe a un vocabulario abstracto, remontable en última instancia a los trovadores gallego-portugueses, que permanece incólume durante la primera mitad de siglo, mientras los demás géneros líricos son invadidos por el cultismo, la sintaxis latinizante y las alusiones mitológicas.

Idénticas conclusiones podríamos extraer de los valores estadísticos de esta generación. La frecuencia media es inferior a lo normal —aquí sí puede pesar, enriqueciéndola, la maestría del Marqués—, pero la desviación respecto a la media es inferior a la de las generaciones D o A. [139] De acuerdo con estos datos, esta generación ofrece el vocabulario más rico del siglo, pero sin apartarse de sus directrices generales; la misma conclusión obtendremos de la proporción de vocablos con frecuencia uno: 55,25 %, la más alta del siglo. [140] Si ahora observamos la estructura del vocabulario (7.1.3) veremos cómo la frecuencia más alta (52 para el adverbio *no*, 1.4.3. y 7.1.3) es superada por dos vocablos en las generaciones D, E y F, uno en la G y tres en la H. Y sin embargo, a tenor de lo dicho más arriba, esto no significa que los usados por la generación C sean atípicos, sino que de entre los aceptados por el código de la canción estos autores utilizan una gama más amplia de lo normal.

A la luz de estos datos podemos deducir que el vocabulario de la canción aparece plenamente formado en la generación C, y que manifiesta una neta ruptura con lo que había sido el de Alfonso Álvarez de Villasandino. El problema consiste ahora en dilucidar si, como en el

137. La generación B no es aprovechable para estas comparaciones, pues al contar con sólo tres poemas deformaría todos los valores estadísticos.

138. Obsérvese que los términos tomados del uso de Villasandino no constan en esta lista, pues aparecen ya al menos en dos generaciones.

139. 7.1.1. La frecuencia media para todas las canciones analizadas es de 4,49 y las generaciones E a H inclusive oscilan entre 4,25 y 4,96.

140. 7.1.2. Obsérvese que, en compensación, la frecuencia dos tiene una probabilidad notablemente baja, 0,165, sólo superior a la de las generaciones A y D. Hay que considerar en favor del Marqués su mayor uniformidad temática y estilística respecto a Villasandino, lo cual favorecería el empobrecimiento del vocabulario.

caso de las formas, Villasandino queda aislado o si, por el contrario, no hizo sino continuar y potenciar usos tradicionales que fueron luego torcidos por la generación del Marqués de Santillana.

El vocabulario de la expresión cortés, tal como lo encontramos en la canción del siglo XV, se remonta al menos tres siglos, al origen de la lírica galaico-portuguesa. Mientras los provenzales lo preferían más vinculado a la experiencia sensible, desde la terminología feudal a todo tipo de términos concretos, alusiones a personas y envío a poderosos, los portugueses, desde los textos más antiguos, reducen su selección a un vocabulario abstracto y reducido, limitado a la expresión de los afectos, aún cuando el poema contenga elementos narrativos:

> A mia senhor, que me ten en poder
> e que eu sei máis d'outra ren amar,
> sempr'eu farei quanto m'ela mandar
> a meu grado, que eu possa fazer,
> mais non lhi posso fazer ũa ren:
> quando mi diz que lhi non quera ben,
> ca o non posso comigo poer. [141]

A este tronco remontan los términos más frecuentes de la canción: *ver, querer, poder, mal, mucho, bien, más, dar, amor, morir, señor, servir, tener, saber, decir, amar,* pero esto no supone que su tradición haya sido rota por Villasandino. Hicimos varias veces referencia a *cantigas* en que este poeta imitó conscientemente el estilo de la *cantiga de amor,*[142] y el Marqués de Santillana nos habla de un *cancioneiro,* «un gran volumen de cantigas, serranas e dezires portugueses e gallegos, de los quales toda la mayor parte era del rey Don Dionis de Portugal», que él conoció en casa de su abuela doña Mencía de Cisneros, [143] y a quienes quiso imitar en su canción «Por amar non saybamente». [144] Al menos hasta este momento hay un conocimiento del pasado que permite mantener la trama de la tradición.

Sin embargo Villasandino no inventaba cuando hacía una selección tan peculiar. La comparación de la mujer a una flor es motivo encomiástico que, desde las *Cantigas* de *Santa Maria* y los últimos trovadores, pasa por Alfonso XI, el *Rimado de Palacio* y el *Libro de Buen Amor*

---

141. Joan Airas de Santiago, *Cancionero,* edición citada, n.º XVII. Para los problemas de vocabulario en general, véase mi estudio *El estilo de la lírica cortés,* arriba citado.
142. *Cancionero de Baena,* núm. 14, 19, 45 y, en menor grado, la n.º 10. Son textos de *meestría,* de tres o cuatro estrofas, escritos en gallego y con una fraseología extraña al resto de su producción.
143. «Proemio e carta», ed. Durán, p. 218.
144. Ed. Amador, p. 413. No obstante, el modelo inmediato fueron los poetas del período gallego-castellano (R. Lapesa, *La obra literaria* ... cit., pp. 79-80).

para llegar a Villasandino. [145] La comparación se aplica indiferentemente a la lírica amorosa y a la mariana, y nos acredita la continuidad de unas formas estilísticas desde fines del siglo XIII hasta la primera mitad del XV.

Para delimitar este fenómeno debemos volver a algunos de los textos objeto de nuestro análisis, especialmente a los de Pedro González de Mendoza, coetáneo de Villasandino, y a los de don Diego Hurtado de Mendoza, único poeta adscribible a la generación B; ambos están representados por tres canciones en nuestros cancioneros. [146] En el primero encontramos diez términos que sólo aparecen en la generación A, la propia: *proesa, altesa* y *orden* (n.º 251), *desden, ren, descomunal, espejo, adonada* y *segurar* (n.º 251a), y *carrera* (251b); de ellos, sólo *ren, descomunal* y *espejo* aparecen también en los textos de Villasandino analizados, siendo los demás privativos de este autor. En total son, repito, diez vocablos en cuarenta y dos versos.

El vocabulario diferencial de Diego Hurtado de Mendoza está aislado en 6.2, pues sus tres canciones son las únicas adscribibles a esta generación. En un total de treinta y seis versos aparecen doce vocablos: *desdonar, lanzada, namorar, obrar, tratar, vedar, contemplar, engendrar, expirar, maginar, natura* y *valiente*.

Para comprobar la representatividad de estos datos, efectuaremos catas semejantes en el Marqués de Santillana y Alfonso Álvarez de Villasandino. Escogeremos dos poemas del primero [147] y otros tantos del segundo [148] cuya extensión sea semejante a los tres de los anteriores poetas y anotaremos de nuevo los términos que aparecen sólo en su generación. En el primero de los de don Iñigo, encontramos *continente, padesçiente, guay, contender, conviniente* y *despender,* seis vocablos, y en el segundo, *princesa, continente, bendecir, presa, ensalçar, navarro, francés, represa* y *virtuoso,* nueve términos; son pocos si pensamos que esta es una de las canciones donde más se acusa la huella de Villasandino. Son un total de quince términos en cuarenta y dos versos, con lo cual podremos equiparar totalmente el lenguaje de esta generación con la de los poetas antes analizados, excepto Alfonso Álvarez.

Los textos de este autor nos deparan una sorpresa; el primero sólo contiene dos términos no utilizados por otra generación: *luz* y *soedade,* [149] el segundo, seis: *amoroso, risso, angelical, preso, fallir* y *respon-*

---

145. «La *cantiga* de Alfonso XI y la ruptura poética del siglo XIV», pp. 268 y ss.

146. De Pedro González de Mendoza hemos analizado los textos números 251, 251a y 251b del *Cancionero de Baena,* de su hijo don Diego Hurtado de Mendoza, los números 6, 36 y 38 del *Cancionero de Palacio.*

147. «Quien de vos merçet espera», ed. Amador, p. 444, y «Quanto más vos mirarán», *Ibidem,* p. 447. Entre las dos canciones suman 41 versos.

148. *Cancionero de Baena,* núms. 14 y 43, con un total de 44 versos.

149. *Cancionero de Baena,* n.º 14. Recuérdese que, para el análisis del vocabulario de Villasandino, reducíamos a su forma castellana los términos gallegos que la tienen

der. En este encontramos una desviación semejante a los poetas anteriores; en el primero, muy inferior. Ante este resultado anómalo, y observando que entre estos términos faltan los más característicos del autor, seleccionaremos otra *cantiga*, pero esta vez haciendo caso omiso del número de versos y buscando aquella cuyo vocabulario resulta más característico. [150] La composición seleccionada tendrá ahora 32 versos, y encontramos en ella veintidós vocablos que sólo aparecen en su generación: *bonança, alabança, tribuna, resplandeçe, luna, sol, dueña, ventaja, paja, estrellas, rosa, lyndeça, uisso, angelical, enperador, lus, parayso, amorosso, devisso* y *contecer*.

Parece pues que, durante el siglo XIV, convivieron tres estilos en la canción amorosa. El primero procedería de los trovadores galaico-portugueses, y mantendría la misma fraseología, los mismos vocablos y los mismos criterios de selección; con todo, las *cantigas* de este grupo en el *Cancionero de Baena* están afectadas de un tono *pastiche* muy marcado por faltarles los principios constructivos de la *cantiga de amor*, fundamentalmente el enfoque narrativo-discursivo. El segundo estilo quizá proceda del *dezir* amoroso, aunque recoge líneas de renovación remontables a la segunda mitad del siglo XIII; consiste especialmente en la descripción de la dama con símiles florales, lo cual introduce sustantivos concretos en el vocabulario de la canción. El tercer tipo estilístico procede probablemente de la versión al castellano de la terminología de la *cantiga de amor;* si bien se limita a nombres abstractos como su modelo, en la busca de equivalentes léxicos introduce numerosos términos que le dan un carácter más abierto, menos determinado por la tradición en torno a unos clichés expresivos, de eficacia comprobada, de los que los trovadores gallego-portugueses no intentaron, que sepamos, evadirse. [151] Es el tipo de lenguaje que encontramos en los Mendoza y el que dominará en la generación C, con la única salvedad de don Iñigo. Las sucesivas generaciones actuarán sobre este vocabulario, restringiendo progresivamente su riqueza y sus combinaciones, creando una nueva fraseología más cerrada aún que la trovadoresca, pero este proceso no empezará a manifestarse con cierta intensidad hasta Jorge Man-

---

representada en cualquier otra de las canciones de nuestro despojo. En este caso concreto no aparece *luz* sino *lume*.

150. Las dos anteriores fueron seleccionadas por sumar 44 versos. Obsérvese que se encuentran entre las «cortas»: la número 14 contiene tres estrofas (es una de las que imitan a los trovadores, de ahí la simplicidad de su vocabulario), la n.º 43 tiene estribillo y dos estrofas, y se asemeja en forma, tema y lenguaje a las características de la generación C. Analizaremos ahora la n.º 32 del *Cancionero de Baena* que, si por su forma empareja con la 14, por su lenguaje se desvía totalmente en dirección al *dezir* amoroso.

151. Véase el inventario de los tópicos expresivos levantado por G. TAVANI, «La poesia galego-portoghese», en *Grundriss der romanischen Literaturen des Mittelalters*, vol. II, tomo I, fasc. 6, Heidelberg, 1980, pp. 63 y ss., hoy traducido en *A poesía lírica galego-portuguesa*, Vigo, Galaxia, 1986.

rique y no se impondrá hasta la época de los Reyes Católicos. De este fenómeno nos ocuparemos más adelante.

El estilo que aquí nos parece limitado a Villasandino debe remontarse a los últimos trovadores. Si bien las comparaciones florales proceden, en última instancia, de las *Cantigas de Santa María* y fueron luego utilizadas en los poemas marianos de Juan Ruiz y Pero López de Ayala, ya en Johan Lobeira se aplica al lenguaje amoroso, apareciendo como recurso central en la *cantiga* de Alfonso XI. A la luz de todo ello podemos ver el siglo XIV como una época de tanteos y vacilaciones, donde debieron cultivarse a la vez las formas poéticas propias de los trovadores y varias líneas de renovación, de las que una afecta al lenguaje y otra al estrofismo; a la postre triunfaría el abandono de las antiguas formas, pero fracasarían los intentos de renovar la lengua. Villasandino representaría la última apuesta, ya un tanto arcaizante, por la continuidad, de ahí su aislamiento y de ahí también el tono elegíaco de los elogios que le tributó Juan Alfonso de Baena.

En los dos tratados de poética que delimitan este esudio, el *Arte de trobar* del *Cancioneiro da Biblioteca Nacional* y el *Arte de poesía castellana* de Juan del Encina, se dedica especial atención a la retórica de las combinaciones léxicas, especialmente la *adnominatio;* dentro de este campo, el primero cita el *dobre* y el *mozdobre,* [152] el segundo, el *redoblado,* el *retrocado* y el *reyterado.* [153] Sin embargo hay grandes diferencias en la forma en que cada escuela aplica estos recursos al seno del poema: los trovadores no lo conciben sino como un adorno de la dicción, sin especiales aspiraciones estructurales, y así queda de manifiesto en esta *cantiga* de don Denis:

> *Quer'*eu em maneira de proençal
> fazer agora um cantar d'amor,
> e *querrei* muit'i loar mha senhor
> a que prez nem fremosura nom fal,
> nem bondade; e mais vos direi em:
> tanto a fez Deus comprida de bem
> que mais que todas. las do mundo val.
>
> Ca mha senhor quizo Deus *fazer* tal,
> quando a *fez,* que a *fez* sabedor
> de todo bem e de mui gram valor,

152. Puede verse en la edición de Elza PAXECO y José Pedro MACHADO, *Cancioneiro da Biblioteca Nacional, antigo Colocci-Brancuti,* tomo I, vol. I, pp. 15-30, cap. V y VI. Hoy tenemos la más cuidada a cargo de J. M. D'HEUR, «L'art de trouver du Chansonnier Colocci-Brancuti. Edition et analyse», *Arquivos do Centro Cultural Português,* XI, 1975, 321-398.

153. Ed. J. C. TEMPRANO, «El arte de poesía castellana», de Juan de Encina, *Boletín de la Real Academia Española,* LIII, 1973, 321-350, pp. 340 y 341.

> e com tod'esto é mui comunal
> ali u deve; er deu-lhi bom sem,
> e desi nom lhi *fez* pouco de bem
> quando nom quis que lh'outra foss'igual.
>
> Ca em mha senhor nunca Deus *pos* mal,
> mais *pos* i prez e beldad'e loor
> e falar mui bem, e riir melhor
> que outra molher; desi é leal
> muit', e por esto nom sei oj'eu quem
> possa compridamente no seu bem
> falar, ca nom a, tra-lo seu bem, al.[154]

Como mandaba la preceptiva, el *mozdobre* repite un verbo distinto en cada estrofa, aproximadamente en el mismo lugar: su comienzo. Pero el verbo aparece dos veces en la primera y tercera estrofa y cuatro en la segunda, y el autor rechaza conscientemente la creación de paralelismos léxicos: sólo en la primera estrofa hay dos períodos encabezados por el verbo *querer* y el segundo se prolonga hasta el quinto verso, cuando tan fácil hubiera sido terminarlo en el cuarto con dos miembros, rítmica, sintáctica y léxicamente paralelos. Los trovadores gallego-portugueses rechazan estos períodos rotundos, rigurosamente ceñidos al verso, que hicieron las delicias de nuestros cancioneros, de ahí el frecuente recurso al encabalgamiento.

La canción del siglo xv pronto descubrió las posibilidades estructurales de la estrofa y su exploración fue uno de los objetivos fundamentales de los poetas del *Cancionero General*. De ahí que la repetición léxica en este período tienda a crear una estructura que armonice con la de la estrofa:

> Bivo sintiendo *plazer,*
> *plazer, temor* y *dolor;*
> *dolor* por no's poder ver,
> *temor* qu'os temo perder,
> *plazer* por ser amador.
>
> Afirmo qu'estoy y digo
> en *dos partes* hecho dos;
> *por el cuerpo* acá comigo,
> *por ell alma* allá con vos;
> por ser vuestro, con *plazer;*
> por el *plazer,* con *temor;*
> con el *temor* por no's *ver,*
> en no's *ver* está el *perder*
> y en *perder* está el *dolor.*[155]

154. H. R. Lang, *Das Liederbuch des Königs Denis von Portugal*, Halle, 1894, n.º 43 (Cito por la reimpresión de Georg Olms Verlag, Hildesheim-Nueva York, 1972).
155. Diego de San Pedro, *Obras completas*, vol. III, *Poesías*, ed. de D. Severin y K. Whinnom, Col. Clás. Castalia n.º 98, Madrid, 1979, pp. 255-256.

El poema no necesita comentario; construido a partir de una correlación, [156] todo él es una sucesión de estructuras sintácticas paralelísticas cuyo objeto consiste en distribuir ordenadamente los términos en el seno de cada estrofa. Podemos decir que si don Denis evita los paralelismos estrictos en un prurito de naturalidad, Diego de San Pedro los persigue en nombre del artificio.

Este amplio encuadre nos permitirá enjuiciar adecuadamente la retórica del vocabulario en la obra de Villasandino. En algún caso nos encontramos ante usos que pretenden dar unidad al poema, como hacía don Denis: así ocurre en el número 5 del *Cancionero de Baena*, donde tanto el estribillo como sus cinco estrofas empiezan con el término *Mayor*, nombre de su postrimera esposa según la rúbrica, o el del número 19, que asocia las estrofas sucesivas por medio del *leixa-pren*:

> longe de aqui por vos yre.
> Por vos yre longe aqui (...). [157]

Semejante valor hemos de asignar al número 45, que en cada uno de los versos 2.º, 4.º, 5.º y 8.º de cada estrofa, todos con la misma rima, repite un verbo en pasado, presente y futuro:

> Como quier que grant temor
> *sofri e sufro e sufryre*,
> pensando en vosa valor
> *vençi e venço e vençere*;
> porque *di e do e dare*
> syempre a Deus grant loor,
> poys meu tempo en tal tenor
> *perdi e perdo e perdere*. [158]

Lo más corriente es que estos procedimientos no pasen de adornar un verso (el *reyterado* de Juan del Encina):

> tal *cuydar* nunca *cuyde*; [159]

en otros poemas se encuentran casos de *leixa-pren* semejantes en todo al uso de los trovadores:

156. D. ALONSO y C. BOUSOÑO, *Seis calas en la expresión literaria española (prosa, verso, teatro)*, Madrid, Gredos, 1956.
157. Versos 7-8. Las demás estrofas siguen el mismo procedimiento: *de quantas pude ver nin vy./ Nin vy, de quantas pude ver* (vv. 14-15) y *vos van sempre obedescer./ Obedescer siempre vos van* (vv. 21-22).
158. Sobre los recursos para la unidad de la composición véase le Gentil, *Op. cit.*, vol. II, pp. 161 y ss., donde se limita a los de origen provenzal.
159. *Cancionero de Baena*, n.º 50, v. 4. Véanse también los versos 14, 28 y 32, así como el n.º 32, vv. 31 y 32. Los ejemplos podrían multiplicarse.

La que syenpre *obedeçi*
e *obedesco* todavya,
¡mal pecado! solo vn dia
non se le menbra de mi.
Perdy
meu tempo en seruir
a la que me fas beuir
cuydoso desque *la vy*.
Heu *la vy* por meu mal (...).[160]

Terminaremos con otro ejemplo donde una afortunada combinación de *redoblado* y *leixa-pren* encabeza todas las estrofas, cada vez con un vocablo distinto, insistiendo, como en los casos arriba citados, en la unidad del poema:

Desseoso con desseo
deseando (...)
De plazer ia non me plaze,
desplazer (...)
Pensar otro pensamento
pensso (...)
cuydo con grand cuydado
cuydando (...).[161]

Este tipo de recursos contribuyen también a emparentar la obra de Villasandino con los trovadores, máxime si pensamos que faltan en la de don Pedro González de Mendoza, a quien vimos más ligado a la forma característica de la canción.

Si ahora pasamos a los poetas de la generación C, observamos que, aún usando estos recursos, lo hacen con menor intensidad: afectan menos términos cada vez, son menos frecuentes y carecen de función estructural. En Álvaro de Luna encontramos algunos casos:

con los quales vençeria
a quantos oy *son amados*
et *amaran* (...)[162]

y especialmente éste, tan semejante al último de Villasandino:

quien *figura* tal *figura*
tal qual tu la *figuraste* (...).[163]

160. *Cancionero de Baena*, n.º 10, vv. 1-9.
161. *Cancionero de Baena*, n.º 47. Así comienzan las cuatro estrofas de la *cantiga*. Lang estudió estos recursos de forma dispersa, arrastrado por las distintas terminologías usadas por los preceptistas; véanse las entradas *Anadiplosis, cobla capdenal, doble, lexa-prende* y *manzobre* en «Las formas estróficas y términos métricos del *Cancionero de Baena*», *Estudios in memoriam Adolfo Bonilla y San Martín*, vol. I, Madrid, 1927, pp. 485-523.
162. *Cancionero de Palacio*, n.º 199.
163. *Ibidem*, n.º 203.

En las dos canciones de Enrique de Aragón encuentro un solo caso:

> No podríades *pensar*
> que tan gran es mi desseo;
> en *pensar* (...), [164]

y otro en Juan de Silva, aunque su valor es más paralelístico que léxico:

> La que *tengo* no es prision,
> vos soys prision verdadera,
> esta *tiene* lo de fuera,
> vos, señora, el coraçon.
> Esta me *tiene* forçado (...) [165]

Señalaremos por último varios casos esporádicos en la obra del Marqués de Santillana, todos ellos de escasa entidad; el primero, «Bien cuydava yo servir», repite este verbo al final de la primera vuelta y al principio de la segunda mudanza:

> Ca *cuydava* yo penar,
> mas non morir.
> Çiertamente non *cuydava* (...). [166]

En otra canción, tanto el estribillo como la mudanza primera comienzan por un mismo verbo: «*Recuérdate* de mi vida (...) *Recuérdate* que padesco»; [167] en una tercera es la vuelta la que comienza con la misma palabra que el estribillo: *señora*, [168] y en un último ejemplo es en el primer verso de la mudanza y en el primero de la vuelta donde se repite el término inicial: *conosçiendo*. [169] Señalaremos para terminar un uso más cercano al trovadoresco:

---

164. *Cancionero de Herberay*, n.º 186. Corrijo la puntuación.
165. *Cancionero del British Museum*, n.º 96. Obsérvese que la sintaxis permite la elisión del verbo *tener* en el verso cuarto, y otro tanto sucede en el séptimo, que no reproduzco para mayor brevedad.
166. Ed. Amador de los Ríos, p. 434.
167. *Ibidem*, p. 446, versos 1 y 5.
168. «Señora, muchas merçedes», ed. cit., p. 453. Obsérvese también que la mudanza contiene un *mozdobre* sobre el verbo *ser*:

> Pues de vuestra grand valía
> yo *fuy* tan favoresçido,
> muy grand mengua me *sería*
> que *fuesse* desconosçido.

La repetición compensa la escasa carga semántica del verbo *ser*. Es un caso muy cercano al de Juan de Silva.
169. «Nuevamente se m'ha dado», *Ibidem*, p. 458.

Alexatvos do querades,
que non vos *alexaredes* (...). [170]

Observaremos la profunda diferencia que desde la generación C se observa en el uso de tales recursos respecto a sus precedents galaico-portuguses. En estos nos encontramos ante un adorno del verso cuyo valor estructural, de existir, consiste en marcar las relaciones entre varias estrofas de un mismo poema, sin otro rasgo de unidad que estas repeticiones y eventuales recursos en las rimas. En algunos textos, todavía pocos, de la generación C, encontramos ya un esbozo de articulación de la estrofa en torno a unas palabras cuya repetición crea estructuras paralelísticas [171] y un intento de ligar las tres partes de toda canción: estribillo, mudanza y vuelta, repitiendo el mismo vocablo en la misma posición de algunas de estas partes; la diferencia profunda del último caso no consiste tanto en la índole del fenómeno como en su aplicación a estructuras distintas: las estrofas de la *cantiga de amor* fijan su posición relativa por un juego de paralelismos y *leixa-pren,* lo cual supone un progreso respecto a la *canso* provenzal, donde cambian a menudo de orden en los diferentes manuscritos; el estribillo, mudanza y vuelta son posicionalmente fijos y cualquier refuerzo léxico de esta relación contribuye a ponerla de relieve. Esta es una técnica que no cejará de desarrollarse a lo largo del siglo hasta llegar al caso, antes citado, del *Cancionero General.*

Los dos procedimientos de medición elaborados para las repeticiones léxicas muestran muy a las claras la doble vertiente del fenómeno. [172] El primero o coeficiente de reiteración (4.2.1) nos indica cuántas veces, por término medio, aparece repetido cada vocablo en el conjunto de estos recursos. La estabilidad de este valor (entre dos y tres veces, con ligeras variaciones de una a otra generación) se debe a la madurez de unos procedimientos retóricos conscientemente cultivados desde varias centurias; los poetas de nuestros cancioneros no hicieron sino aplicarlos a unos fines distintos, respetando el mecanismo tal como lo recibieron.

El resultado es muy distinto en el segundo promedio, el coeficiente de densidad, que nos indica con qué frecuencia utilizan los recursos de la repetición léxica los poetas de los cancioneros. En este caso, el valor obtenido crece continuamente y a saltos; en las generaciones C y D

170. «Ha bien errada opinión», *Ibidem*, p. 452.
171. Es el caso de Juan de Silva y de la canción de Santillana citada en la antepenúltima nota. Volveremos más adelante sobre estos aspectos cuando nos ocupemos del paralelismo sintáctico.
172. 4.2.1. y 4.2.2. Para el funcionamiento de ambos coeficientes (promedios en realidad) y para más datos sobre este problema véase 4.2.0.

hay un *dobre, mozdobre* o *redoblado* en cada conjunto de mudanza más vuelta,[173] hay dos en cada mudanza-vuelta de la generación E y casi tres en la F y G, para pasar a tres y medio en la H. Estos valores permiten cuantificar muy precisamente un conjunto de relaciones que no se refieren sólo al vocabulario sino que, en última instancia, afectan también a la sintaxis.

Por la estrecha relación que guarda con la retórica del vocabulario, incluiremos en este apartado el estudio de los paralelismos, que nos situará la obra de estas primeras generaciones en la encrucijada de la tradición trovadoresca y las tendencias nacientes de los cancioneros.

Al margen de las grandes construcciones que asocian paralelismo y *leixa-pren* en algunas *cantigas de amigo* muy desarrolladas, lo más frecuente en las *cantigas de amor* es que ciertos paralelismos de contenido, apenas proyectados en leves construcciones léxico-sintácticas, [174] convierten el poema en una sucesión de variaciones de matiz sobre motivos previamente enunciados. Obsérvese cómo la segunda estrofa de la cantiga de don Denis arriba citada repite los conceptos de los dos últimos versos de la primera (la dama como obra maestra de Dios según la acertada formulación de M. R. Lida), [175] el sustantivo *Deus* y el verbo *fazer*, que subrayan la unidad de la composición:

> tanto a fez Deus comprida de bem
> que mais que todas las do mundo val.
>
> Ca mha senhor quizo *Deus fazer* tal,
> quando a *fez*, que a *fez* sabedor
> de todo bem e de mui gram valor (...)

Este paralelismo nada tiene en común con el que vimos en la mudanza de aquella canción de Diego de San Pedro, construida artificiosamente sobre dos grupos de dos versos cada uno:

> Afirmo qu'estoy y *digo*
> en *dos* partes hecho *dos*
> *por el cuerpo* acá conmigo,
> *por ell alma* allá con vos.

173. Obsérvese que la desigual longitud de las canciones no permitía tomar el poema como unidad de referencia: no es lo mismo la articulación retórica de dos o tres variaciones sobre un lexema en una canción de una vuelta que en otra de dos vueltas o tres. De ahí que el número de lexemas afectados de repetición en cada generación se haya dividido por el número de vueltas (o de conjuntos de mudanza más vuelta) de la misma, incluyendo, naturalmente, en el cálculo los grupos reiterativos del estribillo (para más precisiones véase 4.2.0).

174. E. Asensio, *Poética y realidad en el cancionero peninsular de la Edad Media*, Madrid, Gredos, 1957, pp. 75-132, y especialmente pp. 92 y ss.

175. En *Estudios sobre la Literatura Española del siglo XV*, Madrid, Porrúa, 1977, pp. 179-290.

El paralelismo trovadoresco está al servicio del contenido y cuando actúa sobre la estrofa lo hace, como en el caso anterior, creando una pauta para la formulación de los motivos. El castellano es un recurso ante todo eufónico, que se pone al servicio del ritmo de la frase y de la rotundidad de los períodos; es una manifestación más de la idolatría de la forma bella que domina la estética del *Cancionero General*.

La poesía de Villasandino sigue las huellas trovadorescas en sus aspectos fundamentales, aunque su concepción de la estrofa como unidad rítmica está más cerca de los poetas del cuatrocientos. La abundancia de bimembraciones, frecuentemente asociadas al molde estrófico, emparenta con los gallego-portugueses, que la construían sobre un juego de reiteraciones léxicas:

> Entre *dueñas e donzellas*
> esta lieva tal ventaja,
> quanto ay de *oro a paja*,
> del *lusero a las estrellas*,
> del grant *fuego* a las *centellas*;
> pues quien tal rrossa obedeçe (...) [176]

Sin embargo, la concepción del verso como unidad eufónica se opone a los meandros que va creando la alternancia de incisos y encabalgamientos en la *cantiga de amor*:

> (...) por esto nom sei oj'eu quem
> possa compridamente no seu ben
> falar, ca nom á, tra-lo seu bem, al; [177]

el mismo Villasandino intentó esta fraseología cuando quiso imitar a los trovadores:

> Tempo ha que muyto affane,
> miña señor, por vos seruir,
> e ia non poso encobrir
> a coyta en que eu biure. [178]

No obstante, encontramos también composiciones en que este poeta supo construir toda una estrofa sobre moldes paralelísticos muy próximos a los de sus sucesores; obsérvese la disposición verbo / complementos en la siguiente mudanza de una *cantiga*:

176. *Cancionero de Baena*, n.º 32 vv. 9 ss. El mismo texto ofrece casos esporádicos en la primera, tercera y cuarta estrofa. Pueden verse construcciones semejantes en la primera y segunda del n.º 251, de Pedro González de Mendoza.
177. Este fragmento pertenece a la misma composición de don Denis repetidamente citada (nota 154).
178. *Cancionero de Baena*, n.º 19. Corrijo el tercer verso (Azáceta lee *e ian non...*) según H. R. Lang, cuyas rectificaciones a la rima han de ser aceptadas por apoyarse en la segunda estrofa (*Cancioneiro Galego-Castelhano*, vol. I, Nueva York, 1902, pp. 58-59).

> Non vos errey
> por vos querer grand ben /
> ca vos amey
> muy mas que otra ren /. [179]

La cantiga n.º 5 del *Cancionero de Baena* nos permitirá dilucidar definitivamente las limitaciones del sistema de los trovadores en la estrofa con vuelta. Villasandino utiliza un esquema muy próximo a los de la generación C:

ABBA // cddc /cbba

aunque la longitud del poema (cinco estrofas) estropea el parecido. El estribillo contiene dos frases antitéticas que contraponen la situación amorosa del autor a la de unos hipotéticos amadores (quizá sus rivales):

> Mayor goso aventajado,
> mis amigos, tengo yo,
> que non tiene el que perdio
> tal plaser qual he cobrado.

Las tres primeras estrofas repiten mecánicamente este esquema y las dos siguientes introducen cierta variación; veamos la segunda:

> Mayor alegría estraña
> tengo agora enteramente,
> que non tiene otro seruiente
> de mi estado en toda España.

Obsérvese que todas empiezan reproduciendo la primera palabra *(mayor)*, el contenido de la primera estrofa y su armazón conceptual, y este procedimiento marca, como haccían los trovadores, la unidad del poema. Sin embargo, la parte de la estrofa que reproduce el contenido y la expresión literaria del estribillo es la mudanza, mientras la vuelta, que reproduce sus rimas, carece de relación conceptual con él. Si ahora volvemos a la canción de Diego de San Pedro, veremos cómo la vuelta se articula sobre la misma correlación verbal que el estribillo *(plazer, temor, dolor)*, aunque un tanto modificada, mientras la mudanza marca sus diferencias al estar construida sobre dos grupos de versos sintácticamente emparejados. La estructura verbal característica de la canción procede de la proyección sobre el texto y los contenidos de la forma estrófica que la caracteriza; por esto la profundización de estas estructuras estará

179. *Cancionero de Baena*, n.º 27.

en función de dos procesos paralelos: la generalización del *retronx* y la reducción a una sola vuelta.

En los poetas de la generación C se vislumbra una concepción más unitaria de la estrofa, aunque se está todavía muy lejos de las construcciones cerradas de fin de siglo. Siguen apareciendo paralelismos ocasionales, como los encontraremos en todos sus sucesores:

> Há bien errada opinión
> quien dice: *tan lexos d'ojos*
> tan lexos de coraçón. [180]

Sin embargo se encuentran con notable frecuencia estrofas articuladas con criterios paralelísticos; a los ejemplos de Juan de Silva y del Marqués de Santillana arriba citados, añadamos otro del primero:

> si por callar padeçi,
> entiendalo quien quisiere /
> e, si desto le pluguiere,
> ella tomelo por si. [181]

Otros similares se encuentran en el Marqués de Santillana, [182] y Álvaro de Luna, [183] pero interesa subrayar dos canciones, ambas de una sola vuelta, en las que aparece ya un esbozo de lo que sería la forma peculiar del siglo. La primera es de don Álvaro de Luna; una mudanza de dos miembros encabezados por el verbo *dezir* aparece encuadrada entre un estribillo y una vuelta de tres versos que terminan en una condicional:

> Mal me venga et mucho daño
> con pesar et amargura
> *si vos fablo con enganyo.*
>
> *Dixe* vos bien las verdades
> con toda lealtat pura, /
> *dixistes* que neçedades
> vos dezia et gran locura;
> Senyora, no acabe'st'anyo
> sino con mucha tristura
> *si con vos tal arte apanyo.* [184]

---

180. Íñigo López de Mendoza, *ed. cit.*, p. 452.
181. *Cancionero de Palacio*, n.º 35, vv. 17-20.
182. Véase el estribillo de «Señora, muchas mercedes», *ed. cit.*, p. 453 y la segunda vuelta de «Bien cuydava yo servir», *Ibidem*, 434.
183. *Cancionero de Palacio*, n.º 203; obsérvese que una mudanza perfectamente construida pierde efecto al invadir la primera parte de la vuelta en el mismo grupo paralelístico.
184. *Cancionero de Palacio*, n.º 200.

La segunda pertenece a su enemigo político don Enrique de Aragón, muerto en la batalla de Olmedo. Si bien el paralelismo de los cuatro versos de la mudanza es menos manifiesto, resulta en realidad mejor trazado por la colocación de los verbos en los versos extremos, siendo los dos de en medio sendos complementos suyos; en cuanto al estribillo y la vuelta, también de tres versos, están íntimamente enlazados por la repetición de la misma pauta sintáctica para el segundo y por tomar el tercero como *retronx:*

Yo me siento *tan leal*
que no me puede nozer
fortuna con su poder.

Muchos *hay que desesperan*
con la guerra de fortuna; /
por seruir yo sola una,
quiero que morir me vean
ante que no ser *tal*
que me supiesse empecer
fortuna con su poder. [185]

El proceso que permitió la formación de esta estructura debe ser anterior a la generación C y su origen hay que buscarlo en la necesidad de engarzar el *retronx* con una construcción sintáctica preparatoria, que tendería a reproducir la del estribillo. Veamos un texto de Diego Hurtado de Mendoza, dos generaciones anterior, donde bastaría reducir la extensión del *retronx* para lograr una estructura paralelística cerrada:

Amor, quando *me quitaste*
de la señora *que viste,*
yo te digo que me diste
lançada que me pasasie.

Yo pense *que me trataras*
como en un tiempo *trataste*
e *que* non *me enganyaras*
segun que me *enganyaste;*
pues del todo me robaste
en *quitarme lo que viste,*
yo te digo (...). [186]

Sin embargo faltan estas estructuras en la única *cantiga retronxada* anterior a ésta, la de don Pedro González de Mendoza (n.º 251 b del *Cancionero de Baena*).

185. *Cancionero de Herberay,* n.º 185.
186. *Cancionero de Palacio,* n.º 38. Corrijo la puntuación. El resto (*retronx*) repite íntegramente los dos últimos versos del estribillo.

A la luz de estos datos, hemos de suponer que la creación de estructuras sintácticas paralelas a la disposición de las estrofas debió resultar de la confluencia de varios factores: la tendencia a períodos estróficos rítmicamente muy marcados, la reducción de la canción a una sola vuelta y su identificación con este tipo de estrofa, y el cultivo del *retronx*. Hasta la generación C no se pasó de lo que podríamos llamar el paralelismo espontáneo, producido por la propia dinámica del género, y a ello debió colaborar el desinterés del Marqués de Santillana. En cuanto los poetas de genio descubrieron sus potencialidades artísticas, entraría la canción en su orientación definitiva; pero para ello deberían abandonar toda pretensión de trascendencia doctrinal y encauzarse en el cultivo autónomo de las formas bellas.

Si la evolución de la sintaxis en el seno de la estrofa puede definirse como la marcha hacia el paralelismo, la estructura sintáctica de la canción como un todo realiza una lenta transición desde una autonomía casi absoluta de las estrofas hasta una integración nunca totalmente alcanzada. Al mismo tiempo, la sintaxis evidencia un profundo cambio en la concepción del poema que se refleja, asimismo, en los hábitos de los compiladores de los cancioneros.

El primer factor de interés en su evolución es la divergencia entre las proporciones de las oraciones principales, que disminuyen progresivamente de un 55 % en la generación A a un 34 % en la G, y de las subordinadas circunstanciales, que aumentan paralelamente del 27 % al 40 %. La razón hay que buscarla en los procesos de integración estrófica, de que luego hablaremos, que tienden a iniciar la mudanza y la vuelta por una conjunción a menudo subordinante, pero también en el crecimiento del paralelismo y en el del concepto de la estrofa como una estructura que enfatiza las marcas de unidad. Algo de esto se observa ya en aquella de don Diego Hurtado de Mendoza:

> Amor, quando me quitaste
> de la senyora que viste
> yo te digo que me diste
> lançada que me pasaste. [187]

Repárese la construcción, dependiente de la oración *Amor* (...) *yo te digo*, donde los versos impares contienen una parte de la misma más el comienzo de una subordinada, que termina en los versos pares con un sustantivo y una oración de relativo. A pesar de que en la mudanza sigue muy dignamente el camino iniciado, su pauta no puede compararse con la de la siguiente canción de Cartagena, cuyo estribillo está formado por una oración principal que se amplía en dos subordinadas

---

187. *Cancionero de Palacio*, n.º 38.

adjetivas, y cuya mudanza consiste en dos subordinadas causales que se ramifican en otras dos condicionales:

De las penas que me vienen
sin esperar galardon,
por ygual la culpa tienen
los ojos y el coraçon,
amigos de fe que son;

Que si los ojos prendiesen,
el coraçon desamasse,
y si de amar procurasse
ellos no lo consintiessen
por que biuiendo biuiessen. [188]

Este proceso de concentración estilística falta por completo en Villasandino y se halla apenas esbozado en los demás poetas de las generaciones A, B y C, que ofrecen algo así como el punto de partida, lo que llamamos casos espontáneos de estructuración estrófico-sintáctica.

Las relaciones entre las tres partes de la canción —estribillo, mudanza y vuelta— reciben un tratamiento diferenciado a lo largo del siglo. En las generaciones A y C se observa cómo la mudanza aparece yuxtapuesta al estribillo, sin nexo alguno que establezca ningún tipo de relación; sólo una canción escapa a esta regla:

Há bien errada opinión
quien diçe: tan lexos d'ojos,
tan lexos de coraçón.

Ca yo vos juro, señora (...). [189]

A lo largo del siglo, el proceso de integración a que antes nos referíamos irá tendiendo puentes entre ambos componentes, como puede observarse en 8.2.1, hasta un máximo a que corresponde la citada canción de Cartagena.

La evolución de las relaciones entre mudanza y vuelta es más rica y compleja. En las generaciones A y C observamos (8.2.2) que menos de la mitad de las canciones (43 % y 45 % respectivamente) construyen ambas partes como meras yuxtaposiciones; un porcentaje ligeramente inferior (28,6 y 30 %) establece nexos de coordinación y prácticamente el mismo número de canciones subordina sintácticamente la vuelta a la mudanza o distribuye entre ambas una misma proposición (28,6 % y 35 %). Estos datos nos certifican que los poetas de esta época no veían

188. *Cancionero General* de 1511, fol. CXXV. Obsérvese que el paralelismo sintáctico de la mudanza se intensifica con la correlación incompleta a partir de *ojos* y *coraçon*.
189. Íñigo López de Mendoza, *Ed. cit.*, p. 452.

en mudanza y vuelta dos estrofas distintas, sino dos semiestrofas como las que componían la copla castellana, la copla real o la copla mixta. En las siguientes generaciones se tenderá a disminuir esta relación, disociando ambos miembros en otras tantas estrofas al mismo tiempo que, con el triunfo de la canción regular, se independizan sus rimas; pero el proceso de integración entre estribillo y mudanza arriba descrito interfiere frenando este desarrollo y dejando las tres estrofas como elementos distintos, pero dependientes, de un poema fuertemente unitario. En las generaciones que nos ocupan, la canción se concibe todavía como un conjunto de dos únicas estrofas: una, simple (el estribillo) y otra, compuesta (mudanza más vuelta); y este es un elemento más de unión entre ambas, a pesar de las aparatosas diferencias superficiales.

A pesar del renovado interés con que las nuevas corrientes de investigación literaria se han aproximado a la retórica, nos falta todavía un estudio que permita reducir a esquemas simples la compleja doctrina contenida en la *Agudez y arte de ingenio* de Baltasar Gracián. Sin embargo las alabanzas de Lope de Vega [190] y el mismo Gracián [191] a la construcción conceptual de las canciones del *Cancionero General* y el análisis de algunos autores,[192] nos inducen a intentar su aplicación al estudio de la canción en el siglo xv.

Como en los capítulos precedentes, hemos de empezar exponiendo nuestro punto de referencia, lo cual nos llevará de nuevo al *Cancionero General*. Tomaremos para ello una conocidísima canción del Comendador Escrivá:

> Ven muerte tan escondida
> que no te sienta conmigo,
> porque el gozo de contigo
> no me torne a dar la vida.
>
> Ven como el rayo que hiere,
> que, hasta que ha herido,
> no se siente su ruydo
> por mejor hirir do quiere.

190. *Introducción a la justa poética de San Isidro*, en *Obras no dramáticas*, BAE, n.º XXXVIII, Madrid, 1872, p. 144.
191. Gracián cita regularmente textos y autores del *Cancionero General*, siempre elogiosamente. Por su especial interés mencionaré el Discurso XXV, sobre los «conceptos en que pone algún dicho o hecho disonante y se da la equivalente y sutil razón» (donde de diecinueve escritores, once proceden del *Cancionero*) y concluye así su enumeración: «Esta diferencia hay entre las composiciones antiguas y las modernas; que aquellas todo lo echaban en concepto, y así están llenas de alma y viveza ingeniosa; éstas, toda su eminencia ponen en las hojas de las palabras, en la oscuridad de la frase, en lo culto del estilo, y así no tienen tanto fruto de agudeza» (ed. Correa Calderón, colección Clásicos Castalia núms. 14 y 15, Madrid, 1969, vol. I, pp. 253-254.
192. K. Whinnom, pionero en tantos aspectos de la lírica del siglo XV, estudió el conceptismo en Diego de San Pedro (*Ed. cit..*, vol. III, pp. 49 y ss.). Personalmente

> Assi sea tu venida,
> si no desde aqui me obligo
> que el gozo que aure contigo
> me dara de nuevo vida. [193]

Gracián puso su estribillo como ejemplo de los «conceptos por una propuesta extravagante y de la razón que se da de la paradoja». [194] Obsérvese que el mayor interés de este recurso no reside en la elegancia ni en el ingenio de esta parte, sino en cómo da lugar a un desarrollo conceptual que abarca la canción entera; sorprendido el lector por la bizarría del estribillo es llevado en la mudanza a una ««semejanza conceptuosa», [195] donde se expone el mismo motivo con un símil, y termina la canción recapitulando todo lo dicho en la primera parte de la vuelta para terminar repitiendo en el *retronx* los versos de más efecto, la mayor de las dos paradojas del estribillo. No nos encontramos ante una gala del discurso, sino ante un recurso estructural, construido de nuevo sobre la pauta de la estrofa con vuelta.

Como es natural, nada de todo esto aparece en las primeras generaciones. Encontramos conceptos sueltos, generalmente elementales, como la proporción o improporción:

> lynda, vuestro buen rreyr
> donosso me faz moryr, [196]

la paridad y la disparidad:

> Mayor goso aventajado,
> mis amigos, tengo yo,
> que non tiene el que perdio
> tal plaser qual he cobrado, [197]

la paradoja:

> Poys me non val
> seruir nin al,
> boa señor,
> sufrendo mal
> morrey leal (...), [198]

---

me he ocupado de este tema en mi introducción a J. Manrique, *Cancionero y Coplas*, Barcelona, 1981, § 2.1.3.4.

193. *Cancionero General*, de 1511, fol. CXXVIII, vto. Como siempre que cito esta edición, separo las palabras, resuelvo las contracciones y puntúo al uso moderno, respetando en lo demás todas las características del original. Para un análisis más detallado de esta canción véase más adelante, pp.

194. *Ob. cit.*, vol. I, pp. 236-237.

195. *Ibidem*, Discurso X, vol. I, p. 124.

196. A. A. de Villasandino, *Cancionero de Baena*, n.º 50, vv. 17-18.

197. *Ibidem*, n.º 5, vv. 1-4. Véanse también los números 17, vv. 10-13 y n.º 32, vv. 11-13.

198. *Ibidem*, n.º 13, vv. 1-4.

y abundantes símiles, poco frecuentes en las generaciones que siguen:

por quantas han fermusura
dubdo mucho ssy fue tal
en su tyenpo Polyçena. [199]

Encontramos también construcciones más complejas; casos de ponderación misteriosa:

Obedesçer sempre vos van
amor, ventura e poder;
de quantos non vos poden ver
ben sey que leuan grant afan:
¿que deuo yo, triste, sentyr,
poys ora me conuen partir,
du meus ollos non vos veran?, [200]

y casos de ponderación de dificultad:

Meus ollos andan mirando
noyte e dia a todas partes,
buscando por muytas artes
commo non moyra penando;
mays meu coraçon pensando
non les quere dar plaser
por vos sempre obedeçer;
elos non cessan chorando; [201]

pero todos ellos se caracterizan por su atomización o, en el mejor de los casos, por dar una pauta unitaria al contenido de la estrofa. Pero ni éste es un caso frecuente ni se encuentra jamás asociado a la construcción de estrofas con vuelta.

Dejaremos de lado los numerosos casos esporádicos de conceptismo de las generaciones B y C para fijarnos sólo en cuán fácilmente nacen las estructuras de este tipo cuando los autores tratan la canción de una vuelta como un poema formalmente unitario. Tenemos una breve composición de Santillana donde, en confirmación de lo dicho más arriba sobre la interpretación estrófica de la estructura de la canción, dos parejas de versos expresan conceptos oponibles en mudanza y vuelta:

Linda en paresçer
que tanto obedesco
queret guaresçer
a mi que padesco:

199. *Ibidem*, n.º 8, vv. 6-8. Todas las estrofas terminan en una comparación.
200. *Ibidem*, n.º 19, vv. 22 ss.
201. *Ibidem*, n.º 14, vv. 17 ss. Otro caso semejante en el número 10, vv. 17 ss.

que por yo deçir
mi buena raçon,
segunt mi entençion
non dubdo morir. [202]

Obsérvese la improporción que el poeta establece y reitera entre su comportamiento y el de la dama; desgraciadamente, el estribillo carece de todo tipo de relación conceptista con la glosa, desaprovechando una excelente oportunidad.

Álvaro de Luna, más fiel a las sugerencias del estrofismo, está a punto de conseguir una estructura cerrada en otra canción monoestrófica cuyo texto reprodujimos más arriba, a propósito de ciertas correlaciones léxicas. [203] El estribillo establece una proporción entre la sinceridad del amante y sus merecimientos, aunque el autor enmascara esta relación con un giro negativo:

Mal me venga et mucho daño
con pesar et amargura
si vos fablo con enganyo.

La mudanza establece una improporción entre el comportamiento del poeta y el de su dama:

Dixe vos bien las verdades
con toda lealtat pura, /
dixistes que neçedades
vos dezia et gran locura;

en cuanto a la vuelta repite los contenidos del estribillo, aunque más diluidos todavía por su formulación alusiva:

Senyora, no acabe'st'anyo
sino con mucha tristura /
si con vos tal arte apanyo.

Obsérvese la estrecha relación entre las estructuras conceptuales y las léxico-sintácticas de que antes nos ocupábamos, a la que sin duda debe esta composición su elegancia. Como en el caso del Marqués, algo falla para que estas canciones no logren la concisión que las caracterizará medio siglo más tarde; les falta, precisamente, conciencia de sus posibilidades estéticas y ést no aparecerá mientras la estructura estrófica de la canción no fije la norma a que ha de atenerse el género. El proceso es largo y complejo y se consumará precisamente cuando, ya bien conocidas y exploradas las posibilidades de la estrofa, el vocabulario y

202. «De vos bien servir», ed. cit., p. 460.
203. Véase p. 88. Se trata del n.º 200 del *Cancionero de Palacio.*

la sintaxis, los poetas dediquen sus esfuerzos a la disposición de los contenidos.

En los capítulos anteriores hemos visto cómo, por debajo de las peculiaridades del *Cancionero de Baena* y de su particular selección de géneros poéticos, aflora la canción en una tradición estrófica y expresiva que puede remontarse, testimonio a testimonio, hasta las *Cantigas de Santa María*. De aceptarse esta hipótesis, la canción procedería de la tradición cortesana en Castilla donde, en la primera mitad del siglo XIV, antes del Canciller Pero López de Ayala, habría sustituido las fosilizadas formas de los trovadores. La lírica castellana habría seguido así un proceso semejante en todos sus aspectos al que había regido la poesía francesa y la italiana: el triunfo de las formas fijas y la sustitución de la canción de los trovadores por un género creado sobre la estrofa con vuelta.

Conocida la pobreza de los testimonios escritos en nuestra literatura medieval, cuyo mejor exponente es la pérdida de tradición épica, no puede extrañarnos la falta de documentos entre don Denis y Alfonso Álvarez de Villasandino. Tampoco puede extrañarnos, al amparo de la línea soterrada que va desde las jarchas a la canción tradicional y desde la épica medieval al moderno romancero, que durante medio siglo haya pervivido una escuela poética sin dejar sino testimonios indirectos. Su propia novedad y las revueltas políticas castellanas del siglo XIV justificarían el desinterés de los copistas, especialmente si consideramos que la única lírica plasmada por escrito en Castilla antes del Marqués de Santillana lo fue de tipo doctrinal, incluyendo dos derivaciones marginales: el *Libro de Buen Amor* y el *Rimado de Palacio*. Queda un tercer indicio: si no hubiera existido la segunda floración de cancioneros, la del tiempo de los Reyes Católicos, ¿no se nos hubiera perdido la mayor parte de la producción del reinado de Enrique IV, totalmente privada de cancioneros colectivos, y con ellos la obra amorosa de Jorge Manrique?

Aceptadas estas premisas hemos de suponer aquella primitiva canción como un poema de tres estrofas, con estribillo y vuelta, muy abierto al panegírico, al loor de las damas y a la temática amorosa, tal como queda patente en el *Rimado de Palacio*, el *Libro de Buen Amor* y el *Cancionero de Baena*. Durante la segunda mitad del siglo XIV y la primera del XV habría sufrido una amplia gama de oscilaciones formales, especialmente en la vuelta, que le habrían permitido aprovechar la experiencia de la *ballata* y la *dansa*, quizá del *virelai*, y se habría contagiado un tanto, especialmente en los grandes poetas, de las preocupaciones letradas y didácticas que van de Villasandino al Marqués de Santillana. En tiempos de este autor debía dominar ya la forma de una sola estrofa en el uso corriente.

Sin embargo la canción habría resistido encastillada en un tipo de lenguaje que procedía de los *cancioneiros* y que ni siquiera el Marqués de Santillana intentó modificar, quizá convencido de la cortedad de miras del género, quizá por la atracción de aquella tradición catalano-provenzal que le era tan cara y que había llegado a resultados similares en su *dansa* cortesana. A pesar de los intentos renovadores que van de Alfonso XI a Villasandino, y a pesar del prestigio del *dezir* alegórico del Marqués de Santillana a Juan de Mena, la canción quedó atada a un estilo cuya fortuna vendría con la floración de la lírica cortés desde mediados del siglo XV. La historia de este género hasta el Marqués de Santillana es ante todo la de una supervivencia; en los capítulos que siguen veremos cómo se va afianzando en el uso literario y cómo va perfilando su personalidad para convertirse en el centro de la lírica cortés en el tiempo de los Reyes Católicos.

LA CONFIGURACIÓN DEL GÉNERO

Veíamos en las páginas precedentes cómo los poetas nacidos entre 1341 y 1400, encuadrados en las generaciones A, B y C, habían creado el lenguaje de la canción, la habían encerrado en los estrechos límites de la expresión amorosa y habían adoptado la estrofa con vuelta como definitoria del género. Todo ello coincidió con un importante cambio político en la historia castellana: el fracaso de la aventura portuguesa, la entronización de una rama de los Trastámara en la Corona catalano-aragonesa y la articulación de la noblez de Castilla, Aragón y Navarra en una comunidad política, social y literaria de expresión castellana. El período de madurez de las generaciones B y C vive a la sombra de dos reinados, el de Juan II de Castilla y el de Alfonso el Magnánimo de Aragón, que producirían la primera floración de nuestros cancioneros colectivos. La vida social y cultural de ambos reinos, a pesar de grandes individualidades y mecenas como el Marqués de Santillana, se nos manifiesta fuertemente centralizada en la Corte real; cada uno de los bandos castellanos se presenta como el auténtico portavoz de la opinión del Rey y no parecen haber existido en este tiempo auténticas cortes señoriales.

Las condiciones en que se desenvolvieron las generaciones siguientes resultaron muy distintas. Poetas como Antón de Montoro, Carlos de Arellano, Diego de Valera, Fernando de Rojas, Gómez Carrillo de Acuña, Gómez Manrique, Juan de Dueñas, Juan de Mena, Juan de Valladolid, Juan Pimentel, Lope de Stúñiga, Rodrigo Manrique y el propio Juan II de Castilla, formados en esta Corte bajo la égida de Fernando de Antequera y a la sombra literaria del Marqués de Santillana, prolongaron su vida o su influencia hasta los tiempos de Enrique IV, ya en su ancianidad. Su obra está muy ligada al período anterior y aparece en los mismos cancioneros, constituyendo con ellos el núcleo de los autores que podríamos llamar, estrictamente, de la Corte de Juan II. Al

99

igual que la generación siguiente, fue fundamentalmente cumulativa y aceptó su legado con muy pocas innovaciones.

A pesar del carácter amatorio y juvenil de esta poesía,[1] la producción de los poetas nacidos entre 1416 y 1430 (Diego de Sandoval, Fernando de la Torre, Fray Iñigo de Mendoza y el Gran Cardenal de España Pedro González de Mendoza) debe quedar a caballo entre este reinado y el de Enrique IV. Su obra sigue en la tradición de las generaciones anteriores, pero con notables modificaciones formales, y su juventud les impidió figurar en los cancioneros de este tiempo. Es el primer síntoma de la disolución de aquella corte literaria vinculada a la corona que se manifestará crudamente con la desaparición de los cancioneros colectivos y la proliferación de los individuales hasta las postrimerías del siglo xv.

Los aspectos formales de estas dos generaciones, estrofismo y versificación, oscilan entre la norma que caracteriza la generación C y la que dominará en las generaciones G y H. Si de momento echamos un vistazo a los géneros temáticos (1.1.1) nos encontraremos, a pesar de todo, con una notable proximidad a las anteriores: se mantiene alta la proporción de recuestas (15 % para la D y 22 % para la E) y la de loores (31 %) mientras la lamentación, si bien ha sufrido un ligero incremento (54 % y 47 %) queda muy por debajo de lo que será desde la generación F. El género se está despegando lentamente de los modelos del tiempo del Marqués de Santillana.

La longitud del poema nos sitúa también en una línea típicamente intermedia. Las canciones de una sola vuelta aumentan desde el 61 % de la generación C hasta el 77 % de la D y el 75 % de la E; pero estos valores equidistan entre los de sus precedentes y el 90 o 100 % de sus sucesores. Las canciones de dos vueltas (19 % y 21 % para las generaciones D y E) se mantienen más cerca de la C (24 %) que de la F (11 %), a pesar de su desaparición en las generaciones G y H; pero donde con mayor claridad se observa el paso del tiempo es en la canción de tres vueltas: encontramos sólo un 4 %, muy por debajo del 15 % de la generación C y muy cerca de su inmediata desaparición. Totalmente anecdótica es una de Fernando de la Torre con cuatro vueltas.[2]

Un análisis de los autores y sus preferencias permitirá vislumbrar

1. El Marqués de Santillana decía al Condestable de Portugal de sus «dezires e canciones» que «estas cosas alegres e jocosas andan e concurren con el tienpo de nueua hedad de juuentud, es a saber con el vestir, con el justar, con el dançar e con otros tales cortesanos exercicios» («Proemio e carta», *Ed. cit.*, p. 210). Me he ocupado ampliamente de este problema en el *Cancionero y Coplas* de Jorge Manrique, varias veces citado.

2. «Ciertamente si será», ed. cit., p. 153.

alguna de las tendencias literarias de que se hacen eco. Los poetas ocasionales tienden casi sin excepción a la canción monoestrófica: Carlos de Arellano, Fernando de Rojas, Gómez Carillo de Acuña, Juan II de Castilla, Juan Pimentel y Rodrigo Manrique en la generación D, y Diego de Sandoval, el Gran Cardenal y Pedro Girón en la E; quedan unas pocas excepciones: Fray Iñigo de Mendoza, el juglar Juan de Valladolid y el caso especial de Juan de Mena. [3]

Los poetas con tendencia a la vuelta múltiple están distribuidos en dos grupos. El primero contiene algunos letrados, en la línea del Marqués, [4] como Diego de Valera, [5] Gómez Manrique [6] y Fernando de la Torre; [7] Antón de Montoro, poeta profesional pero no letrado, tiene una sola canción de dos vueltas sobre un total de doce. [8] A su lado nos quedan dos ejemplos del mayor interés: Juan de Dueñas y Lope de Stúñiga; el primero compuso dos canciones de dos estrofas [9] y una de tres, [10] y al segundo corresponde una canción de dos vueltas y fin, [11] elemento totalmente atípico que parece bascular hacia la *tornada*, obligatoria en la *dansa* catalano-provenzal del período. La tendencia a las dos vueltas en estos poetas inequívocamente adscritos a las cortes de

3. En la elaboración de nuestro *corpus* hubimos de limitarnos a los textos entonces disponibles. La reciente publicación de la *Obra lírica* de Mena por M. A. Pérez Priego (Alhambra, Madrid, 1979), ha dado a luz dos canciones de dos vueltas procedentes de la edición de *Las Trescientas* por Jacobo Cronberger, Sevilla 1517, con las que entonces no pude contar. El dato es importante —aunque la atribución resulte más bien dudosa— porque acaba con lo que parecía una anomalía notable en los usos de los poetas eruditos del momento.

4. Gómez Manrique se quejaba a Rodrigo Pimentel, Conde de Benavente, de que «algunos haraganes digan ser cosa sobrada el leer y saber a los caballeros, como sy la cauallería fuera a perpetua rudeza condepnada» (*Cancionero*, ed. Paz y Meliá, p. 2). La afición al estudio de Diego de Valera es bien conocida y en cuanto a Fernando de la Torre, aparte de su importante producción en prosa, hemos de considerar las frecuentes innovaciones de su obra poética; dentro de las canciones hemos de citar las tres «enxeridas» en coplas (ed. Paz y Meliá, pp. 163, 164 y 166; no he sido capaz de reconstruir el texto de esta última), las rúbricas que titulan «cosaute» a textos con forma de canción (*ibidem*, pp. 158 y 164; el último no ha sido contabilizado en nuestro recuento por su rúbrica, pero sí el primero donde reza «Otra para cosaute») y formas estróficas atípicas, con estribillos de seis y de siete versos (*ibidem*, pp. 157, 158 y 163). Para otros tipos de novedades véase T. NAVARRO TOMÁS, *Métrica española*, ed. cit., p. 143.

5. De sus cuatro canciones estudiadas, una es de dos vueltas (*Cancionero de Roma*, p. 121) y otra de tres (*Cancionero de Lope de Stúñiga*, p. 253).

6. De sus cinco canciones de dos vueltas sobre un total de catorce, un 36 % (ed. Paz y Meliá, n.º XIII, XVI, XVIII, XXI y XXIV). Es curioso que, en la segunda vuelta de esta última, el autor se justifica por no amar a su dama («no vos loo por amores»), lo que certifica un profundo cambio en la concepción del género desde el Marqués de Santillana: entonces era normal que la canción de amor reflejara un elogio más que un sentimiento.

7. Tiene seis canciones de dos vueltas y una de tres (*Ed. cit.*, pp. 123, 153, 154, 155 y 160).

8. *Cancionero*, ed. cit., n.º 46.

9. *Cancionero de Palacio*, n.º 26 y *Cancionero de Herberay*, n.º 132.

10. *Ibidem*, n.º 135.

11. *Cancionero de Roma*, ed. cit., p. 127.

Aragón y Navarra [12] invita nuevamente a pensar si no nos encontraremos ante un compromiso entre el predominio de las canciones de una estrofa entre los rimadores castellanos y las tres obligatorias de la *dansa* en este período.

El cambio estrófico más importante que se observa en el estribillo es la desaparición del trístico. En la generación D encontramos todavía cinco casos (9,6 %) pero no los hay en la E (1.3.2.5) y no reaparecerán sino esporádicamente en otros dos de la generación G; en estas cinco canciones, de acuerdo con la regla general, la mudanza es de cuatro versos. La desaparición fue tan radical que, a fin de siglo, Juan del Encina consideraba villancico o invención al estribillo de tres versos. [13]

Otro rasgo del mayor interés es la frecuencia del estribillo de cinco versos. De extraordinaria rareza en la generación C (3 %) pasa a una cuarta parte en la D (doce de cincuenta y dos canciones) y al 30 % en la E (nueve de treinta y una), permaneciendo en lo sucesivo en torno a estos valores. Es interesante observar que Gómez Manrique, el más letrado entre los poetas de ambas generaciones, no compuso una sola canción con estribillo de cinco versos; la razón quizá debamos buscarla en su mayor apego a las formas más literaturizadas, especialmente a la tradición del Marqués de Santillana, como observamos al ocuparnos de las canciones de varias vueltas. Si nos fijamos en las combinaciones de estos estribillos veremos que la mayoría de ellos tienen mudanza de cuatro versos: nueve sobre doce en la generación D (75 %) y ocho sobre nueve (88 %) en la E; sólo tres canciones de la primera y dos de la segunda tienen quintilla en el estribillo y en la mudanza. El dato es importante porque en la generación F, la de Jorge Manrique, se mantendrá la proporción del tipo quintilla más redondilla o cuarteta y aumentará el tipo quintilla más quintilla, muy significativo en las generaciones G y H.

La aparición de quintillas en la mudanza resulta una novedad del mayor interés estructural. El estudio histórico muestra que falta en las primeras generaciones, con un solo caso en la C, [14] aparece tímidamente en la D con tres esquemas (3 %) [15] y en la E con dos (6,7 %), [16] y salta a continuación a valores que oscilan entre el 12 % y el 24 %. El problema es interesante en cuanto muestra un cambio cualitativo en la forma musical y estrófica de la estrofa con vuelta.

---

12. Véanse la introducción de Ch. V. Aubrun al *Cancionero de Herberay* (pp. LXXXII y ss. y XCVI y ss.) y F. VENDRELL, *La corte literaria de Alfonso V de Aragón y tres poetas de la misma*, pp. 99 y ss., y *El Cancionero de Palacio*, pp. 73-75.

13. «Arte de poesía castellana», ed. cit., p. 339.

14. Alvaro de Luna, *Cancionero de Palacio*, n.° 203.

15. Antón de Montoro, ed. cit., núms. 35 y 54, y Rodrigo Manrique, «Grandes albricias te pido», *Cancionero General* de 1511, fol. CXXVI vto.

16. Fernando de la Torre, ed. cit., pp. 158 y 163.

En la Romania convivieron largamente dos variantes de este tipo estrófico: una, dotada de una mudanza de dos miembros simétricos, cuyos genuinos representantes son el *virelai* y la *dansa*, otra, cuyo estado puro corresponde al zéjel y la moaxaja andalusís, cuya mudanza consta de tres miembros paralelos. Si bien la canción parece directamente emparentada con el primer grupo en cuanto a sus esquemas formales, con bajísima proporción de mudanzas en trístico monorrimo, la introducción de la quintilla en esta parte introduce una variante que creo única: la de dos miembros asimétricos. Podemos ilustrar el resultado con unos ejemplos tardíos, procedentes del *Cancionero Musical de Palacio:*

$$\text{ABBA} \,//\, \text{cd} \,/\, \text{dcc} \,/\, \text{abba,}^{17}$$
$$\alpha\,\beta\,\gamma\,\delta \,//\, \varepsilon\,\iota \,/\, \varepsilon\,\iota\,\varkappa \,/\, \alpha\beta\gamma\delta$$

$$\text{ABAAB} \,//\, \text{cd} \,/\, \text{ccd} \,/\, \text{abaab.}^{18}$$
$$\alpha\,\beta\,\gamma\,\delta\,\varepsilon \,//\, \iota\,\varkappa \,/\, \iota\varkappa\lambda \,/\, \alpha\beta\gamma\delta\varepsilon$$

Otro tanto debió ocurrir con las composiciones de las generaciones D y E, de las que ahora nos ocupamos. Estos ejemplos muestran cómo su evolución aparece ligada y quizá frenada por la de sus formas musicales. Quizá la falta de grandes escritores que fueran a su vez compositores, antes de Juan del Encina, permita explicar el conservadurismo formal de la canción, que tanto contrasta con la vitalidad y riqueza del *virelai* a partir de Machaut: los poetas castellanos adaptarían su producción a melodías preexistentes, imponiéndose la forma de las más divulgadas.

Otro factor digno de estudio lo constituyen los estribillos de seis y siete versos en la obra de Fernando de la Torre.[19] Sin duda se trata de una desviación consciente por parte de un letrado, en la línea de las tendencias observadas en el Marqués de Santillana y en Gómez Manrique. Como veremos más adelante, este tipo de innovación se da también en Juan Álvarez Gato, indudablemente más joven y no menos deseoso de novedades.

17. *Cancionero Musical de Palacio*, edición y estudio musical de H. Anglés y literario de J. Romeu Figueras, C.S.I.C., Barcelona, 1947-1951, n.º 200, esquema musical n.º 103 y estrófico n.º 243.

18. *Ibidem*, núms. 23 y 46, esquemas estróficos 253 y 254 y esquema musical n.º 106. Véase asimismo *Poesía lírica y cancionero musical* de Juan del Encina, ed. cit., n.º 3 del cancionero musical y n.º 5 de la edición literaria. Para el estudio de estos aspectos, resulta imprescindible el trabajo de M. Querol, «La produccón musical de Juan del Encina», *Anuario Musical* XXIV, 1970, 121-131, cuya comunicación y ayuda generosa agradezco vivamente al autor.

19. Las formas son *ABAABB* (ed. cit., p. 163), *ABABAB* (*Ibidem*, p. 157) y *AABAABA* (*Ibidem*, p. 158). Para otras novedades véase arriba nota 4.

En lo que respecta a la mudanza y la vuelta, hemos de observar en principio la drástica reducción de las canciones irregulares. Si en la generación C había un 57 %, en la D bajamos al 23 % y en la E a un nivel anormalmente bajo, el 9,7 %, que sólo será superado por la generación H (7,4 %). Parece como si en el período que estudiamos se hubiese dado un rechazo excesivo de la irregularidad que sería corregido en las dos generaciones siguientes.

Su tipología se restringe también progresivamente. En la generación D encontramos un solo caso de rimas del estribillo en la mudanza en una canción de Antón de Montoro [20] y dos únicas composiciones de dos vueltas con distinto orden de las rimas en cada una, una de Gómez Manrique y otra de Juan de Dueñas. [21] La última es doblemente irregular en cuanto introduce en la vuelta rimas distintas a las del estribillo y mudanza, irregularidad llamada «de tipo Y» (1.3.1) y forma canónica de la *ballata* como veíamos más arriba (pág. 62); a este mismo modelo responden todas las demás canciones irregulares de esta generación. [22] No puede extrañarnos ya que entre los autores que practican este tipo predominen los de las cortes navarra y aragonesa, ni que en su mayor parte se nos hayan conservado en los cancioneros que Vàrvaro clasificó en la familia italiana.

En la generación siguiente, las escasas irregularidades pertenecen a la mudanza; en un solo caso repite rimas del estribillo [23] y, en otros dos, lo hace de una a otra mudanza. [24] La escasez de estas muestras y, especialmente, el asistematismo de la última irregularidad indican que nos encontramos más ante una manifestación de descuido que ante un despliegue técnico.

El *retronx* aparece en estas generaciones con valores muy representativos, equivalentes a los que encontraremos hasta fin de siglo. El salto de la generación C (14,36 % de versos en las vueltas ocupados por el *retronx*) a la D (54,24 %, véase 1.4.4) y el exagerado valor de la E (68,45 %), seguido de un ligero descenso en las siguientes generaciones, nos indican que estamos ante un recurso de moda.

Resulta difícil encontrar razón suficiente para este cambio. Sabemos ya que el *retronx* es un fenómeno anterior a la aparición de la forma fija, pero se nos manifiesta tan marginal en la canción del Marqués

20. *Ed. cit.*, n.º 49.
21. Gómez Manrique, ed. cit., n.º XXIV, y Juan de Dueñas, *Cancionero de Herberay*, n.º 132.
22. Son de Antón de Montoro (ed. cit., n.º 35), Juan de Dueñas (*Cancionero de Herberay*, n.º 135, y *Cancionero de Palacio*, n.º 26), Juan Pimentel (*Ibidem*, n.º 14), Gómez Carrillo de Acuña (*Ibidem*, n.º 193), Carlos de Arellano (*Cancionero de Herberay*, n.º 177), Lope de Stúñiga (*Cancionero de Roma*, pp. 51 y 127) y Diego de Valera (*Cancionero de Stúñiga*, p. 255).
23. Fernando de la Torre, *Ed. cit.*, p. 155.
24. *Ibidem*, pp. 153 y 154.

de Santillana como en la *dansa*. Podemos pensar que en el uso habitual de la lírica castellana era más frecuente de lo que dejan traslucir las canciones incorporadas a los cancioneros, pero su excelente representación en los de este período y el prestigio del género al menos desde el Marqués de Santillana [25] deja sin valor un argumento que resultaba creíble en el tiempo de Juan Alfonso de Baena.

Alguna luz podríamos sacar de la eclosión del villancico tradicional entre los autores de esta generación. Los estudios sobre el tema muestran cómo las primeras apariciones de este término le son coetáneas; en el *Cancionero de Stúñiga* encontramos la palabra *villancete* como rúbrica a un poema de Carvajales [26] y en el *de Herberay* se encuentra *villancillo* en la de otro poema atribuible, al parecer, a Hugo de Urríes. [27] Resulta totalmente imposible aventurar una datación mínimamente fiable para Carvajales, [28] pero Hugo de Urríes parece haber nacido con el siglo y sería adscribible a nuestra generación D. [29] También son los poetas de estas dos generaciones, como Fernando de la Torre, Gómez Manrique, Fray Iñigo de Mendoza y el propio Hugo de Urríes, [30] los primeros en utilizar textos tradicionales en su obra, aunque el primero que lo hará sistemáticamente sea Juan Álvarez Gato, perteneciente a la siguiente generación. [31] En la época literaria representada por la segunda floración de cancioneros colectivos, la de fin de siglo, aparecen ya consagrados tanto el villancico tradicional del *Cancionero Musical de Palacio* como el cortés del *Cancionero General*. [32]

Observaba hace algunos años Margit Frenk Alatorre [33] que la can-

25. Obsérvese que, contra la opinión habitual y la misma rúbrica del «Proemio e carta», el Condestable de Portugal no pidió al Marqués «las obras suyas», sino «que los os dezires e canciones mías enbiase a la vuestra magnificencia» (*Ed. cit.*, p. 209). El contexto induce a pensar que don Iñigo se refería exclusivamente a sus *dezires* amorosos, «porque estas obras, o a lo menos las más dellas, no son de tales materias, ni asy bien formadas e artizadas, que de memorable registro dignas parescan (...) Ca estas cosas alegres e jocosas andan e concurren con el tiempo de la nueua hedad de juuentud» (*Ibidem*, pp. 209-210).

26. *Poesie*, ed. E. Scoles, en Roma, Edizioni dell'Ateneo, 1967, n.º X. Aparece también en el *Cancionero de Roma* (*Ibidem*, p. 18).

27. *Ed cit.*, n.º XXXVII. Para la atribución véase pp. XI y ss. y XXXVII y ss.

28. *Ed. cit.*, pp. 21 y ss. Las únicas fechas fidedignas que se desprenden del cancionero oscilan entre 1457 y 1460 (*Ibidem*, p. 29).

29. Aubrun, *Ed. cit.*, pp. XL y ss.

30. Entre las obras a él atribuibles señalaremos la índole tradicional de los estribillos y temas de los ns. XVI, XVIII y XIX del *Cancionero de Herberay*.

31. Véanse los autores incluidos en la edición de J. M. BLECUA y D. ALONSO, *Antología de la poesía española. Lírica de tipo tradicional*, Madrid, Gredos, 1964, 2.ª edición. Hemos de subrayar la prelación de D. Iñigo López de Mendoza, adelantado de toda la lírica de este siglo.

32. Véase A. SÁNCHEZ ROMERALO. *El Villancico*, pp. 34 y ss. Toma como hito significativo del villancico cortés el *Cancionero del British Museum*, cuya composición empezaría, según Rennert, hacia 1471.

33. «El zéjel: ¿forma popular castellana?», ahora en *Estudios sobre lírica antigua*, Madrid, Castalia, 1978, pp. 309-326.

ción tradicional con glosa del mismo tipo raramente puede considerar-se zejelesca en cuanto carece de verso de vuelta, repitiendo el estribillo después de la mudanza. Aún faltando un estudio descriptivo sobre este fenómeno podemos afirmar, sin sombra de duda, que la repetición no siempre es total; como regla general suele limitarse al último o últimos versos del estribillo, tal como la preceptiva provenzal exigía para el *retronx*. Más que de estrofas sin vuelta se trata de vueltas *retronxadas* donde, por la reducida extensión de esta parte en el zéjel, faltan con frecuencia los versos de texto independiente que sí encontramos en la canción cortés:

> Y la mi cinta dorada
> ¿por qué me la tomó
> quien no me la dio?
>
> La mi cinta de oro fino
> diómela mi lindo amigo,
> tomómela mi marido.
> *¿Por qué me la tomó*
> *quien no me la dio?*[34]

Parece así que, tras el desmesurado incremento del uso del *retronx* por los autores de este período, puede operar el cada vez mayor aprecio por la canción tradicional en las cortes peninsulares. Pero sea cual fuere la razón histórica de este hecho, sería impensable si no hubiera colabo-rado a la configuración estructural de la canción como una contraposi-ción entre el estribillo y la vuelta por una parte, la mudanza por otra; véase cómo la plasmó Diego de Valera en un poema cuya vuelta es la reiteración casi total del estribillo, con variedades sólo en la formula-ción de los dos primeros versos:

> Vuestra belleza sin par
> a todas faze enbidiosas,
> así que las más fermosas
> resciben, en vos mirar,
> sin dubda grave pesar.
>
> Vuestra neta catadura,
> ayre y gentil aseo
> destruyen la fermosura
> de todas quantas yo veo;
> y ser vos tan singular
> las faze ser enbidiosas,

---

34. Cito por mi antología, n.º 287. Véase el amplio repertorio estrófico del *Cancio-nero Musical de Palacio*, levantado por J. Romeu Figueras (ed. cit., vol. IV, pp. 182 y ss.), donde son adscribibles a este tipo los esquemas núms. 37, 38, 50-53, 60-63, 91-99, 104-106, 110-140, etc.

asi que las mas fermosas
resciben, en vos mirar,
sin dubda grave pesar. [35]

Como si se empeñaran en confirmar esta concepción cualitativa, los números subrayan la unidad de la canción de varias vueltas en torno al *retronx*. Sólo en unos pocos casos del tipo de verso queda circunscrito a una vuelta, y en la mayor parte de las canciones se repite en todas ellas, con ligeras variaciones en su amplitud (1.4.2.2). En cuanto al tipo de palabra, si bien se mueve en la misma tendencia, no hay un predominio tan neto de las canciones con *retronx* en todas las vueltas; pero esto responde a otro problema, la relación entre ambas modalidades, de que nos ocuparemos a continuación.

La morfología del *retronx* es digna de un estudio paralelo. En la generación C aparecían con valores muy semejantes el tipo llamado de verso (1.4.2.1) y el de palabra (1.4.3.1), [36] pero en la D y en la E aparece ya lo que será norma del género: la preferencia por la de verso y la complementariedad de la de palabra, que se nos muestra como un recurso para acercar al máximo la vuelta al estribillo salvando a su vez la necesidad de adaptar su texto a las variaciones de la mudanza. En el ejemplo anterior se puede observar cómo el segundo verso de la vuelta reproduce con variaciones morfosintácticas el texto del estribillo *(a todas faze enbidiosas / las faze ser enbidiosas)*; un escalón inferior lo ocuparía la canción con *retronx* de palabras y de versos, muy abundante, donde el primero permite la introducción de un texto nuevo mientras la permanencia del término en rima salva el más perceptible de los elementos repetidos:

Donzella, por vos amar
me vienen muchos *enojos*,
mas no me deuo quexar
sy no de mis tristes ojos.
(...)
avn que me venga pessar
a buelta de mis *enojos*,
yo no me deuo quexar
sy no de mis tristes ojos. [37]

Esta última canción representa a su vez lo que suele ser el *retronx* a partir de la generación D, con la excepción de la E. Los autores manifiestan neta preferencia por el de dos versos, seguido del de uno y

35. *Cancionero de Roma*, ed. cit., n.º 177. En lo sucesivo, interrumpiré el texto de las vueltas en el punto donde empieza el *retronx*, por razones obvias de espacio.
36. Para estos conceptos y su aplicación en el análisis véase 1.4.1.
37. Fernando de la Torre, *Ed. cit.*, p. 154. Hay una segunda vuelta con idéntico *retronx*.

luego el de tres en las generaciones E y G, al revés en la H (1.4.2.3). En la F, predomina el de tres versos, seguido por el de dos y de uno, y sólo la E rompe esta regla haciéndolo más frecuente cuanto más breve. En el *retronx* de palabra todo ocurre al revés: el de un verso es más frecuente que el de dos y éste que el de tres, confirmando el carácter subsidiario de esta variedad (1.4.3.3); también refuerza esta convicción el hecho de que gran parte de los de dos o más palabras correspondan a canciones sin *retronx* de versos. [38]

Si atendemos por fin a los versos de las vueltas ocupados por el *retronx* veremos que el de verso afecta casi la mitad de su extensión desde la generación D (1.4.2.4), mientras el de palabras no alcanza la cuarta parte sino en la generación C, donde el de verso resulta anormalmente bajo (31,68 % de los de las vueltas, véase 1.4.3.4). Podemos así concluir que el *retronx* propiamente dicho es el de verso; el otro funciona sólo como su refuerzo o lo sustituye cuando el poeta no alcanza a encerrar los contenidos previstos en el estrecho margen de estribillo y mudanza, arrancando entonces a la vuelta *retronxada* el espacio necesario. La conservación de las palabras en la rima del estribillo le permitiría un desarrollo más amplio de los contenidos, sin renunciar al esquema reiterativo que era ya consubstancial a la canción.

El estudio de las rimas, tras el análisis a que fueron sometidas más arriba (pág 54-56) no da sino unos pocos aspectos diferenciales, a menudo meramente anecdóticos. Señalaremos en esta línea la altísima frecuencia de la rima —*é*, con seis casos en la generación E, totalmente anómala después de Villasandino (2.1.1). Se trata de una tendencia personal de Fernando de la Torre, que la usó en cinco composiciones, las más de las veces rimando la primera persona singular del futuro simple, [39] otras veces con la misma persona del presente o del pretérito indefinido. [40]

Si exceptuamos la generación A, nos encontraremos con el dato curioso de estar ante el rimario más pobre y el más rico de todo el siglo. La generación D ofrece una baja frecuencia media de las rimas (1,5) y una elevada probabilidad de la frecuencia uno (0,7), ambos síntomas inequívocos de riqueza y variedad (2.1.2); la generación E tiene una altísima frecuencia media (1,82) y una baja probabilidad de la frecuencia uno (0,58). Aunque resulta difícil explicar inequívocamente fenómenos tan complejos, la razón debe encontrarse en la nómina de autores; la generación D es la de mayor número de poetas de todas las estudiadas, con la consiguiente variedad, mientras la E está dominada

---

38. Gómez Manrique, *Ed. cit.*, n.º XIII, XIV y XXI.
39. *Ed. cit.*, pp. 153 y 158, en tres canciones distintas.
40. *Ibidem*, p. 155, en otras dos canciones.

por la personalidad de Fernando de la Torre, a quien pertenecen el 84 % de las canciones.

Asimismo poco cabe decir de la versificación. Los octosílabos y los quebrados aparecen en las proporciones que serán normales en el resto del siglo (3.1.3) desde la misma generación D, que ofrece a su vez el penúltimo caso de canción hexasilábica; [41] de nuevo es un poeta consagrado, Juan de Mena, quien se aparta de las fórmulas banalizadas por la tradición. Nos encontramos por otra parte con el fin de una tendencia: los autores más valiosos de la segunda mitad de siglo, desde los nacidos en la generación F, aceptarán todas las restricciones de esta fórmula y las potenciarán conscientemente como una nueva vía para el artificio. La generación E cierra en este sentido un ciclo, violentamente roto por el círculo de Jorge Manrique.

Como veíamos más arriba, el vocabulario característico de la canción queda definitivamente fijado desde la generación del Marqués de Santillana. La estructura del vocabulario general (7.1.3), a pesar de la progresiva reducción de la longitud del poema y de la consiguiente disminución del texto analizado, muestra una notable nivelación desde la generación C en torno a los trescientos vocablos.

Decíamos que la mayor riqueza de la generación C podía explicarse por la poderosa personalidad del Marqués de Santillana. La D se mantiene al mismo nivel (333 vocablos en aquélla, 336 en ésta) y no lo creo atribuible a la presencia de Gómez Manrique y Juan de Mena; por el escaso número de canciones suyas aquí analizadas (cuatro y dos respectivamente) es más probable que el fenómeno se atribuya a la variada nómina de autores, cada uno con sus tendencias particulares. El descenso en el efectivo de la generación E (311 vocablos) sería así consecuencia del predominio de un solo autor, Fernando de la Torre, cuyas canciones carecen de especial relieve estético.

Esta primera aproximación es confirmada por las dos medidas habituales de la riqueza de un vocabulario: la frecuencia media de cada vocablo (3,58 en la D, 4,72 en la E) y las probabilidades de las frecuencias bajas, persistentemente mayores en la primera que en la segunda. [42] El lector observará cómo la generación D tiene proporcionalmente más vocablos que aparecen una o dos veces (47 % y 21,43 % respectivamente) que la E (45,34 % y 15,43 %), ambas tienen una misma proporción de vocablos con frecuencia tres (11 %, más exactamente 11,012 % y 10,932 %) y los que aparecen cuatro o cinco veces son más abundantes en la E (5,79 % y 3,54 % respectivamente) que en la D (5,36 % y 2,38 %). Como es lógico, cuantos más vocablos aparezcan una o dos veces más

41. *Cancionero de Herberay*, n.º 58.
42. Véase 7.1.1. y 7.1.2.

rico será tal vocabulario, y más pobre cuantos más vocablos aparezcan cuatro, cinco o más veces. Esta es la relación entre ambas generaciones;[43] con todo, la tendencia al empobrecimiento es constante y aumenta a medida que la canción se va centrando en el manierismo expresivo.

Si pasamos ahora a los aspectos diferenciales de cada vocabulario nos encontraremos con un modelo muy cercano al de la generación C. Veíamos más arriba (pág. **74**) cómo allí había 69 vocablos que no aparecían en ninguna otra; en la D son 73, en la E, 62 y en la F serán 68 para bajar en picado después (6.4 a 6.6). El análisis de estos vocablos nos remite a anomalías temáticas, como una canción en loor de la Reina Isabel:

> Alta Reina Soberana:
> si fuérades antes vos
> que la hija de Sant'Ana
> de vos el Hijo de Dios
> recibiera carne humana.[44]

En este estribillo encontramos muchos términos atípicos: *hija-hijo, Ana, Santo, carne;* en la glosa aparecen además *espiriencia, Virgen, perfeta, divinidad* y *parir*, mostrándonos hasta qué punto pueden estar ligados a poemas muy particulares. Por otro lado observamos cómo *hijo* aparece tres veces, dos en el estribillo y otro en el *retronx*, mientras *Ana* y *carne* se encuentran dos veces por la misma razón; esto demuestra sobradamente el escaso valor de estas frecuencias, cuya única razón de ser estriba en la estructura de la canción. En el mismo caso están *fonda* u honda[45] y *Macías,*[46] por no citar sino dos palabras que, por sustantivo concreto el primero y por antropónimo el segundo, son especialmente atípicos; por otra parte son estos términos, cualitativamente ajenos a la norma de la canción, los que acusarán con más fuerza la contracción del vocabulario a partir de la generación C, consecuencia directa de la mayor restricción temática a medida que avanza el siglo.[47]

Siguiendo la tendencia esbozada en el capítulo anterior, en las generaciones que nos ocupan continúa la disminución de los recursos puramente léxicos en beneficio de los léxico-sintácticos, sin que éstos lleguen en ningún momento a conformar estructuralmente el poema. La generación D está situada en el punto más bajo de esta evolución: ni adquiere relieve el paralelismo ni siguen siendo de uso frecuente los recursos de vocabulario; ambos cobrarán fuerza en la generación E, más

---

43. Los listados completos de ambos vocabularios pueden verse en 5.4 y en 5.5.
44. Antón de Montoro, *Ed. cit.*, n.ª 35.
45. Gómez Manrique, *Ed. cit.*, n.º 19.
46. Juan Pimentel, *Cancionero de Palacio*, n.ª 14.
47. Véanse los géneros temáticos de la canción en 1.1.1.

pendiente de la morfología de la canción que de los viejos precedentes trovadorescos.

Los casos más genuinos de *repetitio* y de *adnominatio* los encontramos en Antón de Montero. El primero es un típico ejemplo de *redoblado:*

eso le *debéis* que os *debe;* [48]

el segundo combina este recurso con el *leixa-pren:*

y, cuanto más vos acato,
tanto más fallo qué *amar.*
Si vos *amo desamar* (...), [49]

que articula, como era frecuente en la generación anterior, el estribillo y la mudanza. Señalaremos otro caso del mismo autor:

é ande luego bondad,
diciendo: «*penad, penad* (...); [50]

y otro, menos manifiesto, de Carlos de Arellano, que une también estribillo y mudanza:

Parto sin consolacion
porque es poca mi vida (...)
Por siempre me durara
el dolor d'esta *partida* (...). [51]

Otro tanto sucede con una canción de Gómez Manrique que, si bien recurre con elegancia a la disposición de los períodos en la estrofa, tiene poca afición a los recursos léxicos:

Amor me manda dezir,
temor me faze callar,
e con este debatir
nunca çesa mi penar.
Siempre crecen mis tormentos (...); [52]

terminaremos con un fugaz ejemplo de Juan de Mena:

dan a mi tales *tormentos*
que ⌐ ⌐ *tormenta la vida,* [53]

48. *Ed. cit.,* n.ª 35.
49. *Ibidem,* n.º 49.
50. *Ibidem,* n.º 61.
51. *Cancionero de Herberay,* n.ª 177.
52. *Ed. cit.,* n.º 18.
53. *Cancionero de Herberay,* n.ª 57.

que cierra la nómina de los pocos casos interesantes en la generación D.

La siguiente es mucho más rica cualitativa y cuantitavamente. Encontramos con frecuencia adornos de la dicción reducidos a un verso (*redoblado*):

> no se que *quiera querer*,[54]
> *callo e callare*,[55]

o comunes a períodos más amplios, que afectan varios versos:

> *no m'aprovecha* el servir
> *ni m'aprovecha* el cuidado.[56]

Encontramos también algunos casos de *leixa-pren* que pueden articular dos versos:

> quien tanto bien me *priuo*
> *priuando tu conpañia* (...),[57]

o dos estrofas:

> mas a quien vos le robastes
> su pequeña discrecion
> *que queda sino passion?*
> *Que queda sino pessar*
> pensando, señora, en vos (...).[58]

Existe otro grupo de textos donde la *repetitio* tiende a articular unitariamente el contenido de una estrofa, pero pasaremos inmediatamente a usos de mayor interés; se trata de la repetición de una palabra, generalmente un verbo (*mozdobre*) en todas las estrofas de la composición. Tanto en la generación anterior como en algunos ejemplos arriba estudiados veíamos cómo se articulaba unitariamente estribillo y mudanza, concibiendo la canción como estribillo más glosa, mientras en el *Cancionero General* predominaba una forma enteramente distinta, la que la entiende como un compuesto de tres partes equivalentes (estribillo, mudanza y vuelta) donde la primera y la tercera se oponen a la segunda según un esquema del tipo reiteración / variación. En algunas canciones de esta generación encontramos un escalón intermedio de este

---

54. Fernando de la Torre, *Ed. cit.*, p. 160.
55. Diego de Sandoval, *Cancionero de Herberay*, n.ª 168.
56. Pedro González de Mendoza, *Cancionero Musical de Palacio*, n.ª 8. Hay otro ejemplo en la canción citada en la nota anterior.
57. Fernando de la Torre, *Ed. cit.*, p.157.
58. *Ibidem*, p. 162. Otro ejemplo en el último verso del estribillo y primero de la mudanza de otra canción de la misma página, «Sy asi como graçiosa», y en «Ya tan grande es ell'amor», p. 158.

proceso: la articulación de todo el poema en torno a una repetición léxica bien marcada.

Por señalar algunos ejemplo sobservaremos cómo Pedro González de Mendoza alterna la expresión *dezir de no* (tercer verso del estribillo) con los dos últimos versos de la mudanza

> aunque *no le diga sy,*
> nunca *de no le dyre*

y con el *retronx* incompleto del tercer verso de la vuelta («jamas le *dire de no*»). [59] Otra canción de Fernando de la Torre va repitiendo ciertas bases léxicas a lo largo de sus cinco estrofas: *la parte* (cuarto verso del estribillo y *retronx* de la primera vuelta), y *partese* (primer verso de la primera mudanza), *sin culpa* (*retronx* del tercer verso de la primera y de la segunda vuelta) y *culpante* (segundo verso de la segunda mudanza). [60] Pero quizá el caso más completo sea la canción del mismo autor «Cierta mente si sera» [61] donde *ser* y *sera* se suceden en los versos 1, 5, 8, 12, 20, 21, 22, 24, 28, 29, 30, 31 y 32, en un amplio texto de cuatro vueltas. Con el fin de mostrar el resultado de estas repeticiones reproduciré uno no muy extenso articulado en torno al verbo *renegar*:

> Sy a mi grand perdicion
> con los males que yo tengo
> no buscays reparaçion,
> *renega* de tal pasion
> y avn de mi que la mantengo.
>
> *Renega* de tal paçiencia
> no menos de mi, par dios,
> *renega* de tal querençia
> como yo tengo de vos.
> *Renega* de devocion
> tamaña como yo tengo,
> *renega* de condiçion
> y de mi mucha passion,
> non de mi que la sostengo. [62]

Obsérvese cómo el autor parte de un *retronx* muy incompleto (el verbo *renega* y la rima *pasion*) y desarrolla un *mozdobre* con su mismo verbo hasta cubrir también la mudanza. La tendencia será, en las generacio-

59. *Cancionero del British Museum,* n.ª 290.
60. *Ed. cit.*, p. 154, «O quan negro fue aquel dia». Un caso similar es «En pensar en el deseo» (*Ibidem*, p. 157) que completa el *retronx* del último verso del estribillo («ninguna cosa *que veo*») repitiendo su verbo en el primer verso de la mudanza («*que vea* quanta velleza») es un caso de *leixa-pren*; repite además el verbo *pensar* del primer verso del estribillo en el segundo de la vuelta.
61. *Ibidem*, p. 153.
62. *Ibidem*, p. 164.

nes sucesivas, a reforzar la unidad del estribo y la vuelta, dejando la mudanza aislada.

El análisis cuantitativo de estos datos confirma las consideraciones anteriores. Los términos que entran en algún caso de *repetitio* registran un promedio de 2,23 repeticiones en la generación D, por debajo de la C (2,4) y, desde luego, de la E, que se eleva a 2,54 (4.2.1); los juegos léxicos son pues más complejos en la generación E que en la C y en ésta más que en la D. En cuanto a su frecuencia, en la generacón D hay sólo una *repetitio* por vuelta (4.2.2) poco más que en la C (0,86) pero en la E encontramos un promedio de 2,07 casos por vuelta. Vemos pues cómo en ésta aumentan simultáneamente el uso de la *repetitio* y su complejidad, fijando la base sobre la que Manrique construirá, inmediatamente después, la definitiva estructura de la canción.

En la primera de estas generaciones no encontramos canciones concebidas unitariamente desde el punto de vista sintáctico. Existen con cierta frecuencia atisbos de pequeña amplitud, a menudo de eficacia notable:

> Ved si es razon que me llame
> de placeres mas que pobre:
> *beldad manda que vos ame,*
> *castidad que non vos cobre* (...). [63]

En Gómez Manrique encontramos a menudo estribillos que no carecen de planteamientos paralelísticos acertados, pero suelen desvairse en la mudanza y desaparecen en la vuelta:

> Con la belleza prendes,
> donzella, quantos mirays
> e con la fonda matays
> e feris los que queres.
>
> Nunca vi tal desmesura
> prender los ombres seguros,
> e ferir desde los muros
> con fonda de fermosura.
> No puede ningun arnes
> defensar al que mirays
> pues que mirando matays
> e feris los que queres. [64]

Obsérvese cómo el estribillo consta de dos partes simétricas de dos versos cada una; comienzan por un complemento más el verbo de la oración principal *(con la belleza prendes, con la fonda matays)* y terminan

---

63. Antón de Montoro, ed. cit., n.º 61.
64. *Ed. cit.*, n.º 19.

con una completiva *(quantos mirays, los que queres)*. Quedan dos incisos: un apóstrofe a la dama *(donzella)* y un segundo verbo de la oración principal *(matays / e feris)*, ambos a comienzo de los versos pares. [65]

La mudanza conserva cierto germen de paralelismo en los versos segundo y tercero («*prender* los ombres seguros / e *ferir* desde los muros») pero ni este planteamiento va más allá de los dos infinitivos ni el resto de la estrofa se adapta a esquema alguno. Si pasamos a la vuelta, cuyos dos primeros versos más bien parecen un relleno que prepare el *retronx*, [66] observaremos la ausencia de todo atisbo de paralelismo. Esta es la razón de cómo las canciones de Gómez Manrique, de muy correcta factura y de excelente dicción, quedan casi siempre desangeladas, sin aquella concisión y rotundidad que son el mayor mérito del género.

Queda un poco mejor esta de Juan de Mena; [67] el estribillo coloca los verbos en los versos impares y el resto del predicado en los pares:

> Vuestros ojos *me miraron*
> *con tan discreto mirar*
> *firieron e non dexaron*
> *en mi nada por matar.*

La mudanza cambia de andadura; dispone todos los verbos en el tercer y cuarto verso y, aún faltando el efecto paralelístico, encierra los cuatro en dos períodos simétricos que mantienen dignamente el ritmo:

> Y aun ellos no contentos
> de mi persona vençida
> dan a mi tales tormentos
> que me tormenta la vida.

65. Bastante bien estructurado queda también el estribillo del n.º 23:

> De guisa vuestro deseo
> m'atormenta,
> que nada de quanto veo
> me contenta,

a pesar de la subordinada del tercer verso *(de quanto veo)* que apenas puede aproximarse al *guisa* del primero.

66. Otro caso muy característico lo constituye el n.º 16, que no ha sido incluido entre las veinte canciones de esta generación sometidas a análisis. Hay un excelente paralelismo cerrando el estribillo:

> Yo parto con gran querella,
> de quien por cierto, no se:
> de mi porque vos ame,
> si de vos, gentil donzella,

pero Gómez Manrique no lo mantiene sino en la primera de las dos mudanzas.

67. *Cancionero de Herberay*, n.º 57.

La vuelta recupera íntegramente la estructura sintáctica del estribillo:

> Después que me soiuzgaron
> e no con poquo pensar (sic)
> firieron e no dexaron
> en mi nada por matar;

su excelente articulación con los dos versos del *retronx* refuerza el efecto rítmico y reiterativo de la estrofa, emergiendo netamente, pero poco perceptible aún, la característica estructura de la canción.

Los efectos paralelísticos de la generación E no son especialmente notables, aunque resulten más eficaces en Fernando de la Torre que en Gómez Manrique. Empezaremos por un ejemplo de articulación en Fray Iñigo de Mendoza:

> Si en solo cobrar a vos
> fue todo mi bien complido,
> agora que os he perdido
> qué bien me puede dar dios; [68]

el texto se orienta en torno a *bien*, a la antítesis *cobrar / perder* y al orden sintáctico dependiente / principal de los cuatro versos.

Por ahora nos interesan más aquellas canciones donde el paralelismo afecta a todo el poema, especialmente cuando manifiestan seguir el modelo estructural del género. Estudiaremos en primer lugar una de Fernando de la Torre con dos vueltas. [69] En el estribillo y la primera de ellas, incluyendo el *retronx*, predominan las construcciones del tipo verbo más complemento directo, con éste en la rima; la primera mudanza se opone en cuanto hace rimar todos los verbos, pero desgraciadamente esta disposición no pasa al resto del poema. Más interesante resulta otra canción [70] donde las dos mudanzas tienen puntos en común:

> Esto porque la bondad
> y gracia *con que nasçistes*
> fue con doble crueldad
> *con que guerra me fezistes*

> Bastara ya gentileza
> *sin esto que mas cobrastes,*
> desamor con esquiveza
> *con que mucho mas dañastes.*

En el estribillo y las vueltas falta esta característica subordinación de relativo que, al revés de cuanto hemos visto en las páginas precedentes, marca la canción aislando sus mudanzas.

Terminaremos el estudio de esta generación con una tercera composición del mismo autor, donde la posición de los verbos marca el con-

---

68. *Cancionero General* de 1511, fol. CXXIII vto.
69. «Donzella, por vos amar», *Ed. cit.*, p. 154.
70. «Obra fue vuestro nascer», *Ibidem*, pp. 123 y 160.

traste entre el estribillo y la vuelta por una parte, la mudanza por otra, anticipando un giro ya inmediato en la historia del género:

De quien se siempre *sere*
sin jamas fazer mudança,
pues me dio buen esperança
desto no me *partire.*

Con muy constante firmeza
la *seruire* de buen grado
pues que so alta nobleza
me tiene ya catiuado:
su voluntad *seguire*
sin jamas fazer mudança (...) [71]

Los períodos rítmicos se disponen en grupos de dos versos, articulados cada uno de ellos a partir de un verbo principal. Los del estribillo están en la rima de los versos primero y cuarto, mientras los de la mudanza abren el primero y tercer verso. Podríamos sospechar que este leve artificio fuera fruto de la casualidad si el primer verso de la vuelta, que introduce el *retronx*, no se acogiera fielmente a este cliché, cerrando así el ciclo iniciado en el estribillo.

En las páginas precedentes he intentado poner de relieve los principales aspectos de la estructura léxico-sintáctica de la canción. La debilidad de las escasas manifestaciones de estos fenómenos haría peligrar su interpretación si no tuviéramos una idea muy clara de cuál va a ser el futuro del género (pág. 85). Con el fin de mantener viva esta expectativa quizá convenga comparar una canción de Gómez Manrique con otra que, sin duda, le debe su más afortunada fraseología. El primero acertó a formular en su estribillo una antítesis que apenas tuvo desarrollo:

Amor me manda dezir,
temor me faze callar,
e con este debatir
nunca çesa mi penar. [72]

Un poeta secundario dos generaciones más joven, el portugués don Juan Manuel, recogió la mudanza de don Gómez, más desangelada que el estribillo:

Sienpre creçen mis tormentos
con la dicha *deuision,*
que contrarios pensamientos
afligen el *coraçon,*

71. *Ed. cit.,* p. 153.
72. *Ed. cit.,* n.º 18.

y la convirtió en un estribillo muy airoso, con una antítesis magistralmente formulada:

Mi alma mala se para,
cerca esta mi perdicion,
porque estan en *diuission*
la verguença de la cara
y el dolor del *coraçon*. [73]

La mudanza de don Juan Manuel recoge los conceptos del estribillo de don Gómez pero, sentada bizarramente la antítesis, se dedica a su desarrollo en dos períodos de elegante paralelismo, cuya estructura difiere netamente del estribillo:

Amor me manda que diga,
verguença la rienda tiene,
amor me manda que siga,
verguença que calle y pene.

Obsérvese la deuda temática, conceptual y verbal de esta mudanza con el estribillo de don Gómez Manrique. El portugués termina con una vuelta similar al estribillo, pero sin su gracia; respeta el paralelismo entre ambas partes, pero su único mérito consiste en introducir los dòs hermosos versos del *retronx:*

Assi que si no se ampara
de mi alguna razon,
matarme an sin defension
la verguença de la cara
y el dolor del coraçon.

Observará el lector cuán cerca se encuentran ambos textos; basta reforzar la antítesis, construir una mudanza de dos miembros paralelos y articular una vuelta semejante al estribillo, pero estructuralmente opuesta a la mudanza, para convertir una mala canción de un poeta notable en otra excelente, pero escrita por un poeta oscuro. Es un problema de técnica, y es el nacimiento de esta técnica, íntimamente ligada a la forma estrófica, lo que intentamos detectar desde sus comienzos.

La generalización del *retronx*, la difusión de las correlaciones léxicas y la progresiva articulación paralelística entre el estribillo y la vuelta producen una semejanza creciente entre el texto de ambas partes, que alcanza pronto la selección de las clases de palabras. Este proceso permite explicar un curiosísimo fenómeno que, si bien aparece en algunos poemas de la generación C, [74] sólo alcanza cierta frecuencia en el período que ahora estudiamos: la existencia de efectivos semejantes de

---

73. *Cancionero general* de 1511, fol. CXXII.
74. Véase por ejemplo *Cancionero de Palacio*, n.º 35.

cada clase de palabras en el estribillo y la vuelta y la neta diferenciación de la mudanza. Su análisis nos permitirá apreciar con mayor precisión la profundidad de las tendencias estructurales que operan sobre el género.

Aunque los ejemplos son frecuentes, citaré sólo dos canciones, una de Gómez Manrique y otra de Fernando de la Torre, cuyo texto ha sido ya reproducido. En la primera, [75] a pesar de la pobreza del paralelismo entre el estribillo y la vuelta y de la escasa entidad del *retronx* hay una neta contraposición entre la suma de las clases de palabras en ambas partes:

	Estribillo	Mudanza	Vuelta
Sustantivo	3	7	2
Adjetivo calificativo		1	
Adjetivo determinativo		1	1
Pronombre tónico	2		2
Artículo	3	2	2
Verbo	5	1	5
Adverbio		1	2
Preposición	2	4	1
Conjunción	2		2

Resulta especialmente interesante el caso de los sustantivos, verbos y conjunciones, tanto por sus efectivos como por su significación gramatical. Por otra parte, y como antes decía, es difícil explicar este fenómeno en una canción donde el paralelismo entre estribillo y vuelta es nulo y donde el *retronx* no afecta sino a un verso y dos rimas. [76]

Más elocuente, pero más limitado en su alcance, es el texto de Fernando de la Torre. [77] En este caso existe *retronx* parcial de dos versos y una estructura paralelística en torno al verbo *renega;* pero el paralelismo existe en estribillo, mudanza y vuelta, siendo más próximo entre las dos últimas partes, lo cual no obsta para que las clases de palabras manifiesten preferentemente la relación habitual en el acento versal *(AV)* y en la rima *(R):* [78]

75. Gómez Manrique, *ed. cit.*, n.º 19. Ver el texto y sus análisis en la p.114
76. Este tipo de efectos aparece también nítidamente en otras dos canciones de Gómez Manrique (*Ed. cit.*, n.º 1ª y 23), una del Rey don Juan II de Castilla (*Cancionero de Palacio*, n.º 241), otra de Antón de Montoro (*Ed. cit.*, n.º 49), Juan Pimentel (*Cancionero de Palacio*, n.º 14). Fernando de Rojas (*Ibidem*, n.º 222) y tres de Fernando de la Torre: «El día que vos no veo», «Fasta aqui nunca pensse» y «Quien fermosura partio» (*Ed. cit.*, pp. 155 y 165).
77. Véase el texto más arriba, en p.113 Es la canción «Sy a mi grand perdicion» (*Ed. cit.*, p. 164).
78. Este tipo de estructuras es también muy visible en los textos arriba citados (nota 76) excepto en los tres de Fernando de la Torre.

	AV			R		
	E	M	V	E	M	V
Sustantivo	1			3	3	3
Adjetivo Dete.	1		2			
Pronombre Tón.	1	1	1		1	
Verbo	2	3	2	2		2

La razón última de estas coincidencias se encuentra evidentemente en la estructura interna de la canción, que tan nítidamente va apuntando. Con todo es difícil dilucidar el por qué de algunas manifestaciones concretas, especialmente agudas en canciones que encajan mal con aquella tendencia y cuyas estructuras sintácticas y léxicas manifiestan profundas divergencias, como en esta última. Hemos dicho repetidamente que la peculiar fórmula estrófica de estribillo, mudanza y vuelta más el recurso del *retronx* creaban una relación cuyas manifestaciones superficiales, escasas hasta este período, no parecían conscientes. La distribución de las clases de palabras en la canción confirma este supuesto; nos encontramos ante un fenómeno que ni las concepciones gramaticales del período ni los conocimientos de los autores podían prever, pero que se manifiesta con evidencia absoluta.[79]

Acabamos de ver cómo cada vez, y especialmente en la generación E, apunta con mayor claridad la tendencia a la articulación sintáctica de estribillo, mudanza y vuelta como manifestación de una concepción cerrada del poema. El análisis estadístico de las estructuras sintácticas en estas dos generaciones muestra un notorio avance en esta línea, hasta el punto de perfilar netamente las constantes que regirán la configuración del género en su última etapa.

Si atendemos en primer lugar a la proporción de proposiciones principales y subordinadas (8.1.2) veremos que aquéllas representan el 49 % en la generación D, al mismo nivel que en sus antecesores (55,3 % en la A, 47,7 % en la C) pero la E desciende a un 40,96 % que hemos de considerar ya la nivelación con los poetas de fin de siglo (33,49 % en la F, 34,47 % en la G y 42,37 % en la H).

La precariedad de estos valores quedará con todo de manifiesto si descendemos al estudio de los tipos de subordinación. Las sustantivas registran valores normales en la generación D (16,83 %, cuadro 8.1.2), pero es anormalmente baja en la E (10,44 %); la circunstancial está al mismo nivel en la generación D (26,44 %) que en las anteriores (26,97 % en la A, 25,1 % en la C), y, aún experimentando un pequeño crecimiento

79. Se trata sin duda de lo que R. Jakobson denominó «Structures linguistiques subliminales en poésie», hoy en *Questions de Poétique*, París, Ed. du Seuil, 1973, pp. 280-292.

en la E (29,32 %), está muy lejos de los valores habituales a partir de la F (39,71 %). El aumento que en conjunto registra la subordinación en la generación E es enteramente debido a la adjetiva, que pasa de un 6 o 7 % (generaciones A, C, D) a un 19,28 % para descender a continuación (9 % en la F, 14 % en la G y 12 % en la H). Fernando de la Torre, a quien corresponde íntegramente la responsabilidad de estas cifras, usa incluso abusivamente del recurso en varias de sus canciones:

> Bastara ya gentileza
> sin esto *que* mas cobrastes,
> desamor con esquiueza
> con *que* mucho mas dañastes
> a mi *que* tengo por ver
> ni pasar pena tamaña,
> pues por no dar me plazer
> a vos *quien* tanto me daña
> dios me fizo conosçer. [80]

Diríamos que este poeta acertó la dirección del futuro, pero equivocó el camino; la mayor libertad posicional de la subordinación circunstancial, su mayor flexibilidad para situar el nexo a comienzos de verso y para constituirse en unidad entonacional autónoma la convertirán en lo sucesivo en el principal recurso de un género que fiaba sus mejores efectos en la disposición simétrica de los períodos dentro de la estrofa y del poema.

También la relación sintáctica entre el estribillo y la mudanza por una parte, entre la mudanza y la vuelta por otra, nos muestra en la generación E el patrón de lo que será la canción durante el resto del siglo. En la D ambos valores se muestran claramente vinculados a los autores precedentes, con manifestaciones muy arcaizantes si nos fijamos en la articulación de mudanza y vuelta.

Si atendemos a la subordinación, veremos cómo en la generación C un 20 % de las vueltas dependían sintácticamente de la mudanza y un 15 % contenían sendas partes de una misma proposición (8.2.2); este porcentaje baja a un definitivo 5 % en la generación D y el primero se coloca en el 10 %, donde permanecerá hasta la generación G. Pero el mismo cuadro muestra cómo la yuxtaposición entre ambas partes se mantiene al mismo nivel en la generación D (45 %) que en las dos anteriores (42,86 % en la A, 45 % en la C) mientras la coordinación copulativa, con una proporción extraordinariamente alta (40 %) absorbe los

---

80. «Obra fue vuestro nasçer», *Ed. cit.*, p. 160. La densidad de la primera mudanza y vuelta es idéntica y el estribillo contiene los últimos tres versos del fragmento citado (*retronx*) con su correspondiente subordinada. Estas construcciones son también abundantes en «O quan negro fue aquel dia» (*Ibidem*, p. 154). «Sy a mi grand perdicion» (p. 164) y «Quien fermosura partio» (p. 165).

valores que en las demás generaciones corresponden a los distintos tipos de coordinación y a la subordinación adjetiva.

Muy al contrario, en la generación E encontramos las mismas proporciones que en la F y la G. Se eleva el número de yuxtaposiciones (70 %), desciende a un 15 % el conjunto de la coordinación y se mantiene la subordinación en torno al 10 % (8.2.2). Estos datos significan, en última instancia, que el texto de la vuelta se ha independizado respecto a la mudanza; en las generaciones anteriores ambas partes se articulaban como las dos semiestrofas de la doble sextilla, la copla real o la copla castellana y mixta, pero desde la generación E ambos componentes se disocian:

> La sienpre amada de mí
> á quien yo mi fe juré,
> aunque no le diga sy,
> nunca de no le dyré;
> pues su vista me vençió
> de contentamiento grande,
> jamás le dyré de no
> á quantas cosas me mande. [81]

Obsérvese cómo la vuelta comienza por un nexo, pero ya no la subordina a la mudanza sino a la proposición siguiente, el *retronx*, que ve así reforzada su presencia y su relación con el estribillo. Este factor es esencial para que la canción se confirme como un compuesto de tres partes; el paso siguiente consistirá ya en el reforzamiento de las relaciones entre vuelta y estribillo.

Si mudanza y vuelta tienden a aflojar sus lazos sintácticos, las relaciones entre estribillo y mudanza se intensifican progresivamente, estabilizándose en la generación E (8.2.1). Mientras el 100 % de las canciones de la A y el 95 % de la C yuxtaponen sintácticamente ambos componentes, en la D este valor baja al 80 %; hay un 5 % de subordinaciones, como en la generación C, pero aparece un 5 % de coordinaciones adversativas y un 10 % de copulativas que faltaban hasta entonces. En la generación E se mantiene este 15 % de coordinaciones, pasa del 5 % al 10 % el número de canciones que subordinan la mudanza al estribillo y aparece un 5 % que distribuyen una misma proposición entre ambas partes.

Estas cifras resultan mucho más significativas si comparamos ambos cuadros, el que mide las relaciones entre estribillo y mudanza (8.2.1) y el que lo hace entre ésta y la vuelta (8.2.2). Ambos muestran en la generación E un 70 % de canciones con sus tres partes yuxtapuestas, un

---

81. Pedro González de Mendoza, Gran Cardenal, *Cancionero del British Museum*, n.ª 290.

15 % con dos de ellas coordinadas y otro 15 % que distribuye entre dos partes una misma proposición u oración. Esto significa lisa y llanamen‧ te que la canción característica de la generación E está ya formada por tres estrofas autónomas; no puede deberse al azar que la proporción de canciones irregulares, con vuelta estróficamente diferenciada del estribillo, haya quedado reducida al 9,7 %, contra el 57 % de la generación C y el 23 % de la D. Ambos factores coinciden en marcar la vuelta como una parte estróficamente autónoma pero íntimamente asociada al estribillo a cuyos esquemas vuelve. La configuración de las estructuras gramaticales de la canción culmina, pues, en la generación E; sólo falta que el paralelismo sintáctico y conceptual entre el estribillo y la vuelta y el progresivo aislamiento de la mudanza rellenen adecuadamente este marco para encontrarnos ya con un género maduro, el que caracteriza los cancioneros finiseculares.

Las dos generaciones que nos ocupan avanzan decididamente en el camino del conceptismo, aunque a menudo no encontremos sino pálidas construcciones o felices atisbos parciales. Entre la producción de Antón de Montoro aparecen, por ejemplo, intentos fallidos por una formulación difusa, como este estribillo:

> Non fago sinon mirar
> si hay en vos qué desear;
> yo con mis manos me mato
> y, cuanto más vos acato,
> tanto más fallo qué amar. [82]

Obsérvese cómo el intento de montar una ponderación misteriosa encareciendo paralelamente su amor y los merecimientos de su dama queda desvaído por una expresión desafortunada. [83] El mismo autor ofrece mejores ejemplos de estrofas conceptualmente bien construidas, como este caso de ponderación misteriosa resuelta con una improporción:

> Ved si es razón que me llame
> de plazeres más que pobre:
> beldad manda que vos ame,
> castidad que non vos cobre (...). [84]

Este tipo de aciertos son ya moneda corriente en la generación D, [85] por

82. *Ed. cit.*, n.º 49.
83. Otro tanto sucede con el estribillo de «Parto sin consolacion», de Carlos de Arellano, *Cancionero de Herberay*, n.º 177.
84. *Ed. cit.*, n.º 61.
85. Véase el estribillo del n.º 35 del mismo autor, reproducido más arriba (p.110) la mudanza de Gómez Carrillo de Acuña («Amor, si yo por burlar», *Cancionero de*

lo que pasaremos a lo que sí resulta una novedad: la estructuración conceptual del poema como recurso habitual.

Ocurre esto en varias canciones de esta misma generación, todas ellas de una sola vuelta. Generalmente se basan en proporciones, improporciones, paridades y disparidades, con tendencia a construir el poema como una sucesión equilibrada de tres parejas de opuestos, una por estrofa, como en esta canción de Diego de Valera:

> Vuestra belleza sin par
> a todas faze enbidiosas,
> asi que las mas fermosas
> resciben, en vos mirar,
> sin dubda grave pesar.
>
> Vuestra neta catadura,
> ayre y gentil aseo
> destruyen la fermosura
> de todas quantas yo veo;
> y ser vos tan singular
> las faze ser enbidiosas (...). [86]

Repárese en cómo las tres estrofas consisten en una paridad; el estribillo y la vuelta relacionan los méritos de la dama con la envidia de las demás, la mudanza, con sus efectos en el amante. [87] Este aspecto es de la mayor importancia para la conformación estructural del género en cuanto avanza el último paso hacia la unidad del poema, y esto es aún más interesante si recordamos cómo en esta generación no se ha culminado todavía el proceso en la sintaxis; por otra parte nos encontramos ya ante un recurso generalizado, presente en la mayoría de los autores. [88]

Con todo estamos aún muy lejos de la cerrada concepción de las últimas generaciones; la sucesión de parejas conceptuales permite concebir la canción como un todo unitario, pero se manifiesta por una mera

---

Palacio, n.º 193), el estribillo de Gómez Manrique («Dexadme mirar a quien», *Ed. cit.*, n.º 15), con un conceptismo un tanto traído por los pelos, y una mudanza del Maestre don Rodrigo Manrique («Pues conoces la razon», *Cancionero de Herberay*, n.º 150).

86. *Cancionero de Roma*, n.º 177; termina con el *retronx*. Corrijo la puntuación.

87. Aunque no constituye objetivo de este estudio, advertiremos que esta disposición de los contenidos es la más habitual en toda la segunda mitad del siglo. Sólo al final, en algunos autores del *Cancionero General* como Núñez, se registra la tendencia a repetir en la mudanza los contenidos del estribillo y renovarlos en los últimos versos de la vuelta, lo cual exige auténtica labor de filigrana cuando a la vez se usa *retronx* (véase «Si os pedi, dama, limon», fol. CXXII vto. y «Si por caso yo biuiesse», fol. CXXIIII). Es la consecuencia lógica de la rigidez del género, que rompe, precisamente por donde más estricto era.

88. Véase, de Gómez Manrique, «Amor me manda dezir», *Ed. cit.*, n.º 18, parcialmente reproduccida en p. 117 y «Con la belleza prendés» (*Ibidem*, n.º 19 y p. 114 ,) «Amor yo nunca pensse», del Rey don Juan II de Castilla (*Cancionero de Palacio*, n.º 241), «Vuestros ojos me miraron», de Juan de Mena (*Cancionero de Herberay*, n.º 57) y «Excelente gentil dama», de Juan de Valladolid (*Ibidem*, n.º 199).

sucesión de elementos más o menos reiterativos que diluyen el sentido de esta unidad. La intensificación de estos efectos se realizará en dos direcciones: en primer lugar se generalizan las ponderaciones, cuya andadura inquisitiva observa «una conexión de los extremos o términos correlatos del sujeto (...) y después de ponderada aquella coincidencia y unión, dase una razón sutil, adecuada, que la satisfaga», [89] vinculando las distintas partes en una unidad discursiva, por otro lado se divulga el recurso de la paradoja, cuyos efectos sobre el lector son manifiestamente más intensos por su bizarría y por el creciente atrevimiento de los autores.

Los inicios de este proceso aparecen también en esta generación; en la canción que sigue, Lope de Stúñiga pondera en el estribillo y mudanza la coincidencia de efectos en las distintas alternativas que parecen ofrecérsele, pero su encanto reside en la paradoja final:

> Non sé do vaya tan lexos
> que penas de mí se alexen,
> ni dónde queden sin quexos
> que los cuidados me dexen.
>
> Que vaya a tierra muy luenga,
> el pesar me traerá;
> que quede do mal sostenga
> el dolor me levará.
> Mis males me son anexos,
> mando a mi muerte que açerque,
> por que yo quede sin quexos
> e los cuidados me dexen. [90]

Desgraciadamente la generación de Fernando de la Torre avanzó muy poco en este camino. Este autor, que tantos progresos efectuó en la organización sintáctica del género, quizá por su afición al poema largo, de dos o tres vueltas, no pasó como regla general de la articulación de semejantes y opuestos:

> Que vea quanta velleza
> en el mundo fue nasçida
> el poder y la destreza
> ni tesoro sin medida
> de toda nada deseo,
> sola mente en vos pensar
> ni a mi puede alegrar
> ninguna cosa que veo. [91]

89. B. GRACIAN, *Op. cit.*, vol. I, p. 89.
90. Procede del *Cancionero de Salvá* y fue publicada por Eloy BENITO RUANO, *Op. cit.*, n.º 6. Véase también la excelente canción de don Rodrigo Manrique «Grandes albricias te pido», *Cancionero General* de 1511, fol. CXXVI, vto.
91. «En pensar en el deseo», *Ed. cit.*, p. 157. Véase también «El día que vos no

Obsérvese el acierto expresivo de vincular conceptual y textualmente la mudanza y la vuelta, aún siendo un recurso arcaizante.

Aunque en esta generación encontramos varios casos de paradoja, a menudo con ciertos atisbos de sus posibilidades estructurales, son de escaso efecto por quedar diluidas en canciones de dos vueltas.[92] Como punto final a este capítulo, y con el fin de mostrar las posibilidades de Fernando de la Torre cuando se ciñe a las formas más tradicionales, reproduciré una canción cuyo estribillo y vuelta, construidos en torno a una ponderación misteriosa, flanquean una improporción entre los sentimientos del amante y sus circunstancias:

> Ya tan grande es ell'amor,
> señora, que vos yo he
> qu'en verdad he grand temor
> que antes que vos vere
> de deseo morire.
>
> Morire yo deseando
> vuestra vista sola mente,
> a vos no menos amando
> que a mi me desamando
> por me ver de vos absente,
> sufriendo tan gran dolor
> qual nunca vi ni vere,
> viuiendo con tal temor (...)[93]

Durante el transcurso de las generaciones D y E hemos visto aflorar lo que será la base estructural de la canción: formas estróficas consolidadas, predominio absoluto del tipo regular, adopción del *retronx* en su forma y frecuencia definitiva, independización sintáctica de la mudanza y la vuelta, atisbos de articulación de la vuelta con el estribillo y aparición generalizada de formas conceptuales vinculadas al esquema de la estrofa con vuelta. Ya sólo queda aprovechar y potenciar estéticamente estos recursos para que aparezca el tipo característico del *Cancionero General*.

Quedan varias rémoras del pasado a punto de extinguir, especial-

---

veo» y «Fasta aqui nunca pensse» (*Ibidem*, p. 155). «Quien tanto bien me priuo» (*Ibidem*, p. 157) y «Que fiziese me mandastes» (*Ibidem*, p. 162), así como «Mi vida se desespera», del Gran Cardenal («The unprint poems of the Spanish «Cancioneros» in Bibliotéque Nationale de Paris», ed. C. B. Bourland, *Revue Hispanique*, XXI, 1909, 460-566, p. 509). Hay aciertos sueltos en varias canciones, otra del mismo autor (*Cancionero del British Museum*, ed. cit., n.º 290) y en «De quien se siempre sere», «Sy asi como graçiosa» y «Quien fermosura partio» de Fernando de la Torre (*Ed. cit.*, pp. 153, 162 y 165).

92. «Donzella, por vos amar», y «Obra fue vuestro nasçer» de Fernando de la Torre (*Ed. cit.*, pp. 154 y 160), especialmente en las vueltas.

93. *Ed. cit.*, p. 158. Véase también «Si en solo cobrar a vos», de F. Iñigo de Mendoza, *Cancionero General* de 1511, fol. CXXIII, vto.

mente una elevada proporción de rimas agudas y una frecuencia alta de las canciones con varias vueltas. Pero el género ha asimilado ya todas las influencias, ha rechazado las que lo desviaban de su camino y se ha colocado en la vía que seguirá hasta su extinción, cuando sea sustituido por el soneto en la estética del petrarquismo. En el capítulo siguiente veremos cómo se van realizando todas estas expectativas.

LA PLENITUD

Nos encontramos en el período final de nuestro estudio, el que comprende los autores nacidos entre 1431 y 1475, que hemos denominado generaciones F, G y H. El tiempo de su producción literaria coincide aproximadamente con la segunda mitad del siglo, extendiéndonos quizá hasta la muerte del Rey Católico (1516) con el fin de dar cabida a las primeras ediciones del *Cancionero General*.[1] La primera de estas generaciones coincide en su formación con el reinado de Enrique IV (1455-1474), con el que murió su más logrado poeta, Jorge Manrique, y está al margen de los grandes cancioneros. Sólo la obra de este autor fue generosamente acogida, como la de un auténtico clásico, en el de Hernando del Castillo, mientras hemos de espigar en la segunda floración de cancioneros composiciones sueltas de sus coetáneos; queda, a su lado, el particular de Juan Álvarez Gato.

Las dos últimas generaciones forman el elenco de los autores del *Cancionero General* y de sus adláteres y continuadores. La unidad de estas tres promociones queda así atestiguada por la de su transmisión, con lo que presupone de reconocimiento a una generación extinta. Su análisis demostrará hasta qué punto les fueron tributarios.

El primer factor histórico que condicionó a estos autores fue el resurgir de la caballería y la reorganización de la Corte. Las guerras de Granada supusieron la revitalización del ideal caballeresco,[2] tan malparado en la sucesión de calumnias, debilidades y bajezas que sazona-

1. Para estos datos véase el estudio bibliográfico de don A. Rodríguez Moñino en su monumental edición facsímil del *Cancionero General* de 1511 (Madrid, Real Academia Española, 1958), por el que cito tiempre esta antología, y las adiciones a dicho cancionero (Valencia, Ediciones Castalia, 1959). Para la significación literaria de estas obras véase J. M. Blecua, «Corrientes poéticas en el siglo XVI, hoy en *Sobre poesía de la Edad de Oro*, Madrid, Gredos, 1970, pp. 11-24, y especialmente pp. 21 y ss.

2. Véase la viva y erudita descripción de don Ramón Menéndez Pidal, *Romancero Hispánico*, vol. II, 2.ª edición, Madrid, 1968, pp. 33 y ss. y especialmente el testimonio de Andrea Navagiero (pp. 36-37).

ron los bandos del reinado precedente,[3] y tenemos testimonios positivos de cómo la Reina Católica apadrinaba la vida cortés;[4] la Corte se convirtió de nuevo en lugar de reunión y cortejo, y de allí salieron una segunda floración de cancioneros colectivos que pronto pasaron a la imprenta. A su lado hemos de ponderar la creciente importancia de la vida literaria en la ciudad de Valencia, que cuajó primeramente en la Corte del Conde de Oliva y pronto se reorganizaría en torno del fastuoso virreinato de Germana de Foix y el Duque de Calabria. Al lado de esta evolución político-social, que no podía sino determinar una producción literaria tan ligada a los usos cortesanos, hemos de situar el mecenazgo y la recuperación cultural del período, cuyo fruto más granado será la pronta difusión del humanismo.[5] Si la floración de cancioneros de mediados del siglo xv fue consecuencia última del resurgir cortesano promovido por Fernando de Antequera, no cabe duda que la revitalización de la lírica a fin de siglo fue el resultado de las circunstancias anejas al reinado de los Reyes Católicos.

La evolución de la canción no es sino un efecto más de los profundos cambios que experimentó la lírica cortesana. Después de Juan de Mena, el *dezir* alegórico y latinizante, tal como lo cultivara el Marqués de Santillana, es progresivamente abandonado en beneficio de las *Coplas*, preferentemente de tema amoroso, en versos de arte menor y cuyo lenguaje procede directamente del que hasta entonces había cultivado la canción cortés. Este cambio se observa nítidamente si comparamos dos «Infiernos de Amor», el de Santillana y el de Garci Sánchez de Badajoz. Aquél se muestra perdido en una selva cuyas

> (...) frondas comunicavan
> con el cielo de Diana,

y donde

> de muy fieros animales
> se mostraban e leones,
> e serpientes desiguales,
> grandes tigres e dragones.[6]

---

3. Por empañar gravemente los ideales caballerescos y por su trascendencia política resulta de especial relieve la campaña de difamación contra el Rey y la Princesa Juana, a vueltas de su presunta bastardía.

4. R. O. JONES, «Isabel la Católica y el amor cortés», *Revista de Literatura*, XXI, 1962, 55-64.

5. Para los problemas que rodean la introducción del humanismo véase F. RICO, *Nebrija frente a los bárbaros*, Universidad de Salamanca, 1978. Las relaciones entre los humanistas y la política cultural de los Reyes Católicos son analizados por el mismo autor en «Un prólogo al Renacimiento español. La dedicatoria de Nebrija a las *Introduciones latinas* (1488)», en *Seis lecciones sobre la España de los Siglos de Oro. Homenaje a Marcel Bataillon*, Universidad de Sevilla-Université de Bordeaux III, 1981, pp. 59-94.

6. Ed. M. Durán, vol. I, p. 202, versos 33-34 y 41-44.

Garci Sánchez sintetizaría la introducción y los elementos descriptivos en cinco versos de su «Infierno»:

> Caminando en las honduras
> de mis tristes pensamientos,
> tanto anduue en mis tristuras
> que me hallé en los tormentos
> de mis tinieblas escuras. [7]

Observará el lector cuan cerca nos encontramos del lenguaje y los procedimientos de la canción, que domina por completo el panorama de la lírica a fines del siglo XV.

Desde el mismo Jorge Manrique se amplían notablemente los usos de la canción. Aparte de su aparición en la *desfecha* de *dezires, coplas* y *representaciones*, que procede del *Cancionero de Baena*, [8] aparecen dos fenómenos nuevos: la canción glosada y la canción como glosa de motes. El primer poeta cuyas canciones se glosaron ininterrumpidamente, y mucho después de su muerte, es el propio Manrique, tratado en seguida como un clásico, [9] pero el fenómeno es moneda corriente durante la segunda mitad de siglo. [10]

La canción como glosa de motes fue también inaugurada por el círculo de Jorge Manrique y coincide con la entrada de este género menor en los cancioneros finiseculares. Del mismo Manrique conservamos dos canciones glosadoras [11] y otra de Juan Álvarez Gato, [12] y es moneda corriente en lo sucesivo. [13]

Hay un nuevo factor de todavía mayor interés: la canción ya no sobrevive como género menor de los cancioneros, sino que pasa a ocupar un lugar preeminente en la valoración de la época. En las páginas que siguen veremos cómo la creación de nuevas formas corresponde a los poetas de más relieve y, especialmente, a Jorge Manrique, auténtico artífice del género.

---

7. Ed. P. GALLAGHER, *The life and works of G. S. de B.*, London, Tamesis Books Limited, 1968, n.º 51, vv. 1-5. Otro tanto sucede con el «Infierno» de Guevara (*Cancionero Castellano del siglo XV*, vol. II, n.º 894) donde todo el encuadre alegórico ha desaparecido para convertirse en una enumeración de desdichas; el dato es importante por ser Guevara amigo de Manrique (A. SERRANO DE HARO, *Personalidad y destino de J. M.*, Madrid, Gredos, 1966, pp. 246 y ss.).

8. LE GENTIL, *La poésie Lyrique*, vol. II, pp. 174 y ss.

9. Para una visión de conjunto sobre esta actividad véase M. CARRION GUTIEZ, *Bibliografía de J. M.*, Palencia, Diputación Provincial, 1979, n.º 177-192.

10. Véase por ejemplo la glosa de Costana a una canción suya («Mi vida se desespera», *Cancionero General* de 1511, fol. LXXX) y, especialmente, la nota de J. Romeu Figueras a «Nunca fue pena mayor», del primer Duque de Alba (*Cancionero Musical de Palacio*. Ed. cit., vol. IV, n.º 1).

11. *Cancionero*, ed. de A. Cortina, col. Clásicos Castellanos n.º 94, quinta edición, Madrid, 1966, pp. 70-71.

12. *Obras Completas*, n.º 11.

13. Véase el *Cancionero General* de 1511, fol. CXLIII, vto. y ss. donde es la forma canónica del género.

En este período asistimos a lo que desde el punto de vista histórico hemos de considerar su fosilización formal; la canción se convierte en poema de una sola vuelta, casi siempre con *retronx*, estróficamente regular y construido sobre una sabia armonía de vocabulario, sintaxis y estructuras conceptuales en torno al esquema estribillo más mudanza más vuelta, equivalente, en términos de contenido, a una sofisticada combinación de variaciones sobre el tema inicial. Hemos afirmado varias veces que la canción fue el equivalente del soneto en nuestros cancioneros, y ello por dos razones fundamentales: su objetivo y su técnica; en ambos casos, el autor debía someterse a estas reglas si quería aprovechar sus múltiples recursos.

En los capítulos precedentes hemos descrito la evolución de la canción como la busca de una identidad; suponíamos que la adopción de la estrofa con vuelta y la predisposición de los autores hacia su versión más simple ofrecía unas posibilidades estructurales que sólo raramente cuajaban en alguna que otra pálida realidad. Naturalmente pudo evolucionar en otro sentido, como así lo hicieron la *ballata* y el *virelai;* pero había en el siglo xv una agudísima tendencia por el preciosismo formal [14] que en Italia cuajó en el soneto, en Francia en el *rondeau* y en Castilla y Aragón lo hizo en la canción. Sería una falacia histórica pensar que las cosas habían de suceder así, pero dado que así sucedieron no podemos sino investigar qué condiciones objetivas permitieron este final. En las páginas que siguen fijaremos sus características tal como se manifiestan en el *Cancionero General* y procuraremos captar el momento de su aparición.

Su longitud queda desde este momento limitada a una vuelta (1.2.3); tan sólo nos han llegado tres canciones de dos vueltas en esta generación, una de Alfonso Enríquez [15] y dos de Juan Álvarez Gato, [16] a quien veremos caracterizarse como aficionado a innovaciones que nunca harían escuela. Las de la generación siguiente son todas de una sola vuelta y sólo en la H encontraremos otra de dos, esta vez de Juan del Encina. [17] Estos datos son extrapolables a toda esta época en cuanto el *Cancionero General* de 1511 no incluye sino una canción de dos vueltas. [18]

El dato es doblemente importante. En primer lugar, la vuelta múl-

---

14. J. Huizinga, *El otoño de la Edad Media*, Madrid, Revista de Occidente, 1967, novena edición, pp. 464-465.
15. *Cancionero de Herberay*, n.º 109.
16. *Obras completas*, ed. cit., n.º 28 y 50. Un cuarto ejemplo se encuentra en la obra de Torres Naharro (*Propalladia and other works of B. de T. N.*, ed. J. E. Gillet, IV vols., Pennsylvania, 1943-1951, n.º 5), pero su carácter altamente atípico (los versos impares están en castellano y los pares en latín) lo dejan al margen de este estudio.
17. *Poesía lírica y cancionero musical*, n.º 111.
18. K. Whinnom, «Hacia una interpretación y apreciación de las canciones del *Cancionero General* de 1511», p. 362 y nota. Es una canción del valenciano Mosén Fenollar.

tiple se convierte en este momento en característica peculiar del villancico cortés, desconocido en los cancioneros anteriores, y es uno de los rasgos que diferencian ambos géneros. [19] Por otro lado, esta reducción potencia los efectos reiterativos de la vuelta al estribillo que habíamos visto aparecer esporádicamente desde los albores del siglo xv.

El estudio del estribillo muestra dos datos igualmente reveladores: la práctica ausencia del de tres versos y el absoluto predominio del de cuatro. No encontramos un solo trístico en las generaciones F y H, aunque hay dos en la G (1.3.2.5); uno pertenece al portugués don Juan Manuel, otro a Pedro de Cartagena. [20] Juan del Encina decía del estribillo que «si tiene dos pies llamamos le (...) *mote* o *villancico* o *letra*» y «si tiene tres pies enteros o el vno quebrado tan bien sera villancico o letra de invencion (...) Y si es de cuatro pies puede ser *cancion*». [21] A la luz de estos datos no cabe duda que Encina tenía razón, pero esto no significa, como creía Pierre le Gentil, que estas canciones excepcionales sean villancicos; se opone a ello su vuelta única, el paralelismo entre la vuelta y el estribillo [22] y su rúbrica. [23]

Si analizamos una muestra de villancicos corteses veremos cómo su forma estrófica es complementaria de la canción. Como veíamos más arriba, en la obra de Juan Álvarez Gato aparece el primer repertorio considerable de estribillos tradicionales, el precedente más inmediato del villancico cortés, con la rúbrica «cantar» o «letra»; [24] de estas ocho composiciones, cuatro (50 %) tienen estribillo de dos versos, tres (37,5 %), de tres versos y sólo uno lo tiene de cuatro (12,5 %). [25] Ya de lleno en el ámbito del villancico cortés, cuya aparición coincide con la generación G, tomaremos como muestra los cuatro de Cartagena, [26] todos con estribillo de tres versos. En la generación H tenemos una am-

19. LE GENTIL, *La poésie lyrique*, vol. II, p. 248.
20. *Cancionero del British Mussuem*, n.º 308 y 184 respectivamente. No hay un solo caso en el *Cancionero General* de 1511 (WHINNOM, *Op. cit.*, pp. 362-363). Obsérvese que la canción de Juan Manuel con estribillo de tres versos tiene vuelta de cuatro, lo cual permite sospechar un error del copista.
21. *Arte de poesía castellana*, ed. cit., p. 339.
22. El villancico mezclaba en la vuelta las rimas del estribillo y de la mudanza en sus formas más desarrolladas, cuando no consintía sino en un simple trístico monorrimo con vuelta incompleta (LE GENTIL, *Op. cit.*, vol. II, pp. 244 y ss.).
23. *Ibidem*, vol. II, p. 247 nota. Su error es más grave en cuanto proyecta su definición sobre todo el siglo, al punto de considerar villancico cuanta canción tenga estribillo de tres versos.
24. «Cantar» en los números 78, 81, 82, 83, 86, 87 y 88. Bajo este último número aparece una segunda composición con la rúbrica «letra» («Venida es venida»).
25. «Quita allá, que no quiero», n.º 82.
26. «Quando yo la muerte llamo», *Cancionero General* de 1511, fol. CXLVI vto. y «Partir quiero yo», *Ibidem*, fol. CXLVII vto. así como los n.º 173 y 174 del *Cancionero del British Museum*. No contabilizo «Que mayor desaventura» ni «Descuydad ese cuydado», que se le atribuyen en dicho cancionero, pero lo son a Altamira y a Tapia en el *Cancionero General* de 1511 (fol. CXLVII y CXLVI vto. respectivamente).

plísima representación de Juan del Encina (65 villancicos) de los que diecisiete (26,15 %) tienen estribillo de dos versos, cuarenta y seis (70,77 %), de tres, uno de cuatro (1,54 %) y otro de ocho; [27] en Garci Sánchez de Badajoz, de la misma generación, encontramos seis villancicos, de los que uno tiene estribillo de dos versos (16,67 %) y los cinco restantes (83,33 %), de tres. [28] Si ampliamos estos datos con la generación siguiente, fuera ya del ámbito de este estudio, encontraremos cuarenta villancicos en la obra de Juan Fernández de Heredia, de los que dieciocho (45 %) tienen estribillo de dos versos, veintiuno (52,5 %), de tres, y uno solo (2,5 %), de cuatro. [29]

A la luz de estos datos parece incuestionable que debió existir una relación directa entre la evolución de la canción y la aparición del villancico, y no sólo en las proporciones del estribillo, sino también en la regularidad de la vuelta, en la métrica [30] y en la longitud del poema. El villancico se instala precisamente en el hueco que la canción había dejado después de Jorge Manrique en el repertorio de los géneros para cantar: el poema con vuelta irregular, de expresión cortés, de longitud indeterminada y con estribillo breve; la distribución complementaria de los estribillos no es sino una consecuencia de este reparto.

Ya en el campo específico de la canción veíamos cómo predominan netamente los de cuatro versos. En la generación F son 14 sobre 25 composiciones (56 %), en la G, 27 sobre 38 (71 %) y en la H, 34 sobre 53 (64 %). [31] Si nos fijamos ahora en el orden de las rimas veremos cómo predominan las cruzadas, en proporción de dos a uno, en las generaciones G (15 sobre 27) y H (26 sobre 34). [32] mientras en la generación F, por excepción, predominan con idéntica proporción (9 de 14) las rimas alternas.

Le siguen en importancia los estribillos de cinco versos, mucho más frecuentes en la generación F que en sus inmediatos sucesores; en ésta encontramos nueve ejemplos sobre veinticinco (36 %), mientras en la G son ocho de treinta y ocho (21 %) y en la H, dieciséis de cincuenta y tres, ascendiendo de nuevo al 30 % (1.3.2.4 y 1.3.2.5). Por lo que hoy sabemos, la fortuna de la quintilla se debe exclusivamente a Jorge Manrique; es curioso observar cómo falta en la limitada producción de Al-

---

27. El de cuatro es el n.º 136, el de ocho, el n.º 91, siempre según la edición citada. Obsérvese la posibilidad de que la rúbrica se refiera sólo a la forma musical.

28. P. GALLAGHER, ed. cit., n.º 25, 27, 28, 30, 32 y 33. El autor incluye en esta sección dos composiciones que más parecen glosas (n.º 26 y 29) y un estribillo de tres versos, sin glosa (n.º 31).

29. Obras, ed. R. Ferreres, Col. Clásicos Castellanos, n.º 139, Madrid, 1955.

30. Obsérvese que en el villancico es corriente el quebrado, rechazado, junto al trístico, por la canción. Juan del Encina define el villancico como «tres pies enteros o el vno quebrado», como veíamos más arriba.

31. Véase 1.3.2.5. y los esquemas en 1.3.1.3.

32. 1.3.2.4.

fonso Enríquez,[33] García Álvarez de Toledo[34] y el Conde de Feria,[35] y cómo encontramos sólo dos ejemplos en la obra de Juan Álvarez Gato,[36] mientras el cancionero de Manrique contiene siete canciones con estribillo en quintillas y sólo en cinco consta de cuatro versos.[37] Las dos canciones de Juan Álvarez Gato con estribillo de siete versos[38] parecen innovaciones aberrantes, sin más que un precedente en la genración E y sin imitadores. También son rareza, pero menos, las pocas canciones en sextillas de pie quebrado, probablemente debidas a la rapidísima difusión y prestigio de las varias *Coplas* de Manrique donde fue usada, entre ellas las famosas a la muerte de su padre;[39] tenemos una del portugués Juan Manuel en la generación G[40] a la que hemos de añadir otra del dramaturgo Juan del Encina.[41]

En las anteriores etapas del desarrollo de la canción veíamos cómo este género sobrevivía pálidamente, al margen de los grandes poemas doctrinales, como «cosas alegres e jocosas [que] andan e concurren con el tienpo de la nueua hedad de juuentud».[42] De los testimonios conservados entre los poetas de las primeras generaciones deducíamos que tanto Villasandino como el Marqués de Santillana se habían desviado en gran parte de esta corriente tradicional, las más de las veces sin que sus innovaciones hubieran prosperado. Ni estos autores ni Mena ni Gómez Manrique parecían actuar como motores de la historia de la canción porque guardaban sus mejores alientos para la poesía alegórica. Con Jorge Manrique asistimos al desarrollo de una modalidad, la canción con quintillas en el estribillo, que hemos de considerar innovación de un gran poeta; la canción estará en lo sucesivo en el foco de toda la producción literaria del período.

La mudanza, ya en lo que denominaríamos su período clásico, queda definitivamente fijada. Encontramos unas pocas con rimas del estribillo, una por generación, y todas ellas son anómalas en varios sentidos;[43] otros textos, naturalmente escasos, cambian el orden de las ri-

33. *Cancionero de Herberay*, n.º 152 y 109.
34. *Cancionero Musical de Palacio*, n.º 1 y «Tu, triste esperança mia» *Cancionero General* de 1511, fol. CXXIII vto.
35. «Si dar mal por mal es mal», *Ibidem*, fol. CXXIII vto.
36. *Ed. cit.*, n.º 16 y 36.
37. «Con dolorido cuidado», «Quanto más pienso seruiros», «Justa fue mi perdición», «Cada vez que mi memoria», «No tardes, muerte, que muero» (ed. Cortina, pp. 62-65). «Quiero, pues quiere razón» y «Yo soy quien libre me vi» (*Ibidem*, pp. 70 y 71).
38. *Ed. cit.*, n.º 17 y 52.
39. Dentro de su producción ιmorosa, aparece en sus coplas «A la Fortuna», el «Castillo de Amor», «En una llaga mortal», «Acordaos, por Dios, señora», «Ved qué congoxa la mía» y «Ve, discreto mensajero» (*Ed. cit.*, pp. 10, 21, 33, 35, 39 y 47 respectivamente).
40. «Quien por bien seuir alcança», *Cancionero General* de 1511, fol. CXXII.
41. Ed. R. O. Jones y C. R. Lee, n.º 17.
42. «Proemio e carta» del Marqués de Santillana, ed. Durán, p. 210.
43. La primera, de Alfonso Enríquez (*Cancionero de Herberay*, n.º 109), es una de

mas de una a otra mudanza,[44] y hasta encontramos dos de aquellos raros especímenes cuya mudanza tiene más versos que el estribillo.[45]

Conociendo las peculiaridades estructurales del género[46] no puede extrañarnos que sólo en dos casos encontremos sextillas en la mudanza, ni que ambas tengan este tipo estrófico en el estribillo.[47] Es bastante frecuente la quintilla con estribillos de siete versos (1.3.2.3, generación F), de seis (generación H) y, especialmente, de cinco. El estudio de estas combinaciones (1.3.2.3) revela cómo, en la generación F, de las nueve canciones con estribillo de cinco versos, tres tienen una quintilla en la mudanza y las seis restantes tienen redondillas o cuartetas; en la generación siguiente son cinco contra tres y en la H son trece las combinaciones de dos quintillas y tres las de quintilla con mudanzas de cuatro versos.[48]

Pero la combinación más numerosa es, con mucho, la de cuatro versos en el estribillo y en la mudanza, cuyos valores oscilan entre el 56 % y el 71 %. Es curioso que en las generaciones F y G aparezcan con la misma frecuencia las rimas cruzadas y las alternas (1.3.2.3) pero aquéllas son tres veces más numerosas en la generación H. Es muy curioso, por otra parte, que la cuarteta sea el modelo predilecto para combinar consigo misma en las tres generaciones.

Lo que sí abunda en las dos primeras es la anomalía en las vueltas. Encuentro un caso de rimas distintas a las de estribillo y mudanza[49] y sólo la primera de sus dos vueltas es irregular; otra irregularidad rara, pero conocida, es la vuelta más larga que el estribillo.[50] Hay un tercer caso en que la vuelta cambia una de las rimas del estribillo:

ABCBC // de de / abcac,[51]

las últimas canciones con dos vueltas; la segunda, del portugués Juan Manuel, está entre las dos únicas con sextillas en estribillo y mudanza (*Cancionero General* de 1511, fol. CXXII); conozco otra de Torres Naharro con sextilla en el estribillo y quintilla en la mudanza (*Ed. cit.*, n.º 7).

44. A pesar de la reducción del tipo de canción larga, aparece todavía en la de Alfonso Enríquez citada en la nota anterior. Hay otra en la generación H, esta vez de Juan del Encina (*Ed. cit.*, n.º 111). Queda la duda de si estas anomalías se deberán simplemente al olvido de aquella tradición que veníamos estudiando.

45. Hay dos casos en la generación H, ambos de García de Resende (*Cancioneiro Geral*, Lisboa, 1973 , cinco volúmenes, vol. V, pp. 336 y 355). Parece que los portugueses no eran excesivamente respetuosos con las formas importadas de Castilla. Para todos estos aspectos, véase 1.3.1.3.

46. Véase 1.3.1.2.

47. Véase 1.3.2.5, generaciones G y H. Se trata de la citada canción de Juan Manuel (*Cancionero General* de 1511, fol. CXXII) y otra de Juan del Encina *Ed. cit.*, n.º 17).

48. Para la interpretación de este fenómeno véase más adelante, p. 184

49. Juan Álvarez Gato, *Ed. cit.*, n.º 28.

50. *Ibidem*, n.º 36 y Juan Manuel, *Cancionero del British Museum*, n.º 308.

51. Pedro de Cartagena, *Ibidem*, n.º 185. Para esta canción recuérdese lo dicho en la nota 20.

pero el más frecuente es aquel donde la vuelta cambia el orden de las rimas. Es una irregularidad prácticamente nueva y difícil de explicar; cree Whinnom que en muchos casos puede tratarse de meras erratas [52] pero esto no explicaría su ausencia en los anteriores cancioneros ni su elevada frecuencia en estas generaciones. [53]

Este tipo de canciones nace en realidad con la generación F, donde encontramos un solo ejemplo, [54] y aumenta su frecuencia en la G, con cuatro canciones, [55] para faltar en la H. El precedente de ser Jorge Manrique su primer autor induce a pensar en un artificio deliberado; la morfología de estos casos confirma la hipótesis en cuanto los versos de la vuelta redistribuyen en distinta posición los términos clave del estribillo. Manrique respeta literalmente el *retronx* de los dos últimos versos, pero cambia la posición del primero del estribillo y sustituye el verso restante por una formulación sinonímica:

Quien no'stuviere en presencia	(A)
no tenga fe en confiança,	(B)
pues son oluido y mudança ⎱	
las condiciones d'ausencia ⎰	(C)
(...)	
Y pierda toda esperança	(B')
Quien no'stuuiere en presencia	(A)
etc.	(C)

Obsérvese que no puede cambiarse el orden de los dos primeros versos de la vuelta (B', A) sin estropear su sentido, por lo que no cabe achacar esta alteración a los azares de la transmisión textual.

Más sofisticada es la siguiente vuelta de Cartagena, a la que se mantienen muy cercanas las tres restantes:

> Vuestras gracias conoscidas
> quieren que caliz traygays
> en que *consumays las vidas*
> de todos quantos mirays
> (...)
> Assy que claro mostrays
> por señales conoscidas
> ser muertas y *consumidas*
> *las vidas* de quien mirays. [56]

---

52. «Hacia una interpretación y apreciación...», cit., p. 363 nota.
53. Véase 1.3.1.3 y 1.3.1.4.
54. «Quien no'stuuiere en presencia, de Jorge Manrique, *ed. cit.*, p. 59.
55. Son dos de Cartagena («Vuestras gracias conoscidas» *Cancionero General de* 1511, fol. CXXX vto. y «Donde amor su nombre escriue», *Ibidem*, fol. CXXIII) y otras dos del Vizconde de Altamira («Con dos cuydados guerreo» y «Quien de amor libre se viere», *Ibidem*, fol. CXXVII).
56. *Cancionero General* de 1511, fol. CXXX vto.

137

Nos encontramos ante una visión muy sofisticada del *retronx* parcial de versos, pero queda muy claro que los dos primeros de la vuelta no pueden invertir su orden sin estropear el sentido; dicho de otra forma, nos encontramos ante un artificio consciente y cuidadosamente elaborado, no ante una errata del copista. Son en última instancia estas cinco canciones las que elevan anormalmente la proporción de las irregulares en las generaciones F (15,38 %) y G (18,42 %); si las eliminamos del cómputo, sus valores se reducen respectivamente a 11,54 % y 7,89 %, perfectamente encuadrados entre las generaciones E (9,68 %) y H (7,41 %). [57]

Después de cuanto se ha dicho sobre la evolución del *retronx* (pág. 104), donde nos ocupamos también de su morfología en las generaciones F, G y H con el fin de interpretar su evolución en el período precedente, y especialmente después del tipo descrito en las páginas anteriores, poco queda que decir sobre este tema.

La generación F es la que registra mayor preferencia por el de varios versos; mientras, por lo general, el más usado es el de dos, seguido por el de uno y luego por el de tres y cuatro, en esta generación abunda, en primer lugar, la canción con *retronx* de tres versos (47,62 % de las canciones), seguida por el de dos (33,33 %) y con los mismos valores para el de uno y cuatro (9,52 %). [58] Analizando los datos vemos cómo esta alteración se debe íntegramente a Jorge Manrique:

Autor	Sin retronx de versos	Con retronx de versos			
	∅	1	2	3	4 vv.
Jorge Manrique	3		1	7	1
Otros	2	2	6	3	1
Total	5	2	7	10	2

Se observará cómo en la generalidad de los autores los valores más frecuentes corresponden a la variedad de dos versos, mientras casi la totalidad de las canciones de Manrique de este tipo (7 de 9) lo tienen de tres versos. Hemos de observar por otra parte que las demás canciones con *retronx* de tres o cuatro versos son todas de Juan Álvarez Gato, [59] lo cual nos devuelve a la idea central de todo el período: la preeminencia del género en la valoración coetánea y el esfuerzo de que es

57. Véase la estadística en 1.3.1.4.
58. 1.4.2.3.
59. *Ed. cit.*, n.º 16, 36 y 52 y n.º 17 respectivamente.

objeto por los autores de mayor aliento; y no puede atribuirse a la casualidad que el motor de este cambio parezca ser el propio Jorge Manrique, el mejor durante toda la segunda mitad de siglo.

El análisis de las rimas, tras la atención de que ha sido objeto en capítulos anteriores (pág. 108) ofrece escasas novedades. Sin embargo, el estudio de algunas de sus manifestaciones confirmará hasta qué punto los autores imitaban sus precedentes y cómo se construía una canción a partir de unas fórmulas cuidadosamente establecidas por la tradición.

En la generación F aparece con frecuencia 3 una rima, —ero (2.1.1) que sólo habíamos encontrado una vez en la generación C y otra en la E; algo debió determinar su éxito, pues reaparecerá cuatro veces en la generación G y otras tres en la H. En la F, bajo esta rima aparece la palabra *quiero* en tres canciones, dos de Manrique y otra de Juan Álvarez; [60] en dos de estas canciones, esta palabra se asocia a *muero*. [61] A simple vista parece que no puede haber ninguna relación entre ambos textos; el de Manrique es una invocación a la muerte, el de Juan Álvarez toca un tema raro en nuestra lírica:

> Señora, no plega a Dios,
> syendo mi señora vos,
> cos haga mi compañera.

Sin embargo hay un verso en cada canción que exige pensar en la deuda directa:

> No tardes, Muerte, que *muero;*
> ven, porque biua contigo;
> *quiéreme, pues que te quiero* (...) [62]

La canción del poeta madrileño coloca en su mudanza un verso que hemos de interpretar préstamo del anterior:

> avnque me veré que *muero*
> *nunca lo querré ni quiero.*

La de Manrique fue famosísima y esta frase está en el estribillo, la parte que mejor se recuerda, mientras la de Juan Álvarez es mediocre; todo ello nos certifica de la dirección de la deuda. El contacto entre

---

60. «No tardes, Muerte, que muero», de Manrique, *Ed. cit.*, p. 65 y los n.º 11 y 36 de Juan Álvarez Gato.
61. La citada de Manrique y la número 36 de Juan Álvarez.
62. Primeros versos de la citada canción de Manrique.

ambos poetas está por lo demás asegurado en cuanto mantuvieron estrecha amistad. [63]

En la generación siguiente no encontramos ambos términos asociados en ninguna de las canciones, pero uno y otro son igualmente frecuentes y, en algunos casos, muestran contacto directo. [64] Veamos el texto de estas dos vueltas, la primera de Pedro de Cartagena:

> Por esso confiesso y quiero
> como quier que satisfaga,
> que, pues galardon no espero,
> seruiros tomo por paga; [65]

la segunda es de Portocarrero:

> Tanto quanto mas os quiero
> requiero menos prouecho
> y quando mas satsifecho
> zero queda lo quespero. [66]

Obsérvese que, aparte de *espero* y *quiero*, comunes a ambas canciones, y de su ubicación en las vueltas, hay un verso de idéntico sentido *(pues galardón no espero* y *zero queda lo quespero)* y una tercera palabra en la rima: *satisfaga* o *satisfecho*. Diremos por último que hay también estrecha semejanza entre los primeros versos de ambas canciones *(De beuir ya desespero* y *Dudo todo el bien quespero)* sin que sepamos muy bien cuál debe ser la primera; pero gravita sobre ambas la sombra de Jorge Manrique. [67]

En la generación siguiente encontramos asociadas las palabras *quiero* y *muero* en tres canciones, pero ninguna de ellas recuerda a Manrique; parece como si se hubiesen convertido en un recurso tan socorrido que hubiera perdido ya la conciencia de su origen.

Sí hay cierto contacto entre una de las mudanzas de que antes hablábamos:

mirándoos de amores *muer[o]* (...) [68]

---

63. A. Serrano de Haro, *Op. cit.*, pp. 246 y ss.
64. No hay prueba fehaciente de que existan deudas directas entre una canción del Vizconde de Altamira («Con dos cuydados guerreo», *Cancionero General* de 1511, fol. CXXVII) y otra de Cartagena *(Cancionero del British Museum*, n.º 184) aunque ambas tienen las dos palabras en la rima de una mudanza de cuatro versos.
65. «De beuir ya desespero», *Cancionero General* de 1511, fol. CXLIII vto.
66. *Suplemento al Cancionero General*, ed. cit., n.º 75.
67. Se puede suponer que derivarían de Manrique a partir de las dos canciones antes citadas (véase nota 64), especialmente la de Cartagena, cuya mudanza sigue, aunque de lejos, el estribillo y mudanza de Manrique.
68. «Con dos cuydados guerreo»; obsérvese que el original dice *muere*, rompiendo la rima.

y un estribillo de Garci Sánchez de Badajoz donde riman, asimismo, *muero* y *quiero:*

> Que *de veros* y dessearos
> *es la causa de que muero,*
> de do no puedo oluidaros,
> y aunque pudiese, no *quiero.* [69]

Las otras dos [70] ya no recuerdan ninguno de estos pasajes; quizá la búsqueda sistemática de los cancioneros permitiría reconstruir el proceso, pero esto desborda nuestros propósitos. Basta que, a partir de una canción de prestigio reconocido, hayamos visto cómo surge una pareja de términos en rima que acaba convirtiéndose en patrimonio tradicional, un recurso corriente del género.

El estudio de la métrica revela ya muy pocas novedades (3.1.3). El género se ciñe al octosílabo y sólo muy tarde, seguramente por la indirecta influencia de Manrique, aparece el quebrado de mano de la sextilla, [71] pero siguiendo pautas bien conocidas: los quebrados se colocan en el estribillo y vuelta o bien en todo el poema, nunca sólo en la mudanza. [72]

El uso del quebrado reviste mayor interés en la generación F. Juan Álvarez los introdujo en el estribillo y vuelta de dos canciones, ambas muy heterodoxas; la primera lo coloca como último verso de una quintilla, la segunda en el tercero y séptimo, de rima común, de una estrofa de siete. [73] El tercer ejemplo corresponde a Alfonso Enríquez, con que-

---

69. *Ed. cit.,* n.º 41.

70. Juan del Encina, glosa del mote «No sé si puedo ni quiero», *Ed. cit.,* n.º 5, y otra del Marqués de Astorga (*Cancionero del British Museum,* n.º 285) que, por su extraordinaria originalidad y belleza, copio a continuación:

> Plega á Dios que asy me quieras
> como yo, mi bien, te quiero,
> porque penes, porque mueras,
> porque sepas que de veras
> por tu sola causa muero.
>
> Amada ni más ni menos
> seas como yo de ty,
> porque defetos ajenos
> te hagan mínçión de mí;
> y penes porque debieras
> quererme como te quiero,
> y por me cobrar te mueras,
> y no puedas, porque quieras,
> siendo yo muerto primero.

Para otro caso de herencia directa de esta canción de Manrique véase p.146

71. Véase lo dicho al respecto más arriba, en pp.135 y notas.

72. Véase la estadística relativa a la posición de los quebrados en 3.1.3.

73. *Ed. cit.,* n.º 16 y 52 respectivamente.

brados en todos los versos pares. [74] Estamos ante una de aquellas líneas de renovación, apadrinadas por Juan Álvarez, que tan escaso éxito tuvieron.

También resulta digna de mención la última canción en hexasílabos. [75] Se trata de un texto de dos vueltas, y no puede extrañarnos el uso de este verso en un poeta como Juan Álvarez que tanto afecto sintió por la poesía tradicional. [76] Todo ello nos hace pensar que no estamos ante la supervivencia de un uso antiguo, sino ante una innovación que carecería de seguidores.

El mejor exponente del camino que siguieron estas generaciones nos lo dará el estudio de la selección léxica y el desarrollo de las pautas estructurales de la canción. Mientras el vocabulario se empobrece sucesiva e irremediablemente desde la generación F y, sobr todo, la G, los autores se lanzan al desarrollo de las estructuras paralelísticas, léxicas y conceptuales que ciñen progresivamente el poema al estricto marco del estribillo, la mudanza y la vuelta. La canción es así reducida a los límites de una estética refinadísima que, si bien le dio su máximo esplendor, le cerró completamente las puertas del futuro.

La primera manifestación de este fenómeno es la drástica reducción del número de vocablos en este período. El cuadro correspondiente (7.1.3) muestra cómo se mantienen los 311 vocablos de la generación E en la F para inmediatamente disminuir a los 278 de la generación G y los 281 de la H. El análisis de las frecuencias bajas (7.1.2) muestra cómo las menores (uno, dos, tres) se mantienen, mientras las frecuencias cuatro y cinco aumentan progresivamente:

Frecuencias	*Generaciones*		
	F	*G*	*H*
4	0,039	0,047	0,05
5	0,036	0,047	0,053

El reajuste del vocabulario en estas generaciones es muy leve, tan sólo afecta una treintena de vocablos, de ahí que las variaciones de su estructura sean ínfimas y no afecten, como sería de esperar, a los de frecuencia uno o dos.

El empobrecimiento queda muy de manifiesto en la frecuencia me-

---

74. *Cancionero de Herberay*, n.º 152.
75. Juan Alvarez Gato, *Ed. cit.*, n.º 50.
76. Para el uso del hexasílabo véanse las observaciones de J. M. ALIN, *El cancionero español de tipo tradicional*, col. Sillar, n.º 4, Madrid, 1968, p. 54 y nota.

dia de cada vocablo (7.1.1). Aparecen un promedio de 4,25 veces cada uno en la generación F, 4,39 en la G y 4,96 en la H; a excepción de las generaciones más pobres (la A y la E), estos valores registran un aumento gradual a lo largo del siglo, testimonio inequívoco de una evolución.

· : Si analizamos ahora los vocablos que aparecen en una sola generación, encontraremos en primer lugar valores que confirman cuanto venimos diciendo. La que inaugura el período (la F) ofrece 67 términos particulares, muy cerca de la anterior, pero en la G sólo hay 48 y en la H, 40 (6.6, 6.7, 6.8). Más importante resulta la alteración cualitativa respecto al de las generaciones anteriores: sólo *hado, metal, tintura* (generación F), *cara, carga, escoto, nublo, paga, rienda* (generación G), *bramar, hierro* y *pulir* (generación H) pueden considerarse términos ajenos al vocabulario más frecuente. Un repaso a los textos permite ver cómo ciertos términos contrastan vivamente dentro del contexto de un poema, muestra inequívoca de cuán anómalos resultan y de la conciencia artística con que han sido usados:

Nunca pudo la passion
ser secreta siendo *larga*,
porque en los ojos *descarga*
sus *nublos* el coraçon.

Y con este mal presente,
quando la tristeza dura,
haze muestras la figura
de lo que la vida siente.
Mas no consiente razon
el dolor que tanto *amarga*
si no *descarga la carga*
de la pena el coraçon. [77]

Subrayando los términos privativos de esta generación se observa cuan pocos se apartan de la abstracción habitual *(descargar, nublos* y *carga)* y con qué conciencia de sus recursos los coloca Cartagena en la rima y en el *retronx*, los dos puntos más eficaces por el relieve que allí adquieren.

El estudio de la retórica del vocabulario en la generación F impresiona a la vez por su extraordinaria riqueza, por la densidad y variedad de los recursos y por el cariño con que fueron elaborados por todos los poetas encuadrados, especialmente Jorge Manrique. El análisis cuantitativo (4.2.1) muestra cómo se incluye en cada canción un repertorio de *adnominatio* y *repetitio* que afecta a casi tres vocablos (2,73 para ser exacto); [78] estos valores son muy superiores a los de las

77. Pedro de Cartagena, *Cancionero General* de 1511, fol. CXXIII.
78. Más exactamente, por cada conjunto de mudanza más vuelta puesto que en esta generación hay todavía tres canciones de dos vueltas.

generaciones precedentes y aumenta casi en su mitad el de la E (2,07), que a su vez doblaba el de las generaciones C y D. La frecuencia media de la *adnominatio* aumentará levemente en la G (2,95), para experimentar un nuevo salto en la H (3,57).

Donde mejor se manifiesta la maestría de estos autores es en el promedio de veces que se repite cada vocablo en *adnominatio*: 2,68 en la generación F, 2,41 en la G y 2,8 en la H (4.2.1), siendo el primero y el último los valores más altos del siglo. En el análisis cualitativo de estos datos nos detendremos especialmente en la generación F, por ser la que determina el camino a seguir.

Empezaremos por el más sencillo de estos recursos, la enumeración. Veíamos al comienzo de este estudio cómo en una canción de Diego de San Pedro [79] se convertía en seguida en serie correlativa; otro tanto sucede muy a menudo en la generación F. Hay casos muy sencillos:

> que sois vos la matadora,
> enemiga, rrobadora
> de mi bien, [80]

aunque su inclusión en el *retronx* potencie su eficacia. En general, la función estructural que esta mera serie produce está presente en casi todos los casos; véase cómo una canción de Jorge Manrique alterna las enumeraciones de estribillo y vuelta con el paralelismo sintáctico de la mudanza:

> Con *dolorido cuidado*,
> *desgrado, pena* y *dolor*,
> parto yo, triste amador,
> *d'amores desamparado*,
> *d'amores, que no de amor*.
>
> Y el coraçón, enemigo
> de lo que mi vida quiere,
> *ni halla vida ni muere*
> *ni queda ni va comigo;*
> *sin ventura, desdichado,*
> *sin consuelo, sin fauor,*
> parto yo (...). [81]

El fenómeno es tan frecuente que no necesita más comentario. Sólo citaré por muy conocida otra canción suya donde las rimas establecen una correlación léxica entre el estribillo y la mudanza que se completa

79. «Bivo sintiendo plazer, / plazer, temor y dolor...», ed. Severin y Whinnom, p. 255. Reproducida más arriba, p. 80
80. Juan Álvarez Gato, *Ed. cit.*, n.º 52.
81. Jorge Manrique, *Ed. cit.*, p. 62.

en la vuelta con el *retronx*, constituyendo un caso muy singular. [82] Lo que sí debe quedar muy claro es la definitiva subordinación de estos fenómenos a la estructura de la canción, por lo que sin más pasaremos al estudio de los aspectos paralelísticos.

En las generaciones que nos ocupan resulta verdaderamente difícil encontrar canciones donde falte algún medio de articular estribillo y vuelta, aislando la mudanza. Por su carácter arcaico en la construcción de la vuelta estudiaremos primero este ejemplo de Juan Álvarez Gato:

> ¡O quan dichosa seria,
> y mas contenta que so,
> si çierta biuiesse yo
> que nunca fuese «solia»!
>
> Que aunque estoy en «lo quiero»
> no me alegro enteremante
> ni goço de lo presente
> temiendo lo venidero;
> porque la entera alegria
> no mora conmigo, no,
> hasta ser muy çierta yo
> que nunca sera «solia». [83]

Obsérvese que el estribillo comienza por dos proposiciones principales, coordinadas copulativas, a las que siguen dos subordinadas, siempre a una por verso; [84] este recurso articula unitariamente el sentido de la estrofa, a la vez que aisla rítmicamente cada verso. La mudanza altera este ritmo en un doble sentido: coloca sendas proposiciones principales en los versos segundo y tercero y construye el primero como una adversativa y el cuarto como un complemento circunstancial; de ello resultan dos núcleos significativos y entonacionales de dos versos. Observemos en este punto que tal es la forma habitual de la mudanza, quizá como consecuencia de su estructura melódica bipartita, aún cuando la estrofa sea una quintilla. [85] La vuelta, si bien toma los dos últimos versos como *retronx*, rompe el paralelismo con el estribillo al construir

82. «Quien no'stuviere en presencia», *ed. cit.*, p. 59. Véase más arriba, p. 137.
83. *Ed. cit.*, n.º 11. Es glosa a «Doña Mencía Fajardo, a un mote que traía que decía: "si nunca fuese solía"». Entrecomillo y puntúo para facilitar la comprensión del texto.
84. Obsérvese que «solía» y «lo quiero» están sustantivados.
85. Véase el esquema melódico de una canción de Manrique, «Justa fue mi perdición» (texto en ed. A. Cortina, p. 63 y melodía en el *Cancionero Musical de Palacio*, ed. cit., n.º 42) tal como aparece en los inventarios levantados por el Dr. J. Romeu para la edición de H. Anglès (p. 193, esq. 250 y p. 199, esq. 104):

ABABA // cd cd / ababa
$\alpha \beta \gamma \delta \varepsilon \quad \iota \chi \ \iota \chi \quad \alpha \beta \gamma \delta \varepsilon$

Para las mudanzas de cinco versos véase más arriba, p. 103

los dos primeros como una sola proposición más un verso complemento circunstancial, lo cual emparenta fuertemente esta parte con el final de la mudanza.

El fenómeno más importante de los muchos que aparecen en la obra de Manrique es la total subordinación de la vuelta al estribillo; lo estudiaremos sobre una canción antes citada:

> No tardes, Muerte, que muero;
> ven, porque biua contigo;
> quiéreme, pues que te quiero,
> que con tu venida espero
> no tener guerra comigo.
> (...)
> Ven aquí, pues, ya que muero;
> búscame, pues que te sigo;
> quiéreme, pues que te quiero,
> e con tu venida espero (...) [86]

Obsérvese cómo los tres primeros versos del estribillo constan de un imperativo más una subordinada causal; el cuarto y quinto, que con el tercero forman el *retronx*, son una nueva subordinada causal. Pues bien, los dos primeros versos de la vuelta repiten un verbo del estribillo *(ven)*, pero alterando su posición; la continuidad se consigue aceptando la misma pauta sintáctica, tras de lo que entramos en el tercer verso paralelístico y primero del *retronx*. La estructura sintáctica de esta canción queda así completa.

A la luz de los esquemas musicales hasta ahora reproducidos, [87] debemos replantear algunos aspectos formales en relación con la melodía. Hemos venido explicando la génesis de la estructura de la canción como un efecto combinado del esquema estrófico y el *retronx* sobre el texto; sin embargo, esta división en dos partes (estribillo más vuelta / mudanza) es mucho más fuerte desde el punto de vista musical. Estribillo y vuelta tienen una misma melodía y la mudanza la tiene distinta pero, sobre todo, y por lo que sabemos de los escasos ejemplos conservados, ambas difieren también estructuralmente: en el estribillo y vuelta, cada verso implica una frase musical distinta:

$$\text{ABABA} \; // \; ... \; // \; \text{ababa}$$
$$\alpha \; \beta \; \gamma \; \delta \; \varepsilon \qquad\qquad \alpha\beta\gamma\delta\varepsilon$$

mientras en la mudanza, lo mismo que en *virelai, dansa, ballata*, etc., hay dos períodos que, aún cuando sean asimétricos, repiten en el segundo la fraseología del primero:

86. *Ed. cit.*, p. 65.
87. Véase más arriba, nota 85 y p. 103

146

$$\ldots \;//\; \text{cd} \;/\; \text{cd} \;//\; \ldots$$
$$\underset{\iota\,x}{\phantom{\text{cd}}} \quad \underset{\iota\,x}{\phantom{\text{cd}}}$$

$$\ldots \;//\; \text{cd} \;/\; \text{ccd} \;//\; \ldots$$
$$\underset{\iota\,x}{\phantom{\text{cd}}} \quad \underset{\iota x\lambda}{\phantom{\text{ccd}}}$$

Aún contando con el grado de conciencia artística que implica el estrofismo de un poema, especialmente en unos géneros caracterizados por su forma, hemos de atribuir gran eficacia a la melodía para la identificación rítmica entre el estribillo y la vuelta. Por otra parte no cabe duda de que la tendencia a aislar rítmica, semántica y sintácticamente los versos del estribillo y la vuelta, mientras la mudanza se articula en torno a dos períodos, ha de atribuirse íntegramente al efecto de la melodía.

Si examinamos ahora las clases de palabras utilizadas por Manrique en la canción que venimos estudiando, veremos cómo estas estructuras penetran en el texto. Los paralelismos posicionales son tan fuertes en la rima y en el acento como en el arranque versal, generalmente ocupado por los nexos; es la mejor demostración de hasta qué punto opera el paralelismo gramatical:

	Inicial			Acento			Rima		
	E	M	V	E	M	V	E	M	V
Sustantivo		1		3	2	2		5	
Adjetivo Cal.	1		1	1					
Pronombre Tón.								2	1
Verbo	2	1	3	2	2	2	3		4
Adverbio	1	1				1			
Conjunción	1	2	1						

La equivalencia no es menos patente si observamos los efectivos completos de cada clase en las tres estrofas:

	Estribillo	Mudanza	Vuelta
Sustantivo	4	7	3
Adjetivo Calificativo	1	3	1
Adjetivo Determinativo	1	3	1
Pronombre Tónico	2	1	1
Pronombre Atono	2	1	4
Verbo	7	3	7
Adverbio	1	1	1
Preposición	3	3	2
Conjunción	4	2	5

Obsérvese que lo más importante no es la relación entre estribillo (E) y vuelta (V), totalmente lógico cuando se crean los paralelismos sintácticos y correlaciones léxicas apoyadas en un largo *retronx*. Lo sorprendente es que la mudanza no se vea arrastrada en este proceso, aún cuando los primeros atisbos de una concepción unitaria de las tres estrofas actuaran en este sentido;[88] lo que conforma la peculiaridad y el arte de la canción es, precisamente, la variación de sus mudanzas que, a la zaga de su estructura estrófica y musical, crearon una alternancia rítmica semejante a la que en el soneto se estableció entre los cuartetos y los tercetos. Quizá deba interpretarse el éxito repentino de la fórmula quintilla, más cuarteta o redondilla, más quintilla desde Jorge Manrique como un intento más de subrayar la independencia de la mudanza.

Analizaremos, para terminar, una canción de Pedro de Cartagena, en la generación G:

> Si mi mal no agradesceys,
> aunque me dañe y condene,
> digo que muy bien hazeys:
> pues mas que todas v[a]leys
> que mas que todos yo pene.
>
> Que pago de mi aficion
> no lo pido ni se espera,
> pues me muestra la razon
> que en querer que por vos muera
> me days pago y galardon.
> Y si no me gradesceys
> el mal que por vos me viene,
> digo que muy bien hazeys (...). [89]

Estribillo y vuelta están constituidas por una sucesión de condicional, adversativa, adjetiva, completiva, causal y consecutiva, con fuerte autonomía rítmica de cada verso; hemos visto otras veces estos finales paralelísticos (*pues mas que todas v[a]leys / que mas que todos yo pene*), frecuentes como remate de este tipo de estrofas. La mudanza se construye como una sucesión de dos subordinadas causales que terminan en dos completivas, introduciendo con esta selección el primer elemento de contraste; el segundo lo constituye la articulación de sus dos primeros versos en una proposición (*que pago de mi aficion / no lo pido ni se espera*), analizable como dos coordinadas copulativas, que introduce un nuevo ritmo bajo el esquema dos más tres. Sintaxis y entonación producen así el primer elemento en la estructura del texto. El pri-

---

88. Véase lo dicho a propósito de las generaciones D y E y, especialmente, la correlación en torno al verbo *renega* en una canción de Fernando de la Torre (p.113).
89. *Cancionero General* de 1511, fol. CXXIII. Corrijo *veleys* por *valeys*, errata evidente.

mero de la vuelta repite la condicional que encabeza el estribillo (si mi mal... Y si no...); el segundo lo constituye el retronx de tres versos reforzado por la palabra rimante del primero (agradesceys) que se apoya en el sustantivo mal (Si mi mal no agradesceys, y si no me gradesceys / el mal); todo ello contribuye a aproximar estribillo y vuelta, a pesar de la diferente concepción sintáctica de su segundo verso (aunque..., el mal que...).

La penetración de esta estructura en el texto del poema trasluce otra vez en la selección de las clases de palabras y en su posición versal y distribución en la estrofa:

| | Efectivos totales | | | Distribución versal | | | | | | | | |
| | | | | Inicial | | | Acento | | | Rima | | |
	E	M	V	E	M	V	E	M	V	E	M	V
Sustantivo	2	6	2				1	3	1		3	
Adjetivo Calif.	1		1									
Adjetivo Determ.	3	1	2									
Pronom. Tónico	3	1	5				2		2			
Pronom. Atono	1	4	2									
Artículo		1	1			1						
Verbo	7	5	6	1		1	2	2	1	5	2	5
Adverbio	1	1	1		1				1			
Preposición		4	1									
Conjunción	6	4	5	4	3	3						

Como el lector habrá podido observar, el cierre estructural de la canción aparece en el Cancionero General como en los mejores momentos de Jorge Manrique. Precisamente lo que caracteriza este período final de nuestro estudio (generaciones G y H) es la progresiva intensificación de estas formas, reflejadas en el análisis cuantitativo. Estas no son canciones de factura singular, sino enteramente representativas de lo habitual en este período y seleccionadas tan sólo por su peculiar toque estético.[90] Como decíamos más arriba, si Manrique fue incluido en el Cancionero General mientras se excluía a Juan Álvarez Gato se debe, junto a los azares de la transmisión textual, a su reconocimiento como creador y abanderado de la nueva corriente.

90. Véase por ejemplo un texto arriba estudiado (p.118) del portugués don Juan Manuel («Mi alma mala se para», Cancionero General de 1511, fol. CCXXII), perteneciente también, a la generación G, o la canción de Encina «Por más mi mal encubrir» (Ed. cit., n.º 6), cuyo texto reproduzco a continuación, y la de Garci Sánchez «Justa cosa fue quereros» (Ed. cit., n.º 20), ambos de la generación H.

La nueva concepción de la canción en este período impone sus condiciones a la sintaxis oracional. El análisis estadístico de los efectivos (6.1.2) muestra cómo, en las generaciones F y G, la proporción de proposiciones principales es la más baja del siglo (33,49 % y 34,47 %), resultado de la organización del estribillo, mudanza y vuelta en torno a otras tantas unidades sintácticas; obsérvese cómo la siguiente estrofa se articula en torno a un solo predicado, *no es:*

> Donde amor su nombre escriue
> y su bandera desata,
> *no es* la vida la que biue
> ni la muerte la que mata. [91]

En la generación H, la proporción de oraciones principales aumenta a casi la mitad (42,37 %). En este momento la expresión formal del poema opta por la coordinación y la yuxtaposición como procedimientos más idóneos para subrayar la autonomía de sus unidades; véase cómo el siguiente texto de Juan del Encina independiza los versos del estribillo mediante la coordinación oracional, reservando el primero y el tercero a un circunstancial y un sujeto, ambos caracterizados por ser períodos rítmicos autónomos, mientras la inversión de sujeto y verbo crea el efecto contrario en la primera mudanza musical:

> Por más mi mal encubrir
> callo y sufro mi penar
> y mi forçoso callar
> me pone esfuerço a sufrir.
>
> Esfuerça mi sufrimiento
> la fe que tengo secreta
> y mi libertad sujeta
> siente secreto tormento.
> Por no lo dar a sentir
> no quiero mi mal quexar,
> y mi forçoso callar
> me pone esfuerço a sufrir. [92]

El efecto rítmico es el mismo que en las generaciones anteriores, pero operando básicamente sobre oraciones simples, coordinadas o yuxtapuestas.

En cuanto a las subordinadas, las más frecuentes son, en todas las generaciones, las circunstanciales, que oscilan entre el 37 % y el 39,83 %. La generación G observa también un notable incremento de la sustantiva; como la adjetiva, importante en las generaciones F y G, permite

---

91. Pedro de Cartagena, *Cancionero General* de 1511, fol. CXXIII.
92. Juan del Encina, *Ed. cit.*, n.º 6.

la articulación unitaria de los versos y la continuación de períodos paralelísticos, uniendo las proposiciones sin interposición de pausa. Ambos procedimientos, la subordinación circunstancial y la sustantiva y adjetiva, pueden apreciarse en la mudanza y vuelta de una canción de Cartagena:

> Porque es su fuerça tan fuerte
> y su ley assi temida
> que biuiendo da la muerte
> y muriendo da la vida.
> Amor que anuda y desata
> no ay poder que al suyo priue;
> su querer es el que mata
> y el dolor es el que biue. [93]

En la generación F hay un perfecto equilibrio de las relaciones sintácticas entre el estribillo y mudanza (8.2.1) y entre la mudanza y la vuelta (8.2.2); en ambos casos un 15 % de las canciones subordinan la segunda a la primera, las yuxtaponen el 70 % de los casos y establecen diversos tipos de coordinación por nexo en el 15 % restante. La ruptura de la vieja estructura estribillo más glosa, concibiendo mudanza y vuelta como una unidad sintáctica que primaba la primera en la generación A, permite la autonomía de las tres estrofas que, a su vez, posibilitarán la aproximación de la vuelta al estribillo. [94]

En las generaciones siguientes el equilibrio se rompe. En la G, un 35 % de las canciones subordina sintácticamente la mudanza al estribillo y las yuxtaposiciones entre ambas estrofas disminuyen hasta el 50 % (8.2.1); las relaciones entre mudanza y vuelta, por su parte, conservan su independencia anterior. En la generación H se invierten los términos: hay un 25 % de yuxtaposiciones y un 35 % de subordinaciones entre mudanza y vuelta (8.2.2), pero éstas casi desaparecen (5 %) entre estribillo y mudanza, donde las yuxtaposiciones alcanzan el 80 % (8.2.1). Ambas oscilaciones revelan a la vez la liberación experimentada en la generación F respecto a las anteriores concepciones y el esfuerzo, siempre patente, por la unidad de la composición. Con todo queda un fósil de las antiguas concepciones en la irreprimible necesidad de comenzar mudanza y vuelta por un nexo, a veces incluso el estribillo, aunque no siempre implique relación de una a otra parte:

---

93. «Donde amor su nombre escriue», *Cancionero General* de 1511, fol. CXXIII.
94. La magnitud de esta evolución queda de manifiesto comparando el tipo de dependencia estudiada en esta parte y la estructura del n.º 5 del *Cancionero de Baena*, de estrofismo *ABBA // cd dc/ cbba*, y con estrecha dependencia de la glosa respecto al estribillo. Véase el análisis de aquella *cantiga* en p.87

> *Por* vuestro gran merecer,
> Amor me pone en tal grado,
> que me pierdo por perder
> de las angustias cuydado.
>
> *Pues* que se acabe la vida
> con dolor tan lastimero,
> so contento y lo quiero
> si ella queda servida;
> *porque* quiere mi querer
> muy contento e no forçado,
> que me pierdo (...) [95]

La estructura conceptual de la canción experimenta en la generación F, especialmente en manos de Jorge Manrique, una evolución paralela a la que hemos estudiado en el campo de la sintaxis. En la obra de Juan Álvarez Gato, como en la de los autores coevos de carácter secundario, encontramos recursos ocasionales, [96] aunque la feliz disposición de alguna paradoja en el estribillo y su repetición en el *retronx*, producen a veces el efecto deseado. [97] Como muestra de su hacer analizaremos la siguiente canción:

> Puesto que mis disfauores
> vengan mas brauos que son,
> no pueden tanto dolores,
> que quiten a mis amores
> galardon.
>
> Que por reuesada cande
> fortuna de mi vitoria
> notando la causa grande,
> luego esta junto la gloria;
> asy que por muy mayores
> cuydados, ansias, pasion,
> no pueden tanto dolores (...) [98]

Obsérvese la ponderación misteriosa que desde el principio se levanta al menospreciar unos dolores que eran preocupación fundamental de los poetas; la paradoja con que termina el estribillo (el galardón era inalcanzable por definición) [99] cierra dignamente un buen arranque que

95. Jorge Manrique, *Ed. cit.*, pp. 61-62.
96. Véase el final del estribillo y la mudanza del n.º 52 de la edición Artiles.
97. Véase el n.º 17 de la misma edición, con un estribillo bien logrado y una mudanza no mala. Al poema le falta concisión y le sobran versos y explicaciones farragosas. Mejor construida está la canción n.º 9, aunque los conceptos carezcan de energía.
98. *Ed. cit.*, n.º 16.
99. Este motivo procede de los trovadores gallego-portugueses, aunque su mejor

luego se pierde por lo desmañado de mudanza y vuelta. El único acierto es la inclusión de la paradoja en el *retronx*.

Esta canción ilustra perfectamente un recurso muy aceptado en esta generación: cuando el estribillo contiene una paradoja, ésta tiende a ser interpretada en la mudanza. Así ocurre con la canción de Manrique arriba analizada («No tardes, Muerte, que muero», en pág.146) donde este concepto *(ven, porque biva contigo)* es prosaicamente explicado:

> porque mi graue herida
> es de tal parte venida,
> qu'eres tú sola remedio.

La adopción de la paradoja como recurso más adecuado para la canción resulta la novedad más importante de Manrique y sus coetáneos. [100] Por una parte conseguirían una bizarría expresiva sin precedentes; por otra su ubicación en el estribillo y el *retronx* y su explicación en la mudanza eran el mejor procedimiento para consolidar el género en su estructura definitiva. La composición de Manrique que venimos estudiando no es sino una paradoja repetida con una mudanza para su interpretación.

Al hablar de «los conceptos por una propuesta extravagante, y de la razón que se da de la paradoja», decía Gracián que «a este linaje de conceptos dieron nuestros antiguos españoles la palma de la sutileza»; [101] explica que puede haberla en la propuesta y en la razón de la misma, y considera que si «en entrambas se halla la disonancia paradoja (...) se dobla entonces la agudeza». [102] Entre los primeros ejemplos

---

formulación corresponde a un texto tardío, antaño atribuido al Rey don Denis:

> Pero muito amo, muito non desejo
> aver da que amo e quero gram bem,
> porque eu conheço mui bem e vejo
> que de aver muito a myn non me vem
> atan grande folgança que mayor non seja
> o seu dano dela; quem tal bem deseja
> o ben de ssa dama em muy pouco ten.

(Texto en J. J. Nunes, *Cantigas de amor dos trovadores galego-portugueses*, Lisboa, Centro do Livro Brasileiro, 1972, n.º C, H. R. Lang, *ed. cit.*, n. LXXVI, y G. Tavani, *Poesia del duecento nella Penisola Iberica*, Roma, 1969, pp. 219-223. El mismo motivo fue estudiado por M. R. Lapa, «Uma cantiga de D. Dinis», en *Miscelánea de Lingua e literatura portuguêsa medieval*, Instituto Nacional do Livro, Río de Janeiro, 1965, y por Tavani que, en el artículo citado, demostró la falsedad de su atribución al rey. Conceptos similares pueden verse en la obra de Joan Airas de Santiago (*Ed. cit.*, n.º XII y nota) y en Juan Soarez Coello (*Cancionero da Ajuda*, edición de C. Michaëlis, Halle, 1904, vol. I n.º 177).

100. Véase además «Justa fue mi perdición» y «Por vuestro gran merecer», *Ed. cit.*, pp. 61 y 64.

101. *Agudeza y arte de ingenio*, ed. cit., discurso XXIV, vol. I, pp. 236 y ss.

102. *Ibidem*, p. 240.

incluye un estribillo del Comendador Escrivá, «eminente ingenio valenciano», perteneciente a una canción cuyo texto completo reproducíamos más arriba («Ven, muerte, tan escondida», pág. 92). Aunque no sabemos a ciencia cierta la fecha de nacimiento de tal autor, los datos conocidos inducen a colocarlo en la generación H, nunca más atrás de la G, [103] por lo que procederemos a comparar esta canción con una de Manrique, de donde procede, con el fin de ilustrar el camino seguido a lo largo de la segunda mitad de siglo.

Ambas canciones comparten en su estribillo la antítesis *muerte/vida*, [104] la invocación a la muerte con el imperativo *ven* (primer verso del estribillo y mudanza en el Comendador, segundo del estribillo y primero de la vuelta en Manrique) y dos palabras en la rima: *comigo* y *contigo*. Obsérvese cómo el Comendador procede primero por eliminación de elementos:

J. Manrique	Comendador
No tardes, Muerte, que muero; ven, porque biua contigo; quiéreme, pues que te quiero, que con tu venida espero no tener guerra comigo.	Ven, muerte, tan escondida que no te sienta comigo porque el gozo de contigo no me torne a dar la vida.

Toma la idea central del estribillo y dos palabras en la rima más ciertos vocablos del principio, pero suprime las reiteraciones paralelísticas y convierte la paradoja de Manrique *(ven, porque biua contigo)* en la solución de una ponderación de dificultad *(que no te sienta conmigo / porque...)*. De una estructuración estrófica por paralelismo sintáctico se pasa a otra de tipo conceptual, pero conserva la paradoja y aumenta su eficacia.

No menos importante resulta la modificación de la mudanza:

Remedio de alegre vida no lo ay por ningún medio, porque mi graue herida es de tal parte venida, qu'eres tú sola remedio.	Ven como rayo que hiere que hasta que ha herido no se siente su ruydo por mejor hirir do quiere.

Decíamos antes que Manrique perdía parte de su arrogancia inicial por una exposición prosaicamente lógica. El Comendador rechaza de plano

---

103. Véase M. Menéndez Pelayo, *Antología de poetas líricos castellanos*, Madrid-Santander, C. S. I. C., 1944, vol. III, pp. 162 y 402. El Comendador no figura entre los autores estudiados por la imprecisión de su cronología, pero esta canción, por su deuda directa con Manrique, es inmejorable para conocer la evolución del conceptismo entre éste y sus sucesores.

104. Texto más arriba, en p. 46

este planteamiento y vuelve sobre los dos mejores aciertos del estribillo: el apóstrofe a la muerte *(ven)* y la ponderación *(tan escondida…, no se siente su ruydo)*. Pero toda la mudanza consiste en la interpretación de la paradoja *(el gozo de contigo / no me torne a dar la vida)* mediante un símil, recurso raro en los cancioneros, con el *rayo*, término también extraño a su vocabulario; el resultado es una interpretación poética, no discursiva, que acumula efecto tras efecto.[105] El Comendador comienza a marchar muy por delante de Manrique.

Pasemos por fin a la vuelta:

Ven aquí, pues, ya que muero;
búscame, pues que te sigo;
quiéreme, pues que te quiero,
e con tu venida (…)

Assi sea tu venida,
si no desde aqui me obligo
que el gozo que aure contigo
me dara de nueuo vida.[106]

Como decíamos en el estudio de la sintaxis, la de Manrique repite literalmente el contenido del estribillo, con dos términos de aquél en su primer verso *(ven* y *muero)*, y con la misma estructura sintáctica de los dos primeros; el resto, ni qué decir tiene que aparece íntegramente reproducido en el *retronx*, quedando la canción reducida a los felices hallazgos del estribillo.

El comendador Escrivá, muy al contrario, innova constantemente. Veíamos cómo una ponderación misteriosa en el estribillo se resolvía mediante una paradoja; esta era la «razón disonante» que tanto complacía a Gracián. La mudanza aportaba una explicación aparente mediante un símil *(como el rayo)* que la dejaba al final exactamente igual que en el estribillo *(que no te sienta…, que no se siente su ruydo)*, dejando irresoluta la tensión de su «disonancia». La vuelta recoge este estado de cosas *(assi sea tu venida)* y termina dando un giro al vocabulario y la sintaxis del estribillo en un *retronx* parcial cargado de matices:

estribillo

porque el gozo de contigo
no me torne a dar la vida.

retronx

que el gozo que aure contigo
me dara de nueuo vida.

El subjuntivo se ha tornado en futuro y lo que entonces se percibía como posible se da ahora como seguro. Al mismo tiempo la paradoja inicial se recarga de sentido y se intensifica; puede aceptarse una pro-

---

105. En esta expresión, por la comparación con elementos naturales, parece alentar la sensibilidad renacentista, muy viva en la lírica valenciana desde Roís de Corella. Recuérdese que P. Le Gentil observó ecos petrarquistas en Guevara, amigo de Manrique *(Op. cit.,* vol. I, p. 147).

106. Los textos proceden, como queda dicho, de la edición de A. Cortina *(Op. cit.,* p. 65) y del *Cancionero General* de 1511 (fol. CXXVIII vto.).

puesta tan extravagante en el plano de lo virtual (subjuntivo) pero no en el plano de lo real (futuro) como se plantea al final. Explica una paradoja con otra aún mayor, cerrando el ciclo tal como quería Gracián: «en entrambas se halla la disonancia paradoja, y se dobla entonces la agudeza».[107]

Ni el portugués Juan Manuel era mejor poeta que Gómez Manrique ni el Comendador más que don Jorge; como decíamos más arriba (pág. 118) es un problema de depuración técnica y la superioridad del primero sobre el segundo se debe, en ambos casos, al infatigable esfuerzo de dos generaciones sobre un mismo filón, la estructura sintáctica y conceptual, y a la firme base que siempre confiere un buen modelo. La distancia entre Jorge Manrique y el Comendador Escrivá es la que se ha recorrido entre sus respectivas generaciones.

107. *Agudeza y arte de ingenio*, ed. cit., vol. II, p. 240.

CONCLUSIONES

A lo largo del presente trabajo hemos visto cómo surge desde sus más remotos precedentes un género lírico perfectamente definido. Durante el siglo XIV, la inexistencia de testimonios directos nos fuerza a la búsqueda de conjeturas. Hemos de suponer que, al socaire de la génesis de los géneros de forma fija, se desarrollaría uno de este tipo sobre la estrofa con vuelta, caracterizado por una relativa especialización amorosa, de unas tres vueltas de longitud, cuyos testimonios más arcaicos serían una *cantiga* de Alfonso XI y varios textos líricos del *Rimado de Palacio.*

Con el *Cancionero de Baena* nos situamos ya en pleno período histórico de la canción, delimitado en su fin por el *Cancionero General* de Hernando del Castillo. Los textos conservados, bastante numerosos y datables con suficiente exactitud, permiten seguir su desarrollo paso a paso. En un principio (generaciones A, B y C) se le considera como un género menor y flexible, abierto a múltiples cambios, y se le intenta dignificar aproximándolo al prestigioso *dezir*. La canción sale indemne de estas tentativas, que pudieron haberla llevado por caminos semejantes a los que corrió el *virelai* en manos de Machaut; reduce su longitud a una o dos vueltas, reduce su versificación al octosílabo y elimina de su vocabulario y temática ciertas innovaciones del siglo anterior, quedando en ambos aspectos muy cerca de la *cantiga de amor* galaico-portuguesa.

Entre las generaciones D y F la canción camina hacia su conformación definitiva. Desarrolla y normaliza el uso del *retronx,* crea fuertes pautas rítmicas, fija el repertorio de formas estróficas y sus combinaciones, margina la vuelta irregular, reduce la longitud a una sola vuelta, crea una estructura de la expresión que la caracteriza, de fundamento sintáctico y léxico, y descubre el valor del conceptismo. Este complejo proceso, si bien actúa sobre elementos y tendencias claramente perceptibles desde la generación C, no cuaja sino en la producción de un gran poeta, Jorge Manrique. Su obra es una auténtica bisagra donde concluyen los logros de dos generaciones y de donde parten los poetas del *Cancionero General*. Si bien Juan Álvarez Gato, coetáneo suyo, parece consumar un pasado, Jorge Manrique crea el futuro, de ahí que los hayamos estudiado al lado de los poetas antologados por Hernando del Castillo.

Estos autores llevan a su perfección las intuiciones de Manrique. Desarrollan hasta el paroxismo la estructura léxico-sintáctica de la canción, soldándola estrechamente a la forma musical, y crean, a su imagen y semejanza, una nueva estructura de carácter conceptual. En sus manos la canción se convierte en un poema preciosista, expresión idónea de una sociedad que estimaba el amor y las formas bellas por encima de todas las cosas. Es en este momento que la canción se convierte también en género central de los cancioneros y contagia sus recursos y su lenguaje al viejo *dezir* amoroso, ahora vuelto en *coplas*, adaptándose a los más variados fines literarios: de la *desfecha* de un poema largo o una representación, hasta la moda de las glosas de motes y de versos ajenos.

En lo sucesivo, asistimos a una rápida decadencia. Los poetas de las generaciones siguientes, incluso los mismos introductores del petrarquismo, la cultivarán por un tiempo; los seguidores de las llamadas formas tradicionales, como Juan Fernández de Heredia y Cristóbal de Castillejo, introducirán algunas novedades, especialmente en el vocabulario.[1] En el siglo XVII se apreciará su elegante dicción y la agudeza y se aprovechará su lección en la lírica de arte menor y en el teatro, pero la canción como tal queda a trasmano de los géneros de moda. Su campo de aplicación, la lamentación de amores y la introspección sentimental, coincide casi por completo con el soneto, que se adapta mejor a las exigencias de la nueva sensibilidad, y la canción ya no cuenta para las nuevas promociones de enamorados. Si eliminamos todos los párrafos que se ocupan de ella en el capítulo de Juan del Encina sobre «los versos y coplas y de su diversidad»,[2] perderíamos la mitad de su extensión. Si tomamos como referencia el *Arte poética* de Juan de Rengifo, publicada un siglo más tarde,[3] encontraremos nueve páginas dedicadas al villancico y a sus variedades y veintiuna a la canción petrarquista;[4] incluso dedica un capítulo a la *ballata* italiana, con multitud

1. Hemos visto ya intentos renovadores, a menudo aberrantes, en las formas de Bartolomé de Torres Naharro, que usó el latín macarrónico con fines paródicos. Juan del Encina amplió el campo temático con abundantes canciones no amorosas (1.1.1.). Son aspectos marginales para las premisas de nuestro estudio, pero imprescindibles para el futuro de la canción.

2. *Arte de poesía castellana*, ed. cit., pp. 338-339.

3. Madrid, 1606 (Utilizo el facsímile de la colección Primeras ediciones, n.º 7, Ministerio de Educación y Ciencia, Madrid, 1977).

4. *Ed. cit.*, pp. 30-38 y 64-84 respectivamente.

de ejemplos y formas estróficas,[5] pero todas siguen aquella pauta importada para la combinación de las rimas y para la métrica y no existen puntos de contacto con la vieja canción. Ésta había desaparecido ya del repertorio de los géneros líricos.

5. *Ibidem*, pp. 84-88.

ANEXO

ANÁLISIS ESTADÍSTICOS

143 canciones

0. INTRODUCCIÓN

0.1 El presente anexo contiene el estudio estadístico a que han sido sometidos los datos observados en el análisis de los textos. Las ciento cuarenta y tres canciones seleccionadas fueron sometidas a un cuestionario del que luego se entresacaron los datos cuantificables; éstos quedan reflejados en el cuadro inicial de cada apartado para aplicarle después las técnicas de análisis estadístico que explicamos a continuación. He de advertir también que la intención de este estudio era, ante todo, explorar las posibilidades de aplicación estadística a los estudios sobre lírica; de ahí que no interese tanto la presentación de los datos como su discusión e interpretación que, si bien está esbozada en la introducción a cada análisis, sólo encuentra su desarrollo adecuado en los capítulos precedentes.

0.2 El instrumental estadístico utilizado abarca fundamentalmente tres aspectos: el cálculo de probabilidades, el cálculo de efectivos teóricos y los ensayos de significación.

«La probabilidad de un suceso es un número comprendido entre 0 y 1. Si el suceso es imposible (no puede ocurrir) su probabilidad es 0. Si es un suceso *cierto* (tiene que ocurrir) su probabilidad es 1».[1] Se trata en realidad de una frecuencia relativa, que permite reducir a magnitudes comparables las que se han obtenido en muestras de tamaños diferentes. A efectos de interpretación, la probabilidad puede reducirse a porcentajes en el bien entendido que, si éstos oscilan entre 0 y 100, la probabilidad oscila entre 0 y 1. Para convertir una probabilidad en porcentaje basta correr la coma dos espacios a la derecha, o sea, multiplicarla por 100; una probabilidad 0,5321 por ejemplo se convierte en un 53,21 %. Como regla general en todos los cuadros del presente volumen se dan, a continuación de las frecuencias absolutas de cada fenómeno, su probabilidad o frecuencia relativa, y las comparaciones entre diver-

1. M. R: Spiegel, *Estadística*, México, 1969, p. 99. Para más datos sobre las probabilidades, su cálculo y su uso véase adelante, 1.1.0.

sas muestras, generaciones, etc., se harán sobre sus probabilidades. No obstante, y para facilitar la interpretación de estos datos, la probabilidad se ha dado como porcentaje en las explicaciones de la parte primera.

A pesar de su mayor inteligibilidad, «esta presentación por porcentajes tiene un pequeño aire estadístico, pero es necesario resistir a la tentación de aplicarlas, pues es un callejón sin salida que no conduce a ninguna conclusión».[2] La ventaja de la probabilidad es que permite operar directamente para obtener valores teóricos o esperados (Ej) y los correspondientes ensayos de significación.

El valor teórico es el que cabría esperar en un punto determinado conocida su probabilidad; veamos un caso muy curioso y claro. En todas las generaciones desde la D, encontramos un número considerable de canciones donde las rimas agudas y graves se distribuyen de tal forma que el estribillo y la vuelta las tienen de un solo tipo (todas agudas o todas graves) y la mudanza del tipo opuesto (todas graves o agudas) entre otras diversas combinaciones; siendo la canción, desde mediados de siglo, una forma monoestrófica que opone las características del estribillo y vuelta a las de la mudanza, cabe pensar que esta alternancia de rimas sea buscada conscientemente como un elemento más de contraste. Si observamos el caso de la generación H (2.2.4.2) veremos que una canción cuyas rimas sean todas graves ($\overline{A}\overline{A}/\overline{A}\overline{A}$)[3] tiene una probabilidad de darse igual a 0,1622, que una rima aguda y tres graves ($\overline{A}\overline{A}/\overline{A}A$) puede darse 0,3735 veces, una aguda y otra grave en el estribillo y otro tanto en la mudanza ($\overline{A}A/\overline{A}A$) puede ocurrir 0,2151 veces, que todas sean agudas en una parte (estribillo o mudanza) y todas graves en la otra ($AA/\overline{A}\overline{A}$) se dará 0,1075 veces, las canciones con una sola rima grave ($AA/A\overline{A}$) serán 0,1238, y las que las tengan todas agudas (AA/AA), 0,0178. Multiplicando estos valores por el número total de canciones en esta generación (52) sabremos cuántas cabe esperar de cada tipo que son, respectivamente, 8,43, 19,42, 11,18, 5,59 y 7,36;[4] estos son los valores Ej, que serán comparados a los valores reales u observados, que aparecen en la columna Oj.

Hemos averiguado así los valores esperados para cada combinación de rimas, que podemos ya oponer a los observados; pero las diferencias, pequeñas en todos los casos, ¿son significativas o no pueden ser to-

2. Ch. MULLER, *Estadística lingüística*, Madrid, Gredos, 1973, p. 76.

3. El cálculo de estas combinaciones y sus probabilidades es el más complejo de todo el estudio, por lo que haremos abstracción de ello (véase 2.2.0 y 2.2.2); para los fines que aquí perseguimos, bastará que el lector se fije en las columnas p, Ej y Oj. Para más amplias explicaciones véase 2.2.1 y 2.2.2. El cálculo de Ej es más sencillo en cualquier otro ensayo de significación, pero los objetivos son aquí más evidentes y los resultados más inmediatamente interpretables.

4. Obsérvese que las dos últimas probabilidades han sido sumadas y reducidas a una sola cuyo producto es 7,36. Esto se debe a que 0,0178 × 52 = 0,93) y la prueba χ^2 pierde fiabilidad si hay valores Ej inferiores a 5 ($Ej < 5$).

madas en consideración? Para contestar esta pregunta con una probabilidad de error aceptable existen las pruebas de significación; en este estudio, por operar casi siempre sobre caracteres cualitativos, hemos utilizado el test de Pearson o prueba de χ^2. Aplicando la fórmula correspondiente a cada pareja Ej/Oj, obtendremos unos valores (columna χ^2) cuya suma (Σ) cotejada con tablas al efecto, nos dirá qué probabilidad existe de que aquella distribución sea debida al azar. Cuando tal probabilidad sea inferior a 0,5 (como máximo se podrá atribuir al azar tal combinación en un 5 % de los casos) consideraremos realista suponer la existencia de factores intencionales, no aleatorios. En este caso concreto, la distribución de los tipos de rimas entre estribillo y mudanzas es enteramente atribuible al azar; los poetas no trabajaron las posibilidades estéticas de este factor. [5]

Este abanico de cálculos ha sido realizado para cada dato en cada generación, y de estos análisis proceden la mayor parte de las conclusiones de tipo cuantitativo. En el caso que nos ocupa el resultado no ha sido lo atractivo que deseábamos, pero no siempre ocurre así. El más complejo y el más logrado de estos análisis es el que se refiere a la morfología del verso, del que nos ocuparemos en otro estudio publicado en esta misma colección. En cualquier caso hemos de insistir en que cada prueba viene precedida por una amplia exposición de los métodos empleados.

0.3 Cada análisis estadístico consta, como acabamos de ver, de una introducción donde se exponen ampliamente los métodos, los fines y las conclusiones, y de un primer cuadro donde constan los datos observados en cada generación. A continuación se reproduce el análisis (cálculo de Ej y ensayo de significación en la mayor parte de los casos) aplicado a sólo una generación, como muestra del razonamiento seguido; por fin se exponen los resultados de este análisis en todas las generaciones. Si consideramos que hemos trabajado sobre siete generaciones (la B consta de sólo tres canciones y las cifras no son homologables con las veinte de las demás) veremos que la reproducción de todos los ensayos realizados habría multiplicado por seis o por siete la extensión de esta parte.

Por último, los cuadros relativos al análisis de vocabulario (5 y 6) proceden de un amplio estudio realizado por el Laboratorio de Cálculo de la Facultad e Informática de la Universidad Politécnica, bajo la dirección del Dr. D. Manuel Martí y con programas y asesoramiento del profesor Dr. D. Ramón Goig. El resto de este análisis forma parte del estudio del estilo cortés a que he hecho referencia repetidamente, y allí

5. Para el funcionamiento de la prueba de χ^2 véase 2.2.2.

será publicado. Aquí reproducimos sólo la parte imprescindible para la comprensión de lo expuesto sobre la evolución del estilo peculiar de la canción cortés en el siglo xv. Vaya ya la expresión de mi agradecimiento por las facilidades y la ayuda material que me prestaron, sin la cual estos aspectos habrían quedado fuera del estudio por imposibilidad material de llevarlos a cabo con los medios entonces a mi alcance.

Las amplias explicaciones que anteceden o acompañan cada análisis estadístico pueden resultar banales y reiterativas a quienes estén familiarizados con su lenguaje o sus métodos; no es a ellos a quienes van dirigidas, sino a los estudiosos de la literatura que carecen de preparación específica en estos temas, pero desean conocer los pormenores —y, por tanto, las limitaciones y la fiabilidad— de la investigación realizada. Éstos podrán acusarme, y con razón, de haber utilizado un método extraño a su especialidad. A todos ellos he de pedir disculpas por las dificultades y he de rogarles la paciencia necesaria para seguirme. Creo que las conclusiones merecen este esfuerzo.

1. EL POEMA

1.1. *Los géneros temáticos*

1.1.0 El siguiente cuadro refleja la distribución de los tipos temáticos de la canción. Las clasifico en sus tres géneros mayores (recuesta, lamentación y loores)[1] y reservo la indicación «otros» para los demás tipos de canción erótica (paródica y casos de identificación difícil); pero los textos no amorosos (panegíricos y religiosos, muy minoritarios) los señalo aparte de la estadística y como meros exponentes de la fijación temática del género.

Para cada generación (A, C, D, E, F, G, H) doy, en columnas paralelas, el número de canciones de cada tipo y su probabilidad. La probabilidad es el más importante de estos datos; se calcula dividiendo cada uno de la columna por la suma de ésta (Σ) o sea dividiendo cada clase de canción por el número de canciones de esta generación. La probabilidad consiste en la reducción de las frecuencias reales de los fenómenos a frecuencias relativas, cuya suma es siempre igual a uno y que, por lo tanto, permiten la comparación de las frecuencias de muestras desiguales. Pondremos un ejemplo: La generación C y la D presentan el mismo número de recuestas (ocho) pero la primera tiene un total de 33 canciones y la segunda 52; las respectivas probabilidades se calculan dividiendo el número de recuestas por el número de canciones:

$$8 \,/\, 33 = 0{,}2424$$
$$8 \,/\, 52 = 0{,}1538$$

y así averiguamos que en la generación D estas ocho canciones de recuesta representan poco más de la mitad que el mismo número en la generación C, pues sus probabilidades respectivas son 0,15 y 0,24. La probabilidad equivale al porcentaje (la suma de las probabilidades es

---

1. P. le Gentil, *Op. cit.*, vol. I, pp. 228 y ss.

igual a 1, la de los porcentajes a 100) pero con la ventaja de permitir cálculos posteriores de gran valor.

Al fin de cada columna doy la suma de las canciones (Σ) pero he considerado superfluo dar la de las probabilidades, siempre igual a uno. Las hileras asocian estos mismos datos por géneros.

1.1.1

GÉNEROS	GENERACIONES						
	A	*C*	*D*	*E*	*F*	*G*	*H*
Recuesta	5 0,1282	8 0,2424	8 0,1538	7 0,2188	4 0,1538	1 0,0264	9 0,1667
Lamentación	14 0,359	16 0,4848	28 0,5385	15 0,4687	18 0,6923	35 0,9210	40 0,7407
Loor	19 0,4872	8 0,2424	16 0,3077	10 0,3125	3 0,1154	2 0,0526	5 0,0926
Otros (corteses)	1 0,0256	1 0,0303			1 0,0385		
Σ	39	33	52	32	26	38	54
Canciones no amorosas	7		4	1		3	11

1.2. *La longitud del poema*

1.2.1.   Por su relativa homogeneidad en la construcción de las estrofas y la propia estructura del género, el método más idóneo para medir la longitud del poema consiste en contabilizar el número de vueltas, de valor decreciente en el transcurso del siglo. Las hileras de este cuadro reflejan el número de poemas para cada longitud, las columnas el número de canciones de cada generación. Como en todos las estadísticas, y con el fin de reducir las frecuencias a frecuencias relativas, cada valor absoluto va seguido de su probabilidad.

1.2.2.   La generación A, y particularmente la obra de Villasandino, ofrece como mayor peculiaridad el cultivo de la *cantiga de meestría*. Con el fin de no marginar estos datos, los he reproducido como apéndice; cada tipo estructural (de 1 a 6 estrofas) va seguido del número de cantigas que lo presentan y de su respectiva probabilidad.

1.2.3

NÚMERO DE VUELTAS

GENERACIONES

	A	C	D	E	F	G	H
1	—	20 0,6060	40 0,7692	24 0,75	23 0,8846	38 1	53 0,9815
2	1 0,0476	8 0,2424	10 0,1923	7 0,2128	3 0,1154	—	1 0,0185
3	5 0,2381	5 0,1515	2 0,0385	—	—	—	—
4	5 0,2381	—	—	1 0,0312	—	—	—
5	6 0,2857	—	—	—	—	—	—
6	1 0,0476	—	—	—	—	—	—
7	1 0,0476	—	—	—	—	—	—
8	1 0,0476	—	—	—	—	—	—
9	—	—	—	—	—	—	—
10	1 0,0476	—	—	—	—	—	—
Σ	21	33	52	32	26	38	54

CANTIGAS DE MEESTRIA (G. A)

Estrofas:	Cantigas:	Prob.:
1	1	0,0555
2	2	0,1111
3	2	0,1111
4	10	0,5556
5	1	0,0555
6	2	0,1111
Σ	18	1

171

1.3. El estrofismo

1.3.1. Las estructuras estróficas

1.3.1.1. A continuación transcribo las estructuras estróficas de todas las canciones atribuibles a los poetas estudiados. Este repertorio es, sin duda, el más importante del presente trabajo pues el avanzado estado de la investigación del estrofismo romance medieval permite pormenorizadas comparaciones que dan mucha luz al problema de los orígenes y las influencias.

Naturalmente en un estudio de este tipo no puedo limitarme a reproducir por orden alfabético, indiscriminadamente, todos los esquemas pues no es mi intención levantar un simple repertorio,[1] sino analizarlo y estructurarlo para su mejor comprensión.

1.3.1.2. Con este fin, y de acuerdo con el criterio historiográfico que conforma este estudio, he dividido el repertorio por generaciones y, dentro de cada generación, he clasificado los esquemas en regulares e irregulares. Entiendo por formas regulares[2] las que cumplen los siguientes requisitos:

1. El esquema estrófico de la(s) vuelta(s) debe corresponder exactamente en longitud y orden de las rimas con el del estribillo.
2. En el caso de haber varias mudanzas (uso el término en su sentido estrófico, no en el musical) sus esquemas deben corresponderse en los mismos términos del apartado anterior.
3. El número de versos de la(s) mudanza(s) debe ser igual o menor que el del estribillo excepto cuando éste sea de tres versos, en cuyo caso la(s) mudanza(s) tiene(n) regularmente cuatro.

1. Este trabajo ha sido emprendido —y ya abandonado— por J. Steuneu y L. Knapp, *Bibliografía de los cancioneros castellanos del siglo xv y repertorio de sus géneros poéticos*, vol. I y II, Paris, 1975 y 1978. Al primer tomo dediqué un detallado comentario en la *Revista de Archivos, Bibliotecas y Museos*, 80, 1977, 615-622. La coincidencia de dicha publicación con la elaboración de este proyecto me indujo a no emprenderlo por mi parte, de ahí que cada forma no vaya acompañada de las referencias a la obra u obras que la usan; el lector podrá, con todo, reconstruirlas a partir de la relación de canciones y autores sometidos a estudio que encabeza el volumen y a través del análisis a que es sometida cada variante en el lugar correspondiente al de su generación. Posteriormente, la señorita Ana María Gómez Bravo presentó un repertorio de formas estróficas de todas las canciones del siglo xv como tesis de licenciatura en la Universidad Complutense de Madrid, en junio de 1986.
2. Como se ve por los tres puntos siguientes, mi concepto de «regular» e «irregular» difiere notablemente del de P. le Gentil (*Ob. cit.*, vol. II, pp. 266 y ss.) pues no se puede clasificar un texto de la primera mitad de siglo según criterios derivados de las formas dominantes en su segunda mitad.

Los esquemas irregulares se clasifican según cuál de estas reglas transgriden. [3]

Por último, los diferentes esquemas, dentro de cada apartado, irán clasificados según dos criterios: número de versos y orden alfabético de las rimas, primero en el estribillo y luego en la mudanza, aplicados por este mismo orden. En los poemas de varias mudanzas sólo reproduciré la primera, excepto en los casos de irregularidad segunda y sólo reproduciré las vueltas cuando exista irregularidad del tipo 1; cada esquema irá seguido de su frecuencia. Un último cuadro de formas regulares e irregulares (1.3.1.4) permitirá medir su evolución.

Respecto al cuadro de formas estróficas (1.3.1.3) he de observar que no marco el estribillo con mayúsculas como es usual entre los romanistas y como yo mismo hago en el cuerpo de este estudio; aquí uso la doble barra (//) entre estribillo y mudanza para marcar ambas partes.

3. En la canción perteneciente a la generación A hay un caso especial, la *cantiga de maestría*, que señalaré como irregularidad «X». Otra irregularidad muy rara, pero importante en cuanto indica la dependencia de la *canción* respecto al *virelai*, es la inclusión de rimas del estribillo en la mudanza, que señalaré como irregularidad «Y». Es ocioso recordar que las rimas de la vuelta deben ser iguales a las del estribillo (irregularidad 1) y que en caso de varias mudanzas sus rimas deben ser también distintas entre sí (irregularidad 2).

1.3.1.3

GENERACIÓN A

Irregularidad	Esquema	Frecuencia
	abba // cdcd / abba	1
	abba // cddc / abba	1
	aabaab // cdcd / aabaab	1
	Σ	3
1,3	aa // bb / ba	2
1,3	aba // cc / cba	2
1	aba // cdcd / cba	1
	axa // cdcd /cda	1
	xaa // cdcd / cda	1
	abab // cdcd / cdcb	1
	abab // cdcd / xdab	1
1,3	abba // cc / caca	1
1	abba // cdcd / deea	3
	abba // cdcd / eeea	1
	abba // cddc / cbba	1
	abba // cddc / ceea	2
1,3	ababa // cdefcdef / fggfa	1
	Σ	18
x	ababbe	1
x	abbacca	1
x	ababbaab	1
x	ababbccb	3
x	ababcccb	2
x	abbaacca	6
x	ababbccde	1
x	abbaaacca	1
x	ababaabacc	1
x	ababbccbbbc	1
	Σ	18

GENERACIÓN B

Irregularidad	Esquema	Frecuencia
1	abba // cddc / ceea	1
1,y	abba // acca / acca	1
y	abba // caca / abba	1
	Σ	3

174

GENERACIÓN C

Irregularidad	Esquema	Frecuencia
	aba // cdcd / aba	1
	aba // cddc / aba	2
	abb // cddc / abb	2
	abab // cdcd / abab	3
	abba // cdcd / abba	4
	abba // cddc / abba	1
	ababb // cddc / ababb	1
		Σ 14
1,2	xaa // bccb / caa	
	cbcb / caa	1
1,3	xaa // bbb / aaa	
	ccc / aaa	1
1	abab // cdcd / eeb	1
1	abba // cdcd / baba	1
1	abba // cdcd / deea	1
1	abba // cdcd / eea	1
1	abba // cdcd / aeea	1
	fgfg / ahha	
	ijij / akka	1
1	abba // cddc / eea	1
1	abba // cddc / eea	1
1	abba // cddc / cdda	1
1,y	aabaab // bbcbbc / ccdddedde	1
1,y	axa // abba / aba	1
1y,3	aaab // cdecde / eaab	
	fgbfgb / baab	1
y	aba // bccb / aba	1
y	aba // cbcb / aba	1
y	abab // cdcd / abab	
	efef / abab	
	bgbg / abab	1
1,y	abba // acca / adda	2
2,3	abba // cdcdd / abba	
	efefe / abba	1
		Σ 19

GENERACIÓN D

Irregularidad	Esquema	Frecuencia
	abb // cdcd / abb	2
	abb // cddc / aab	1
	aabb // cdcd / aabb	1
	abab // cdcd / abab	12
	abab // cddc / abab	4
	abba // cdcd / abba	6
	abba // cddc / abba	6
	ababa // cdcd / ababa	2
	ababb // cdcd / ababb	1
	abbaa // cdcd / abbaa	1
	abbaa // cddc / abbaa	1
	abbab // cdcd / abbab	1
	abaab // cdccd	2
		Σ 40
1	abb // cdcd / axa	1
1	abb // cddc / cbb	
	effe / ebb	1
1	abab // cdcd / dbab	1
1	abba // cdcd / ebbe	1
1	abba // cddc / aeea	
	fggf / ahha	1
1	abba // cddc / aeea	
	fhhf / agga	
	ijij / akka	1
1	ababa // cdccd / ababba	1
1	abbaa // cddc / ceeaa	1
1	abbaa // cddc / eaeaa	1
2	abab // cddc / abab	
	efef / abab	1
2,1	abba // cddc / aeea	
	fgfg / ahha	1
y	aabba // acac / aabba	1
		Σ 12

GENERACIÓN E

Irregularidad	Esquema	Frecuencia
	abab // cdcd / abab	7
	abba // cdcd / abba	7
	abba // cddc / abba	3
	abaab // cdcd / abaab	1

Irregularidad	Esquema	Frecuencia	
	ababa // cdcd / ababa		1
	ababb // cdcd / ababb	1	
	ababb // cddc / ababb		1
	abbaa // cdcd / abbaa		1
	ababb // cdccd / ababb		1
	abaabb // cdccd / abaabb		1
	ababab // cdcd / ababab		1
	aabaaba // cdcd / aabaaba		1
		Σ	28
2	abba // cdcd / abba		
	cccc / abba		1
2	abba // cdcd / abba		
	efef / abba		
	ghgh / abba		
	gigi / abba		1
y	abbaa // cbcb / abbaa		1
		Σ	3

GENERACIÓN F

Irregularidad	Esquema	Frecuencia
	abab // cdcd / abab	6
	abab // cddc / abab	3
	abba // cdcd / abba	1
	abba // cddc / abba	2
	abaab // cddc / abaab	1
	abaab // cdcdd / abaab	1
	abaab // cdccd / abaab	2
	ababa // cdcd / ababa	1
	ababb // cddc / ababb	1
	abbaa // cdcd / abbaa	1
	abbab // cddc / abbab	1
	aabaaab // cdccd / aabaaab	1
	abcaabc // dedde / abcaabc	1
		Σ 22

1	abba // cddc / abab	1
1	abba // cddc / eaea	
	fggf / abba	1
1	abaab // cdccd / abaaab	1
y,2	abab // caca / abab	1
	ded / abab	1
	Σ	4

177

GENERACIÓN G

Irregularidad	*Esquema*	*Frecuencia*
	abb // cddc / abb	1
	abab // cdcd / abab	5
	abab // cddc / abab	3
	abba // cdcd / abba	5
	abba // cddc / abba	10
	abbaa // cdcd / abbaa	1
	abbab // cdcd / abbab	1
	abaab // cdccd / abaab	1
	abaab // cdcdc / abaab	1
	abaab // cddcc / abaab	1
	ababa // cdccd / ababa	1
	ababb // cddcc / ababb	1
		Σ 31
1	abb // cdcd / abab	1
1	abab // cdcd / baba	2
1	abab // cddc / baba	1
1	abab // cddc / baab	1
1	abcbc // dede / abcac	1
y	abcabc // cdecde / abcabc	1
		Σ 7

GENERACIÓN H

Irregularidad	*Esquema*	*Frecuencia*
	abab // cdcd / abab	4
	abab // cddc / abab	2
	abba // cdcd / abba	3
	abba // cddc / abba	23
	abaab // cdcd / abaab	1
	abbaa // cddc / abbaa	1
	abbba // cddc / abbba	1
	abaab // cdccd / abaab	9
	abaab // cddcd / abaab	1
	ababa // cdcdc / ababa	1
	ababb // cdccd / ababb	1
	abbaa // cddcc / abbaa	1
	abaabb // cdcd / abaabb	1
	abbaab // cddccd / abbaab	1
		Σ 50

178

2	abba // cddc / abba	
	efef / abba	1
3	abab // cdccd / abab	2
y	abcabc // abaab / abcabc	1
	Σ	4

179

1.3.1.4

TIPO DE CANCIÓN

			GENERACIÓN				
	A	*C*	*D*	*E*	*F*	*G*	*H*
Regular	3 0,0769	14 0,4242	40 0,7692	28 0,9032	22 0,8462	31 0,8158	50 0,9259
Iregular	36 0,9231	19 0,5758	12 0,2308	3 0,0968	4 0,1538	7 0,1842	4 0,0741
Σ	39	33	52	31	26	38	54

1.3.2. Las formas estróficas

1.3.2.1. Para una correcta interpretación del inventario de esquemas estróficos conviene elaborarlos en tablas de contingencia para cada generación. Consisten en tablas de doble entrada cuyas columnas indican cuántos poemas tienen determinada forma estrófica en el estribillo (y, por tanto, en la vuelta) cuya suma ocupa la casilla final; las hileras reflejan la frecuencia de cada forma en la mudanza de la canción, sumadas también en la última casilla. Cada casilla de la tabla nos dirá en cuántos poemas (frecuencia) se asocian la forma del estribillo indicada en la columna con la forma de la mudanza indicada por la hilera. La libertad de asociación o la preferencia por unos tipos determinados es indicada por el valor alto o bajo de las frecuencias (a valores más bajos habrá más casillas ocupadas, lo que indicará mayor riqueza formal) y por la mayor dispersión o aglomeración de los valores en determinado grupo de casillas. [1] En las últimas generaciones se puede observar cómo el empobrecimiento general de las formas queda reflejado en la acumulación de las frecuencias en las casillas correspondientes a las estrofas de cuatro versos.

1.3.2.2. Las tablas que siguen indican las combinaciones de los tipos estróficos codificados. En el inventario de las estructuras estróficas (1.3.1) de las primeras generaciones se observa con cuánta frecuencia la vuelta no es rigurosamente simétrica a la cabeza en el timbre y el orden de las rimas, fenómeno este último que se prolongará hasta fin de siglo. Considerando, con todo, que esta modalidad de canción no debe excluirse del cuadro 1.3.2.3, pues la relación entre cabeza y mudanza es el primer factor de su forma, he decidido su inclusión. Por tanto deberá entenderse que reproduce fielmente el tipo estrófico del estribillo y la mudanza, y el de la vuelta sólo en el caso de su regularidad. Sí he eliminado aquellos poemas donde la forma estrófica cambia de mudanza a mudanza o de vuelta a vuelta (un caso en la generación B y otro en la E).

---

1. Los poemas cuyo estribillo y mudanza usan el mismo tipo estrófico son doblemente dignos de atención: su número, creciente con el tiempo, es un factor evolutivo y esta equiparación significa, en términos de historia literaria, que ambos, estribillo y mudanza, pierden estas funciones para convertirse, simplemente, en primera y segunda estrofa de un poema de tres. Con el fin de subrayar este factor, he marcado con tipos distintos las cifras correspondientes; obsérvese cómo están casi vacías en la generación C y cómo acumulan los máximos valores en la generación H.

1.3.2.3.1

GENERACION C
Combinaciones

MUDANZA \ ESTRIBILLO	7 versos o más	6 versos	quintilla	redondillas (abba)	cuartetas (abab)	otras 4 v.	tríst. m.	tríst. no m.	Σ
7 versos o más									
seis versos		1				1			2
quintillas				1					1
redondillas (abba)			1	6				6	13
curtetas (abab)				8	**5**			2	15
otras de 4 versos									
trístico monorrimo								1	1
trístico no monorrimo									
Σ		1	1	15	5	1		9	32

1.3.2.3.2

GENERACIÓN D

Combinaciones

MUDANZA ＼ ESTRIBILLO	7 versos o más	6 versos	quintilla	redondillas (abba)	cuartetas (abab)	otras 4 v.	trist. m.	trist. no m.	Σ
7 versos o más									
seis versos									
quintillas			3						3
redondillas (abba)			3	**8**	4			2	17
cuartetas (abab)			6	7	**13**	1		3	30
otras de 4 versos									
trístico monorrimo									
trístico no monorrimo									
Σ			12	15	17	1		5	50

1.3.2.3

GENERACIÓN E

Combinaciones

	ESTRIBILLO								
MUDANZA	7 versos o más	6 versos	quintilla	redondillas (abba)	cuartetas (abab)	otras 4 v.	tríst. m.	tríst. no m.	Σ
7 versos o más									
seis versos									
quintillas		1	1						2
redondillas (abba)			1	3					4
cuartetas (abab)	1	1	7	8	7				24
otras de 4 versos									
trístico monorrimo									
trístico no monorrimo									
Σ	1	2	9	11	7				30

1.3.2.4.

GENERACION F

Combinaciones

	ESTRIBILLO								
MUDANZA	7 versos o más	6 versos	quintilla	redondillas (abba)	cuartetas (abab)	otras 4 v.	trist. m.	trist. no m.	Σ
7 versos o más									
seis versos									
quintillas	2		3						5
redondillas (abba)			3	4	3				10
cuartetas (abab)			3	1	6				10
otras de 4 versos									
trístico monorrimo									
trístico no monorrimo									
Σ	2		9	5	9				25

185

1.3.2.5

GENERACIÓN G

Combinaciones

ESTRIBILLO

MUDANZA	7 versos o más	6 versos	quintilla	redondillas (abba)	cuartetas (abab)	otras 4 v.	tríst. m.	tríst. no m.	Σ
7 versos o más									
seis versos		1·							1
quintillas			5						5
redondillas (abba)				10	5			1	16
cuartetas (abab)									
otras de 4 versos									
trístico monorrimo									
trístico no monorrimo									
Σ		1	8	15	12			2	38

186

1.3.2.3.6 **GENERACIÓN H**

Combinaciones

MUDANZA \ ESTRIBILLO	7 versos o más	6 versos	quintilla	redondillas (abba)	cuartetas (abab)	otras 4 v.	trist. m.	trist. no m.	Σ
7 versos o más									
seis versos		1							1
quintillas		1	13		2				16
redondillas (abba)			2	23	2				27
cuartetas (abab)		1	1	3	4				9
otras de 4 versos									
trístico no monorrimo									
trístico monorrimo									
Σ		3	16	26	8				53

1.4. *El retronx*

1.4.0. Otro recurso estrófico característico de la canción es el *retronx*, hasta el punto de no encontrarse sino en este género y en el villancico, su pariente más próximo.[1] Interesa aquí el estudio estadístico de su frecuencia y forma, para lo que lo dividiremos en dos clases: de palabra y de verso; incluiremos en el primer grupo aquellas canciones que repiten en la rima de la vuelta o vueltas todas o parte de las palabras que riman en el estribillo, en el mismo orden o con cambios, pero excluiremos los fenómenos de rimas derivativas, que nos apartarían de su forma característica y obligarían a incluir poemas con repeticiones léxicas del estribillo en la mudanza.[2] Consideraré *retronx* de verso cuando en uno o varios de la vuelta se repitan otros tantos del estribillo, en el mismo o en distinto orden, y siempre que la repetición afecte a más de la palabra rimante y los elementos morfémicos que la preceden: artículo y nexos. Con estos criterios tan restrictivos pretendo dar el máximo rigor y significación a los datos obtenidos.

Como en tantos otros casos, el *retronx* no es sino la parte mensurable de un fenómeno estructural: la fijación de la expresión literaria en unos moldes muy estrictos cuyo principio básico es la reiteración y la variación. El estudio de ambos tipos de *retronx* lo realizaré en dos grupos de cuadros, el primero (1.4.2) dedicado al de versos y el segundo (1.4.3), al de palabras. En un último cuadro (1.4.4) abordaré el problema tal como se presenta al lector de una canción: la combinación de ambos tipos en el poema.

He de observar, por último, que estas estadísticas comienzan en la generación C. En la primera no hay casos de *retronxx* y en la segunda aparece uno de palabra[3] que, por su escasa entidad, ha sido aquí omitido.

1.4.1.1. He contabilizado los de versos en todas las canciones de cada generación, sea cual fuere el número de versos que abarca y el número de vueltas que afecta, y he elaborado con estos datos el cuadro 1.4.2.1. Cuando en una canción se encuentran dos distintos (repetición del estribillo en la primera vuelta y parte de la primera en la segunda, por ejemplo) o de distinta longitud (dos versos del estribillo en la primera vuelta, uno en la segunda), para no complicar excesivamente la

---

1. P. le Gentil, *Ob. cit.*, vol. II, pp. 269 y ss.
2. Véase la canción «Quien no estuviere en presencia», de Jorge Manrique, *Ed. cit.*, p. 59.
3. *Cancionero de Baena*, n.º 251b.

exposición de los datos, y apoyándome en la rareza de estos fenómenos, la contabilizaré como un solo caso cuya extensión será siempre la del mayor número de versos.

El cuadro 1.4.2.1 clasifica las canciones según el número de vueltas, presenta en cada caso el número de textos con *retronx* y da su probabilidad, que se obtiene diviendo el número de canciones con este recurso por el número de canciones de estas dimensiones en la generación correspondiente (1.2.3). Como en estadísticas anteriores, he reservado las hileras a la exposición de los datos y las columnas para las generaciones. La última hilera suma el número de canciones con *retronx* en cada generación y calcula su probabilidad dividiéndolo por el número de canciones de la misma, sea cual fuere su número de vueltas.

El segundo cuadro (1.4.2.2) separa, en las canciones de varias vueltas, aquellas cuyo *retronx* las cubre todas (con las observaciones anteriores) de aquellas donde sólo cubre alguna. En cada caso se calcula su probabilidad no sobre el número de canciones de su generación, sino sobre el número de canciones de varias vueltas con *retronx*, dato tomado de las hileras del cuadro anterior. En efecto, se trata de saber sólo en qué proporción las canciones de este tipo tienen tal o cual forma.

La tercera estadística (1.4.2.3) ofrece los datos sobre la extensión del *retronx* medida en versos. En las hileras se expone cuantas canciones lo tienen de uno, dos, tres o cuatro versos, y la probabilidad hay que entenderla, como en el caso anterior, respecto al número de canciones con *retronx* (última hilera de 1.4.2.1), no respecto al número de canciones. Sobre la extensión del *retronx* en versos hay que tener en cuenta lo dicho al comenzar este apartado.

El cuarto cuadro (1.4.2.4) mide el *retronx* respecto al número de versos de las vueltas. Aunque resulta conveniente saber cuántos versos mide cada uno (1.4.2.3), no tiene el mismo relieve el de dos versos en una vuelta de tres que en una de seis; por lo tanto, se expondrá en este caso cuántos versos de las vueltas están ocupados por el *retronx* en cada generación, y la probabilidad se calculará dividiendo esta cifra por el número de versos que suman las vueltas de la misma. Así en la F hay un total de 58 versos ocupados, que divididos por los 132 versos de las vueltas dan una probabilidad de 0,4394; esto significa que casi la mitad de los versos (43,94 %) están formados por el *retronx*. Sin embargo, los 51 versos de este tipo en la generación G son menos significativos, pues hay total d 161 versos en sus vueltas, lo cual reduce su probabilidad a 0,3168.

1.4.1.2. El segundo grupo de estadísticas tendrá la misma estructura que el primero, pues se trata de medir una variedad del mismo fenómeno. En el cuadro 1.4.3.1 he contado el número de canciones de una, dos, tres o cuatro vueltas con palabras rimantes repetidas (excluyendo, claro está, el *retronx* de verso) y he calculado su probabilidad dividiendo el número de canciones con *retronx* por el número total de canciones de esta extensión. En el 1.4.3.2 he separado las canciones de más de una vuelta con repetición de palabras, y las he dividido en dos grupos: las que extienden este recurso a todas las vueltas y las que lo limitan a alguna o algunas de ellas; para este aspecto véanse las observaciones expuestas en 1.4.1.1 respecto a las canciones donde de una a otra vuelta se repite distinto número de palabras. El cuadro 1.4.3.3 indica en cuántas canciones se produce repetición de palabras en la línea de uno, dos, tres o cuatro versos, con la correspondiente probabilidad considerada respecto al número de canciones con *retronx* de palabra. El último cuadro (1.4.3.4) presenta el número de versos en las vueltas para cada generación (el mismo que en 1.4.2.4), el número de versos afectados por la repetición de palabras y la probabilidad de este fenómeno, que se obtiene dividiendo el segundo valor por el primero.

1.4.1.3. En la realidad son escasos los poemas que no tienen sino *retronx* de palabra o *retronx* de verso, y lo más frecuente es que las canciones ofrezcan a la vez ambos recursos. Interesa entonces saber en qué proporción ocurre esto, lo cual resulta de cálculo fácil a partir de los cuadros 1.4.2.4 y 1.4.3.4; en efecto, no pueden concurrir ambos procedimientos en un mismo verso pues el *retronx* versal implica la repetición de la palabra en rima y este caso lo contabilizamos tan sólo una vez, entre los de verso. En el cuadro 1.4.4 sumaré los valores de los dos tipos y daré su probabilidad, que puede obtenerse por dos procedimientos: dividiendo la suma de ambos fenómenos por el número de versos en las vueltas o sumando directamente las probabilidades de 1.4.2.4 y 1.4.3.4; así, para la generación E tenemos 43 repeticiones de palabras (1.4.3.4) y 85 de versos (1.4.2.4) para 187 versos en las vueltas, lo cual nos da $43 + 85 = 128$ versos con *retronx*, que divididos por 187 les asigna una probabilidad 0,6845, el mismo resultado que se obtiene sumando 0,2299 (1.4.3.4) y 0,4545 (1.4.2.4).

Este cuadro demuestra que nos hallamos ante un fenómeno muy constante a lo largo del siglo. Las máximas desviaciones observadas en los cuadros anteriores (generación F en 1.4.2.4 y generación D y G en 1.4.3.4) se compensan mutuamente y en 1.4.4 hay una oscilación máxima de 0,14 entre las generaciones D y H contra 0,24 de 1.4.2.4. En conjunto, el número y proporción de versos afectados por el *retronx* es muy alto (50 %) lo cual nos devuelve a la observación inicial: el notable grado de amaneramiento característico de la canción.

1.4.2.1   *NÚMERO DE CANCIONES CON RETRONX*

Generaciones	C	D	E	F	G	H
Canciones de una vuelta	4 0,2	33 0,825	20 0,8333	18 0,72	27 0,7105	44 0,8302
Canciones de dos vueltas	3 0,375	7 0,7	7 1	3 1		1 1
Canciones de tres vueltas	1 0,2	2 1				
Canciones de cuatro vueltas			1 1			
Total	8 0,2424	42 0,8077	28 0,875	21 0,8077	27 0,7105	45 0,8333

1.4.2.2   *VUELTAS AFECTADAS POR EL RETRONX*

Generaciones	C	D	E	F	G	H
Retronx en todas las vueltas	4 1	8 0,8889	7 0,875	2 0,6667		1 1
Retronx en algunas vueltas		1 0,1111	1 0,125	1 0,3333		

1.4.2.3   *NÚMERO DE VERSOS CON RETRONX EN CADA CANCIÓN*

Generación	C	D	E	F	G	H
Con retronx de un verso	4 0,5	13 0,3095	11 0,3928	2 0,0952	7 0,2592	8 0,1778
Con retronx de dos versos	4 0,5	20 0,4762	9 0,3214	7 0,3333	16 0,5927	23 0,5111
Con retronx de tres versos		6 0,1428	7 0,25	10 0,4762	4 0,1481	9 0,2
Con retronx de cuatro versos		3 0,0715	1 0,0358	2 0,0953		5 0,1111

1.4.2.4 VERSOS CON RETRONX Y VERSOS EN LAS VUELTAS

Generaciones	C	D	E	F	G	H
Versos en las vueltas	188	236	187	132	161	242
Versos en el *retronx*	17	100	85	58	51	104
Probabilidad	0,0904	0,4237	0,4545	0,4394	0,3168	0,4298

1.4.3.1 NÚMERO DE CANCIONES CON RETRONX DE PALABRA

Generaciones	C	D	E	F	G	H
Canciones de una vuelta	3 0,15	15 0,375	14 0,5833	11 0,4783	23 0,6053	23 0,434
Canciones de dos vueltas	2 0,2857	5 0,5	6 0,8571	2 0,6667		1 1
Canciones de tres vueltas	2 0,4		1 1			
Canciones de cuatro vueltas						
Total	7 0,2121	20 0,3846	21 0,6562	13 0,5	23 0,6053	24 0,4444

1.4.3.2 VUELTAS AFECTADAS POR EL RETRONX DE PALABRA

Generaciones	C	D	E	F	G	H
Retronx en todas las vueltas	3 0,75	4 0,8	2 0,3333	1 0,5		1 1
Retronx en algunas vueltas	1 0,25	1 0,2	4 0,6667	1 0,5		

NÚMERO DE VERSOS CON RETRONX EN CADA CANCIÓN

	C	D	E	F	G	H
Con retronx de un verso	4 0,5714	14 0,7	13 0,619	8 0,6154	11 0,4883	15 0,625
Con retronx de dos versos	3 0,4286	4 0,2	6 0,2857	4 0,3077	6 0,2609	8 0,3333
Con retronx de tres versos		2 0,1	1 0,0476	1 0,0769	5 0,2174	1 0,0417
Con retronx de cuatro versos			1 0,0476		1 0,0435	

1.4.3.4. VERSOS CON RETRONX Y VERSOS EN LAS VUELTAS

Generaciones	C	D	E	F	G	H
Versos en las vueltas	188	236	187	132	161	242
Versos en el retronxx	10	28	43	22	42	34
Probabilidad	0,0532	0,1186	0,2299	0,1667	0,2609	0,1405

1.4.4 VERSOS CON RETRONX Y VERSOS EN LAS VUELTAS

Generaciones	C	D	E	F	G	H
Versos en las vueltas	188	236	187	132	161	242
Versos en el retronx	27	128	128	80	93	138
Probabilidad	0,1436	0,5424	0,6845	0,6061	0,5776	0,5702

2. LAS RIMAS

2.1.0.   El estudio de los rimarios reviste cada día mayor importancia, por las pistas que suelen dar sobre tradiciones y preferencias estéticas. Con el fin de proceder a un mejor conocimiento de la canción a este respecto, incluyo en 2.1.1 el inventario, por orden alfabético, de todas las rimas usadas en las canciones objeto de análisis. Detrás de cada rima aparecen, en otras tantas columnas, sus efectivos en cada generación, a fin de conocer su importancia relativa; obsérvese que por efectivos entiendo cuántas veces se ha usado una rima, no cuantos versos la usan, y que la repetición de la misma en un poema no supone sino la continuación de su uso en este poema. En cuanto a su aspecto gráfico, he seguido el mismo criterio que en el vocabulario: respetar la grafía original mientras sea uniforme, regularizarla cuando unos mismos fonemas aparezcan bajo grafías divergentes. En cuanto a la identificación de fonemas es relativamente fácil si pensamos que, generalmente, las sílabas utilizadas corresponden a un inventario muy limitado de morfos.

Un repaso a los casos más frecuentes nos indica que los poetas de cancionero tendían a seleccionarlas entre terminaciones frecuentes en castellano. La más abundante es la forma de infinitivo —*ar* (32 veces) y también destaca los del tipo en —*er* e —*ir* (26 y 16 veces respectivamente). Muy frecuente también es el participio: —*ado* está 31 veces (la segunda rima en frecuencia tras —*ar*) y su femenino, —*ada*, sólo tres; encuentro 15 veces —*ida* y 13 veces —*ido*. Algunas formas de la flexión verbal se distinguen con facilidad: —*é* (18 veces), —*eo* (13 veces), —*era* (14 veces), —*ero* (12 veces), —*í* (24 veces), —*ía* (20 veces). Terminaremos esta relación con unos derivativos especialmente frecuentes, algunos tradicionales en la rima de los trovadores: —*al* (18), —*ad* (11), —*ente* (10), — *ento* (13), —*eza* (8), —*on* (28), —*or* (veinte veces, y otras siete —*ores*), —*os* (11) y —*ura* (19). En cuanto a las rimas con mayor abolengo trovadoresco, podemos recordar —*or*, —*on* y —*ura*, todas entre las más frecuentes.

Otro fenómeno que se observa en seguida es su escasa especialización cronológica. Algunas rimas son particulares de un período con concreto (véase —*ento*) aunque en algunos casos se trata de términos galaico-portugueses y, por tanto, privativos de los textos de Villasandino (—*ai*, —*ei*, —*eja*, —*ejo* por ejemplo). Pero en general se observa una distribución muy regular. Con el fin de cuantificar este dato, he calculado el coeficiente de dispersión [1] para las rimas antes enunciadas y, en conjunto, ofrecen valores muy altos: —*ado*, —*ar*, —*on* y —*os* dan un valor superior a 0,8; —*ad*, —*ente*, —*ento*, —*eco*, —*er*, —*era*, —*í*, —*ia*, —*ida*, —*ido* y —*ura* se sitúan entre 0,7 y 0,8; —*é*, —*ero*, —*ir* oscilan entre 0,6 y 0,7 y sólo —*al*, —*eza* y —*or* aparecen en torno al 0,55. Ninguna de las rimas más frecuentes presenta un valor más bajo. De todos estos casos, sólo me parecen dignos de mención —*al* y —*or*, que no son abundantes sino en la generación A: el primero coincide con la forma pronominal galaico-portuguesa *al*, frecuente en la lírica de Villasandino donde aparece tres veces en rima, pero ambos reflejan la tradición trovadoresca. La rima —*ura* es más regular pero su empleo disminuye progresivamente con el avance del siglo.

La estructura de las rimas (2.1.2) es menos interesante. En la primera parte de la tabla se indica cuántas aparecen una, dos, hasta diez veces, en cada generación; en la segunda parte se calculan ciertos valores: N indica el número de rimas, repetidas o no, que se han encontrado en esta generación; R indica el número de rimas diferentes, $\bar{f}$ la frecuencia media de estas rimas, que se obtiene dividiendo N por R (N/R), p $\{R_1\}$ nos dice qué probabilidad tenemos de encontrar rimas que sólo aparecen una vez en esta generación y se obtiene dividiendo el número de rimas de frecuencia uno (primera hilera) por el valor R, y p $\{R_2\}$ da el mismo cálculo para la frecuencia dos (segunda hilera).

Estos datos deben interpretarse así: la frecuencia media $\bar{f}$ es inversamente proporcional a la variedad de las rimas; cuanto más rimas diferentes encontremos habrá menos repeticiones y el cociente N/R será menor y viceversa. En cuanto a las probabilidades de las frecuencias bajas, son directamente proporcionales a la variedad de las rimas: la frecuencia uno está formada por rimas que no se repiten y cuando mayor sea su número mayor será el cociente f_1/R y mayor la variedad de

1. El coeficiente de desviación pi~~ue de A. Juilland y E. Chang-Rodríguez, *Frequency Dictionary of Spanish Words*, Londres, Mouton, 1964. Basta señalar que cuando las rimas están distribuidas con absoluta regularidad en todas las generaciones (1,1,1 etc., 2,2,2 etc., 3,3,3 etc.) el coeficiente es igual a 1, sea cual sea el valor absoluto de las frecuencias, y cuando todas las frecuencias están en la misma generación y el resto tienen frecuencia O, el coeficiente de desviación será O. Cuanto mayor sea el coeficiente (más próximo a uno) mayor será la regularidad de la distribución y viceversa. Recuérdese que la mayoría de las rimas aquí estudiadas tiene un coeficiente superior a 0,7.

las rimas; el caso de la frecuencia dos es levemente distinto pero ayuda a ponderar el valor de los factores antedichos.[2]

De la distribución de frecuencias y de los valores de dispersión se deduce una gran semejanza entre todas las generaciones excepto la primera. En la lírica de Villasandino y Pedro González de Mendoza la variedad es menor (probabilidad de f_1 normal pero baja la de f_2 y muy alta la frecuencia media); analizando la estructura de las frecuencias, vemos que dos o tres rimas se repiten cinco, seis, siete o nueve veces, y que una rima se repite diez veces mientras en las demás generaciones no se encuentra sino una rima esporádica más allá de la frecuencia cinco. Si las individualizamos, veremos que un grupo de ellas (*—ar, —ado, —e, —ir, —í, —ía, —er*) pertenece al grupo más banal, las de flexión, y su mayor frecuencia respecto a las demás generaciones puede explicarse pensando que en ésta el número de rimas encontradas, por la mayor longitud de los poemas y la escasez de formas con vuelta, es sensiblemente mayor que en las demás y esto favorece la acumulación de las frecuencias altas. Pero otro grupo de estas rimas sobrerepresentadas (*—al, —ura, —oso, —or*) son de claro abolengo trovadoresco y esto confirma cuantitativamente las conclusiones del anterior análisis de efectivos.

2. Véase Ch. Muller, *Op. cit.*, pp. 271-272 para la interpretación de la media, y pp. 278-279 para media y probabilidad de la frecuencia uno.

2.1.1. INVENTARIO DE LAS RIMAS EN TODAS LAS GENERACIONES

RIMAS	A	C	D	E	F	G	H
				GENERACIONES			
a			2	1			1
able				1			
ace		1					
aco					1		
ad	1	2	2	3	2		1
ada	1					2	
adas	1					1	
ade	3						
ades	1	2					
ado	9	4	3	4	5	2	4
ados		1					
aga						1	
ai	1						
ais			1	1			1
aja	1						
al	9	1	1	1	1	4	1
ales							2
alve				1			
ama			1				
ame			1				1
amos		1					
an	1	1					
ana			1				1
ança	2	1				1	
ancia					1	1	
ande				1	1		
ando	3			1		1	1
ano			1	1			
ante	1		1				
aña	2			2			
año		1			2		
ar	5	5	7	6	2	2	5
ara		1		1		1	
aras		1					
arga						1	
argo					1		
arme							1
aron			1		1		
aros						1	4
arte	1	1	1				1
artes	1						

	A	C	D	E	F	G	H
RIMAS			GENERACIONES				
as				1			
asse		1				1	
aste	1	1	1				
astes	1	1		3			
ata						1	
ato			1				
ava	1		1				
avan	1						
axo		1					
ayo			1				
e	6	3	1	6	1		1
ea					1		
ean		1					
ebe			1				
eça						1	
ece	1	1		1		1	
eco			1				
edes	1	2					
edio					1		
ega					1		
ego					1		
ei	2						
eis						1	
eja	2						
ejo	1						
el							1
ela	2						
elas	1						
ele							1
elo					1		
ella				1			
ellas	1						
ello	1						
en	3		1		1		1
ena	1	1				2	1
enas					1		
encia				1	1		1
enda			1				
ende		1				1	
endes			1				
endo	1						1
ene						2	
enen						1	
enga			1				
engo				1			

	A	C	D	E	F	G	H
RIMAS				GENERACIONES			
eno					1		
enos							1
enta			1				
ente	1	3		2	2	1	1
ento	1	1	1	1	2	3	4
entos			2				
eo	3	1	2	2	1	4	
er	9	5	2	4	1	2	3
era	1	2	1	2	2	1	5
eran		1		1			
eras			1				1
erça					1		
ere		2		1	2		
eres					1		
erme							1
ero	1			1	3	4	3
eron			1				
eros				1			2
erque			1				
erte		1				2	1
erra	1	1					
es			1				
esa	1	1					
esco		2					
ese						1	
essen						1	
esso	1						
esta	1						
esto	1	2	1				
estro						1	
eta			1				1
eu	1						
eus	1					1	
exa			1				
exen			1				
exos			1				
eza	1	1		4		1	1
í	7	2	2	3	4		6
ía	7	2	2	3	4	1	1
ían	1						
ías			2				
icia		1					
icios					1		1
ida	1	2	3	2	3	4	
idas					1		

RIMAS				GENERACIONES			
ido		3	2	1	4	2	1
idos				1			
iga		1				1	
igo		1			3		
il	1						
inge	1						
inta			1				
ío	1		1				
ir	6	3	3	2			2
irme							**1**
iro						1	
iros					1		2
is	1	1					
iso	2						
ista	2	1				1	
iste	1	1					
istes				2	1	2	
ive						1	
ivo						1	1
ivos	1						
o	2			3	2		2
obras					1		
obre			1				
oca				1			
oco						1	
ojos		2	1	1			
ombra						1	
omo			1				
on	3	3	4	4	4	7	3
or	10	2		1	4	2	1
ora	2	3	1		1		2
ores	1	1	1	1	2		
oria					1	1	1
orte	2						
os	1	1	2	3	1	1	2
osa	1	1	2	1			1
osas			1				
oso	6		1				
ud		1					1
ude	1						
uito	1						
una	1	1					
ura	5	4	4	2	1	2	1
uros			1				
uye					1		

2.1.2

ESTRUCTURA DE LAS RIMAS

Generaciones

Frecuencia

	A	C	D	E	F	G	H
1	48	36	41	26	31	32	33
2	10	12	11	8	9	11	7
3	5	6	3	6	4	1	3
4		2	2	4	5	4	3
5	2	2			1		2
6	3			1			1
7	2		1			1	
8							
9	3						
10	1						
N	162	96	87	82	86	80	84
f	2,1892	1,6552	1,5	1,8222	1,72	1,6326	1,7143
R	74	58	58	45	50	49	49
p {R₁}	0,6486	0,6207	0,7069	0,5778	0,62	0,6531	0,6735
p {R₂}	0,1351	0,2069	0,1896	0,1778	0,18	0,2245	0,1428

2.2. *Posición del acento*

2.2.0. La preferencia trovadoresca por la rima aguda, aún en lenguas preferentemente paroxítonas como el portugués, aconsejan la realización de una estadística de la posición del acento. La poesía medieval rechaza el esdrújulo en esta posición,[1] por lo que sólo aparecen palabras agudas y graves.

El análisis de las rimas se hace en tres estadísticas. La primera da simplemente la frecuencia y probabilidad de cada tipo, distribuidas por generaciones (2.2.3). La segunda (2.2.4), clasifica los poemas según la posición de sus rimas y los coteja con los efectivos teóricos obtenidos a partir del cuadro 2.2.3, y la tercera (2.2.4.3), simplifica los datos del 2.2.4. Veamos ahora la mecánica de estas pruebas.

2.2.1. Cuando la *cantiga* adopta como propia la forma de la estrofa con vuelta y, especialmente, a medida que la vuelta tiende a la regularidad (1.3.1.2) y su número se fija en uno (1.2.3), la canción crea una estructura bipartita que opone la segunda estrofa a la primera y tercera o, lo que es lo mismo, el estribillo y la vuelta a la mudanza.[2] La existencia de poemas donde las rimas agudas y graves se distribuyen también según esta estructura (agudas en estribillo y vuelta, graves en la mudanza o al revés; véase el cuadro 2.2.4.1) me indujo a sondear la posibilidad de que tal distribución fuera intencionada, para lo que diseñé el ensayo de significación reproducido en 2.2.4.2.

Recordemos ante todo que una canción tiene normalmente dos rimas diferentes en el estribillo y otras dos en la mudanza, según los siguientes esquemas:

abb // cd cd /
abab // cd cd /
ababb // cd cd(d) /.[3]

Si queremos estudiar la distribución de las rimas agudas y graves en las estrofas de la canción, podemos prescindir de la vuelta, que repite mecánicamente la estructura de las del estribillo según los criterios ex-

---

1. Véase *La Gaya Ciencia*, de Pedro GUILLÉN DE SEGOVIA (ed. J. M. CASAS HOMS, Madrid, 1962), donde faltan por completo, y la posición de los esdrújulos en el verso de arte mayor de Mena (J. M. BLECUA, «Prólogo» a su edición del *Laberinto de la Fortuna*, col. Clásicos Castellanos, n.º 119, Madrid, 1968, p. LXXIII).
2. Aunque desde el punto de vista genético pueda parecer inadecuado llamar estrofa a la vuelta, su regularidad formal en la segunda mitad de siglo, su independencia respecto a las mudanzas en este mismo período y la autonomía de su texto a partir de Villasandino, me inducen a considerarla como tal en el análisis.
3. He eliminado de las estadísticas 2.2.4 todos los poemas irreductibles a este esquema, e incluyo sólo los que tienen el mismo esquema de las rimas agudas y graves en la cabeza y vueltas, repiten el mismo esquema todas sus mudanzas y tienen dos rimas por estrofa. La casi ausencia de poemas con estos requisitos en la primera generación me obliga a suprimirla en este estudio.

puesto. Por otra parte tampoco será necesario retener el orden en que las rimas se presentan dentro de la estrofa:

ábbá, ab̓b̓a, ábáb, ab̓ab̓,

pues en cualquier caso la representaremos como formada por una rima aguda (A) y una grave ($\bar{A}$, o sea «no A» o «no aguda»); lo que nos importa es sólo si estribillo y mudanza tienen la misma combinación o si es distinta (dos rimas agudas, dos graves o una de cada clase), y si estas combinaciones son casuales o intencionadas. En la representación gráfica que inicia las hileras de las estadísticas 2.2.4.1 y 2.2.4.2, las cuatro ordenaciones anteriores quedan reducidas a una sola: A$\bar{A}$, resultando irrelevante el orden de las rimas.

A continuación de cada esquema, en la segunda columna del cuadro 2.2.4.1 y del 2.2.4.2, reproduzco las fórmulas que deben aplicarse para el cálculo de la probabilidad de esta combinación. En estas fórmulas, p representa la probabilidad de A (rima aguda) y q la de $\bar{A}$ (rima grave) para cada generación (estadística 2.2.3), y el número por el que debe multiplicarse esta fórmula es el de ordenaciones posibles para esta combinación; así la formada por una rima aguda y tres graves, que represento $\bar{A}\bar{A}/A\bar{A}$, corresponde a una canción que puede aparecer en la realidad como $\bar{A}\bar{A}/A\bar{A}$, $\bar{A}\bar{A}/\bar{A}A$, $\bar{A}A/\bar{A}\bar{A}$ y $A\bar{A}/\bar{A}\bar{A}$ (la barra indica separación entre estribillo y mudanza), pero siempre con dos partes que contrastan porque una de ellas posee una rima aguda y la otra, ninguna. La probabilidad de que apareciera cualquiera de estas cuatro ordenaciones sería igual a q^3p; la de que aparezca esta combinación con cuatro ordenaciones posibles será por tanto cuatro veces mayor: $4q^3p$. Multiplicando el resultado de este producto (probabilidad de que aparezca esta combinación en la generación cuyas probabilidades q y p, para $\bar{A}$ y A, se hayan utilizado) y el número de poemas de esta generación (ΣOj) obtendremos el número de poemas que, por mera intervención del azar, ofrecerían la combinación $\bar{A}\bar{A}/A\bar{A}$ ($=Ej$).

En el cuadro 2.2.4.1 omito estos cálculos y doy sólo, para cada generación, el resultado (efectivo teórico o esperado, Ej) y a su lado el efectivo real u observado *(Oj)*, es decir, la frecuencia que esta combinación realmente presenta. Para saber si las diferencias entre Ej y Oj son significativas (o sea si pueden deberse al azar o revelan la intervención consciente de los autores) hay que hacer un ensayo de significación para el que, en este caso, debe aplicarse la prueba de χ^2.

2.2.2. El test de Pearson o .est de χ^2 es una prueba diseñada para decidir si las diferencias entre los valores observados *(Oj)* y los valores teóricos o esperados *(Ej)* de una estadística son significativas o deben atribuirse a la mera intervención del azar.

Con el fin de facilitar el uso e interpretación del cuadro 2.2.4.2 y similares, expondré brevemente la mecánica del test. [4] Sabemos ya cómo se calcula el valor Ej (número de poemas esperados con una, dos, tres o cuatro rimas agudas distribuidas de determinada forma) y lo hemos dispuesto paralelamente al valor Oj (cuántos poemas presentan esta combinación en la realidad). A ojo de buen cubero se puede ya apreciar que las diferencias entre ambas columnas son, en general, pequeñas (8,40/6; 19,42/21; 11,18/14; 5,59/7) pero hay un caso digno de atención: 7,36/4, casi el doble. La valoración de estas diferencias se efectúa aplicando a cada par de valores la fórmula $\dfrac{(Oj - Ej)^2}{Ej}$ cuyo resultado dispongo en una tercera columna bajo la indicación χ^2.

El valor χ^2 se obtiene sumando esta columna [5] y para su interpretación debe cotejarse con tablas construidas al efecto. [6] Por este medio sabremos qué probabilidad hay de que el conjunto de diferencias entre Ej y Oj sea debido al azar; en trabajos como éste podemos considerar que la distribución responde a factores intencionales cuando esta probabilidad sea igual o menor de 0,05 lo cual significa que operando así corremos el riesgo de equivocarnos en la toma de decisiones hasta un máximo de cinco veces cada cien. Este valor se llama «umbral de desestimación» o «nivel de significación». Si la suma de la columna χ^2 es inferior al valor que las tablas dan para cada test, aceptaremos que la distribución estudiada puede ser fruto del azar («Hipótesis nula» o «H_0»); en caso contrario diremos que esta hipótesis debe ser desestimada y aceptaremos la «Hipótesis alternativa» o «H_1» lo cual significa que esta combinación puede ser atribuida a factores intencionales. Naturalmente, a medida que el valor de la prueba aventaje el que dan las tablas, la probabilidad de encontrar esta combinación por efecto del azar será progresivamente menor de 0,05.

En el cuadro 2.2.4.2 el valor $\chi^2 = 3,43$ mientras el correspondiente a esta prueba para 0,05, según las tablas, es igual a 11,1. La probabilidad de que esta distribución sea debida al azar será pues muy superior a 0,05 y deberemos aceptar que los autores de esta generación no usa-

---

4. Véase Ch. MULLER, *Ob. cit.*, pp. 161 y ss. y M. R. SPIEGEL, *Op. cit.*, pp. 188 a 216. En estas explicaciones me propongo sólo permitir a los historiadores de la literatura, en su mayoría no familiarizados con estos métodos, la lectura e interpretación de estos cuadros y pruebas.

5. El signo χ^2 no se aplica a los valores de esta columna, sino a su suma (Σ), pues $\chi^2 = \Sigma \dfrac{(Oj - Ej)^2}{Ej}$, pero lo coloco sobre ella para facilitar su identificación.

6. Utilizo la de SPIEGEL, *Op. cit.*, p. 345, más completa que la de MULLER, *Op. cit.*, p. 404.

ron la alternancia de rimas agudas y graves de estribillo y mudanza con finalidad estética.

El test tiene varias limitaciones, entre ellas que pierde fiabilidad si algún valor de Ej es menor de 5. [7] Cuando ocurre esto —como en la combinación AA/AA— sumaré en uno sólo los valores de las hileras necesarias para superar este límite. Así AA/A$\overline{\text{A}}$ tiene $Ej = 6,4376$ pero como en AA/AA, $Ej = 0,9256$, sumaré ambos valores para obtener $Ej = 7,3667$, que figura interlineado entre las dos últimas hileras.

Con todo hay generaciones donde la realización del test exige demasiadas agrupaciones, con la consiguiente pérdida de nitidez. Si nuestro propósito es comprobar la posibilidad de que los autores practicaran el contraste entre las rimas del estribillo y las de la mudanza con fines estéticos, podemos reagrupar todos los datos en dos únicas hileras:

a) Canciones donde el contraste se produce. Incluye las combinaciones $\overline{\text{AA}}$/AA, $\overline{\text{AA}}$/$\overline{\text{A}}$A y AA/A$\overline{\text{A}}$ que llamaremos caso «y».'

b) Canciones donde no se produce: combinaciones $\overline{\text{A}}$A/$\overline{\text{A}}$A, $\overline{\text{AA}}$/$\overline{\text{AA}}$, AA/AA que llamaremos caso «z».

La realización de este test para todas las generaciones está reproducida en 2.2.4.3, con resultado también negativo. [8]

---

7. Véase MULLER, *Op. cit.*, p. 168.

8. Cuando el test sólo comprende dos hileras es conveniente introducir una pequeña modificación en la fórmula llamada «corrección de Yates» (SPIEGEL. *Op. cit.*, p. 203). La fórmula queda así:

$$x^2 = \Sigma \, \frac{(/Oj{-}Ej/{-}0,5)}{Ej}$$

y la aplicaré en todos los ensayos de este tipo.

2.2.3

Clases de rima

| | Generaciones | | | | | |
	C	D	E	F	G	H
Aguda	10 0,3125	51 0,375	49 0,5326	22 0,25	37 0,2569	76 0,3654
Grave	22 0,6875	85 0,625	43 0,4674	66 0,75	107 0,7431	132 0,6346
Σ	32	136	92	88	144	208

2.2.4.1

| | Generaciones | | | | | | | | | | | | | | |
| Combinación | D | | | E | | | F | | | G | | | H | | |
	EJ	Oj	x^2	Ej	Oj	x^2	Ej	Oj	x^2	Ej	Oj	x^2	Ej	Oj	x^2
ĀĀ/ĀĀ	5,188	5	0,0068	6,1007	7	0,1326	6,9609	5	0,5524	10,9772	9	0,3561	8,4334	6	0,7021
ĀĀ/ĀĀ	12,4512	13	0,0242				9,2813	14	2,339	15,1799	18	0,5239	19,4237	21	0,1279
ĀĀ/ĀĀ	7,4707	5	0,8171	5,7012	7	0,2959				5,2479	4	0,2967	11,1841	14	0,709
AA/ĀĀ													5,592	7	0,3545
AA/AA	8,8901	11	0,5007	11,1981	9	0,4315	5,7578	3	1,3209	4,5949	5	0,0357			
AA/AA													7,3667	4	1,5386
Σ	34	34	1,3488	23	23	0,86	22	22	4,2723	36	36	1,2124	52	52	3,4321

El valor de x^2 nunca alcanza el mínimo necesario para desestimar la hipótesis planteada y admitir que la combinación se daba a factores intencionales. Hemos de suponer que los autores de este período no conocieron, al menos como grupo, esta posibilidad o, de conocerla, que la desaprovecharon. En este ensayo se han suprimido las tres primeras generaciones porque los esquemas que cumplen las exigencias marcadas en ninguna de ellas alcanzan el número mínimo para que la aplicación del test dé resultados fiables.

2.2.4.2. Ensayo de significación: Generación H

Combinación	Probabilidad		p	Ej	Oj	χ^2
$\overline{A}\overline{A}/\overline{A}\overline{A}$	q^4	=	0,1622	8,4334	6	0,7021
$\overline{A}\overline{A}/\overline{A}A$	$4q^3p$	=	0,3735	19,4237	21	0,1279
$\overline{A}A/\overline{A}A$	$4q^2p^2$	=	0,2151	11,1841	14	0,709
$AA/\overline{A}\overline{A}$	$2q^2p^2$	=	0,1075	5,592	7	0,3545
$AA/A\overline{A}$	$4p^3q$	=	0,1238	7,3667	4	1,5386
AA/AA	p^4	=	0,0178			
		Σ	1	52	52	3,4321

Para los cuatro grados de libertad de esta prueba, se necesitaría un valor de χ^2 igual a superior a 11,1 si queremos desestimar la hipótesis nula (estos valores de Oj son producto del azar) y aceptar la hipótesis alternativa (los valores de Oj responden a selección intencionada) a un umbral de desestimación de 0,05. Como el valor de χ^2 es sólo de 3,4 estamos muy lejos de este umbral y podemos afirmar con un riesgo ínfimo de error que los valores de oj para las combinaciones estudiadas son debidos a la simple intervención del azar.

2.2.4.3

Generaciones

	D			E			F			G			H		
	Ej	Oj	x^2	Ej	Oj	x^2	Ej	Oj	x^2	Ej	Oj	x^2	Ej	Oj	x^2
Caso «y»	20,6689	24	0,137	14,3504	15	0,0016	11,8595	16	1,1175	19,6181	23	0,4234	31,4555	31	0,0001
Caso «z»	13,3311	10	0,2124	8,6496	8	0,0026	10,1405	6	1,307	16,3819	13	0,507	20,5445	21	0,0001
Σ	34	34	0,3494	23	23	0,0042	22	22	2,4245	36	36	0,9304	52	52	0,0002

En este test, los valores de x^2 se mantienen aún más alejados del mínimo necesario para desestimar H_0 que en el 2.2.4.1, por lo que deberemos admitir definitivamente la carencia de un conocimiento consciente por parte de los autores del efecto que se estudia.

3. VERSIFICACIÓN

3.1.0. En esta estadística establezco el inventario de los tipos de versos usados en todos los poemas, monométricos y heterométricos.

El primer apartado desglosa los poemas según la medida de los versos en los monométricos y según el tipo de combinación en los heterométricos. En el segundo se clasifican los poemas heterométricos según que los quebrados aparezcan en el estribillo y vueltas, en las mudanzas o en las tres partes a la vez. [1]

3.1.1. El procedimiento más sencillo para elaborar una estadística de los versos parecería ser el establecimiento de sus frecuencias pero, dada la desigual longitud de cada poema, este inventario no daría idea de las preferencias de cada generación. En efecto, una canción con dos quebrados en cada parte y una sola mudanza como G_{11} 775, arrojaría un total de seis quebrados, mientras otra con la misma distribución pero con tres mudanzas (*CB* 27) nos daría catorce. Y sin embargo ambas canciones han distribuido los quebrados con el mismo criterio. En cuanto a los hexasílabos, es evidente que un poema con tres vueltas arrojaría un número de versos muy superior a otro con dos o una mientras que la elección entre el octosílabo o el hexasílabo se ha realizado en bloque para cada poema.

Considerando que la estructura estrófica de la canción sigue sólo dos esquemas alternativos (estribillo y mudanza, pues la vuelta repite

---

1. Obsérvese que en la generación A las combinaciones heterométricas son muy variadas, pero en el segundo cuadro las he considerado todas como verso + quebrado para mayor sencillez expositiva. Obsérvese también que en esta generación aparecen ocho poemas heterométricos en el primer cuadro y sólo cuatro en el segundo; los cuatro que faltan son *cantigas de meestría*, donde no cabe la distinción de las partes de estrofa establecidas en las *cantigas de refram* del tipo del villancico.

el del estribillo, y las eventuales mudanzas y vueltas sucesivas, el del grupo inicial) cabría reformar el modelo antes desechado contabilizando sólo los versos del estribillo y la primera mudanza, pero este cálculo seguiría siendo inadecuado. En efecto, nada nos diría sobre la distribución de los quebrados entre los dos esquemas estróficos de cada poema y, en el caso de la proporción entre hexasílabos y octosílabos, la posibilidad de construir estrofas que van de tres a siete versos (EA, *H* 186 y FT, *Ed. Cit.*, pág. 158) altera también la relación entre sus medidas si tomamos el número como criterio de medición.

Ante estas dificultades he optado por un sistema mixto. Dado que el autor no elige el tipo de verso sino una sola vez, en la elaboración de la primera o primeras estrofas, he considerado que se le planteaban varias opciones en bloque (estrofas isométricas o con quebrados, estrofas octosilábicas o hexasilábicas) y he levantado una primera estadística contabilizando los poemas que presentan cada tipo de verso o combinación. A continuación ofrezco la segunda estadística, donde las canciones con quebrados son analizadas según su posición en las partes de la estrofa.

Ciertamente este cuadro no refleja el número de quebrados por estrofa (uno o dos excepto en canciones como *CB* 13, muy raras en este cancionero y luego ya inexistentes) pero me parece innecesario recargar esta exposición con uno nuevo.

3.1.2. Los cancioneros ofrecen dificultades métricas mal resueltas todavía a las que se ha de sumar las dificultades de la transmisión textual y la ausencia casi absoluta de ediciones realmente críticas. En estas condiciones he supuesto el isosilabismo y me he basado en la medida de los versos sin encuentro vocálico, dando por válida la medida dominante si aún en este caso quedaban versos rebeldes. He de decir que sólo el *Cancionero de Baena* presenta dificultades graves y aún así en sólo dos casos he debido renunciar al establecimiento de un esquema métrico fijo, y en ambos casos he eliminado estos textos de la presente estadística.[2] Por último he de observar que, para evitar confusiones terminológicas, he aplicado a todos los textos los criterios y nomenclatura de la métrica castellana.

2. N.º 5 y 251a.

3.1.3

Clases de versos

				Generaciones			
	A	C	D	E	F	G	H
eneasílabos	1 0,027						
octosílabos	27 0,7298	23 0,697	49 0,9423	31 0,9688	22 0,8462	35 0,9210	53 0,9815
hexasílabos	1 0,027	2 0,0606	1 0,0192		1 0,0385		
octo + bisílabos	1 0,027						
octo + trisílabos	1 0,027						
octo + quebrados	1 0,027	8 0,2424	2 0,0385	1 0,0312	3 0,1154	3 0,0789	1 0,0185
octo + pentasílabos	2 0,0541						
octo + hepta + tetra	1 0,027						
octo + penta + tetra	1 0,027						
hepta + pentasílabos	1 0,027						
POEMAS: Σ	37	33	52	32	26	38	54

Posición de los quebrados

	A	C	D	E	F	G	H
estribillo - vuelta	2 0,5	3 0,375	2	1	2 0,6667	2 0,6667	1
mudanzas	2 0,5						
en todo el poema		5 0,625			1 0,3333	1 0,3333	

4. VOCABULARIO

4.0.   El criterio para la clasificación de las unidades léxicas ha sido enteramente sintáctico: todo elemento central en un grupo sintagmático nominal ha sido adscrito a la clase «sustantivo», todos sus modificadores léxicos a la clase «adjetivo». Conservo los criterios tradicionales para el adverbio pero los he contabilizado entre los adjetivos cuando inciden sobre otro adjetivo para delimitar así sin dificultades los elementos del grupo sintagmático nominal y verbal, sin lo cual no habría sido posible el aprovechamiento de estos datos para los siguientes ensayos de significación. En cuanto al verbo, he considerado como tal, exclusivamente, al que aparece en forma personal y no he contabilizado los auxiliares.

La clasificación de interjecciones y artículos no ofrece mayores problemas.[1] He considerado «preposiciones» todo nexo que articule grupos sintagmáticos y «conjunciones» el que relaciona oraciones, y he contabilizado como una sola unidad, siguiendo el criterio de dar prioridad a los valores sintácticos, las llamadas preposiciones y conjunciones compuestas.[2] Por último he resuelto todas las contracciones, incluso las admitidas por la lengua moderna, que realizan funciones sintácticas diferenciadas.

En cuanto a los pronombres, he realizado también una clasificación de carácter sintáctico: dividirlos en «tónicos» y «átonos»; los primeros forman núcleos nominales, los segundos son «signos morfológicos que determinan el signo verbal».[3]

Evidentemente, estos criterios resultan excesivamente *ad hoc* si los

---

1.   Naturalmente he clasificado como indefinido o numeral el «artículo indeterminado» (A. Alonso, *Estudios lingüísticos. Temas españoles*, Madrid, 1961, pp. 159, 160 y 182, y E. Alarcos Llorach, «El artículo en español», en *Estudios de gramática funcional del español*, Madrid, Gredos, 1970, pp. 166-177).

2.   Naturalmente los he separado en sus componentes en el inventario del léxico, como resulta habitual en la elaboración de diccionarios.

3.   Alarcos Llorach, «Los pronombres personales» en *Op. cit.*, p. 149.

juzgamos desde el punto de vista estrictamente gramatical; pero vienen impuestos por dos problemas que han determinado esta investigación. El primero es la necesidad de una clasificación útil para las pruebas que forman parte del análisis del estilo cortés, que el lector encontrará en el estudio a que nos hemos referido repetidamente. El segundo motivo estriba en que una clasificación con fines estadísticos debe ser sencilla y con pocas ambigüedades, fácil de reproducir por distintos analistas,[4] y no siempre se pueden seguir varios criterios sin caer en algún tipo de componendas. Espero que no resulten ni excesivas ni inadmisibles y que el resultado sea estadísticamente útil y gramaticalmente aceptable.

En cuanto a la presentación de los datos, como en las demás estadísticas, he reservado las columnas para las generaciones (frecuencia y probabilidad de cada dato) y las hileras para los fenómenos descritos, en este caso las clases de palabras.

Y una última observación: las anteriores estadísticas habían sido realizadas sobre todos los poemas considerados canciones para cada generación; los que siguen se han realizado sobre la muestra de veinte poemas por generación cuyo repertorio y criterios de selección son ya conocidos.

---

4. Ch. MULLER, *Op. cit.*, pp. 244 y ss., habla extensamente de estos problemas.

CLASES DE PALABRAS

	A	C	D	E	F	G	H
Sustantivo	641 0,243	286 0,2325	306 0,2582	330 0,2303	341 0,2654	290 0,2385	341 0,2501
Adjt. Calif.	124 0,047	45 0,0366	64 0,054	41 0,0286	37 0,0288	49 0,0403	33 0,0242
Adjt. Determin.	272 0,1031	105 0,0854	89 0,0751	128 0,0893	110 0,0856	71 0,0584	113 0,0828
Pronm. Tónico	179 0,0678	100 0,0813	81 0,0684	146 0,1019	89 0,0693	93 0,0765	130 0,0953
Pronm. Átono	126 0,0477	81 0,0658	71 0,0599	104 0,0726	59 0,0459	67 0,0551	119 0,0872
Artículo	73 0,0277	40 0,0325	55 0,0464	37 0,0258	63 0,049	90 0,074	31 0,0227
Verbo	443 0,1679	224 0,1821	197 0,1662	242 0,1689	204 0,1588	225 0,185	219 0,1607
Adverbio	219 0,083	101 0,0821	64 0,054	97 0,0677	76 0,0591	74 0,0609	104 0,0762
Preposición	349 0,1322	141 0,1146	146 0,1232	211 0,1472	167 0,13	131 0,1077	154 0,1129
Conjunción	207 0,0783	105 0,0854	111 0,0937	95 0,0663	136 0,1058	126 0,1036	119 0,0872
Interjección	6 0,0023	2 0,0016	1 0,0008	2 0,0014	3 0,0023		1 0,0007
Σ	2.639	1.230	1.185	1.433	1.285	1.216	1.364

4.2. *Las repeticiones léxicas*

4.2.0. El aspecto más peculiar y peor entendido de la canción y, en general, de la poética cortesana del xv es, sin duda, la retórica, basada en las repeticiones léxicas. Evidentemente, una poética fundamentada sobre el preciosismo expresivo y reducida a los estrechos límites de doce, catorce o quince octosílabos, reunía las condiciones óptimas para investigar las posibilidades de la *adnominatio*. Con el fin de valorar su importancia relativa y su evolución he realizado dos tipos de cálculos que expondré en los cuadros siguientes.

Por una parte he debido fijar unos límites por debajo de los cuales la repetición léxica se considera irrelevante. He desestimado todas las que afectan a preposiciones y conjunciones, aunque aparecen con relatica frecuencia en forma de anáforas y esto es importante en una poesía donde el paralelismo juega un papel tan sobresaliente; he desestimado también las repeticiones del artículo y los pronombres átonos, a pesar de que éstos han sido usados con evidente conciencia artística por Juan del Encina,[1] y tampoco he considerado pertinentes las repeticiones cuando media entre sus ocurrencias una distancia superior a los dos versos y no forman sistemas más amplios (repetición múltiple, asociación con el *retronx* o correlaciones) donde la frecuencia pueda compensar el alejamiento a efectos mnemotécnicos. Han sido también excluidos de este cuadro todos los casos de repetición asociado al estribillo: *retronx* de versos y de palabras.

Los casos restantes han sido relacionados con el número de palabras involucradas (4.2.1) y con el número de vueltas de cada generación (4.2.2). En el primer cuadro presento el número de grupos reiterativos sobre un mismo vocablo, en el supuesto de que cuando el mismo término forma grupo en más de un poema lo cuento cada vez, y los relaciono con el número de palabras afectadas. Veamos un caso concreto:

> O *es* o no lo que crec
> si no *es* que mas tormento
> y si *es* yo me contento
> de la pena en que me veo.
>
> Si no os *sirue* mi cuydado
> que mas mal que mi firmeza
> y si os *sirue* · tristeza
> quien mas bien auenturado
> esta dubda en que me veo
> sostiene mi perdimiento

---

1. Véanse los números 16, 17, 20 y 111 de la edición por R. A. Jones y C. R. Lee.

para que biua contento
dela pena que posseo. [2]

En este poema se contabilizan dos grupos reiterativos *(ser* y *servir)* ambos analizables como *mozdobre* en la retórica de la época, [3] y cinco palabras, pues éste es el número de las que intervienen en su formación. Pero no cuento ni *veo* ni *contento* (*retronx* de palabra), ni el *retronx* parcial del último verso:

dela pena en *que* me veo / *dela pena que* posseo.

Como se puede juzgar por este ejemplo, las cifras resultantes de este inventario no reflejan sino muy pálidamente la realidad, pues *retronx* y paralelismos sintácticos y léxicos (subordinadas condicionales, parejas *bien / mal*, sinónimos del tipo *contento, aventurado,* contra *tormento, cuydado, tristeza*) dan a estos *mozdobres* un rendimiento poético superior al que su simple enumeración puede indicar. Dividiendo las palabras involucradas en cada generación por los grupos encontrados obtendremos la repetición media, un coeficiente de reiteración que permitirá comparar las diversas generaciones. En el cuadro dispondré estos tres datos (grupos de reiteración, palabras en los grupos y coeficiente de reiteración) en otras tantas hileras, y las generaciones, en columnas.

En el cuadro siguiente (4.2.2) expondré un coeficiente de densidad, que intenta medir hasta qué punto estos recursos cubren el poema. Con este fin, dividiré el número de grupos reiterativos por el de vueltas en los poemas analizados de cada generación (véase 1.2.3) pues la vuelta parece ser la unidad de medida más adecuada; en efecto, en los poemas con más de una vuelta, cada una de ellas contiene una unidad temática con sus características léxicas propias, y difícilmente los grupos reiterativos pasan de una vuelta a otra. Este valor permitirá medir la cobertura de estos elementos retóricos y la evolución de la misma a lo largo del siglo.

He de observar que estos recursos sólo caracterizan a la canción cuando fija su forma, o sea desde comienzos del siglo xv. El *dobre* y *mozdobre* tiene en Villasandino una forma que se acerca más al adorno del verso, más próximo al valor decorativo de estas figuras en la lírica galaico-portuguesa:

---

2. *Suplemento al Cancionero General de Hernando del Castillo,* n.º 95. Es una canción de Puertocarrero.

3. Sería interesante estudiar hasta dónde llegó la terminología galaicoportuguesa. Sobre su uso en el *Cancionero de Baena* véase LANG, «Las formas estróficas y térmicos métricos del *Cancionero de Baena,* en *Estudios in memoriam de A. Bonilla y San Martín,* vol. I, Madrid, 1927, pp. 511-512 y 517-518.

> De grant cuyta sofridor
> *fuy* e *so,* sienpre *sere,*
> *seyendo* leal amador
> de quien *vy, veo* e *vere;*
> *serui* e *siruo* e *seruire*
> a vos, ffermosa señor;
> esperança en voso amor
> *toue* e *tengo* e *terne,*[4]

o a la ligazón de las estrofas y versos entre sí *(lexa-pren):*

> (...) *longe de aqui por vos yrey.*
> *Por vos yre longe d'aqui*
> onde plaser non averey,
> nin gasallado; assy morrey
> loando sempre a quen *serui*
> e *seruire* (...),[5]

que a la función estructural característica de la canción. Considerando además la pobreza de la segunda generación, donde sólo he analizado tres textos, reduciré el cuadro 4.2.2 a las seis que van de la C a la H.

4. *Cancionero de Baena,* n.º 45.
5. *Ibidem,* n.º 19.

4.2.1 COEFICIENTE DE REITERACIÓN

Generación	C	D	E	F	G	H
Palab. en cada grupo	60	49	142	161	142	210
Grupo de reiteración	25	22	56	60	59	75
Coef. de reiteración	2,4	2,22273	2,5357	2,6833	2,4068	2,8

4.2.2 COEFICIENTE DE DENSIDAD

Generación	C	D	E	F	G	H
Crupo de reiteración	25	22	56	60	59	75
Número de vueltas	29	22	27	22	20	21
Coef. de densidad	0,8621	1	2,0741	2,7283	2,95	3,5714

5. VOCABLOS USADOS EN CADA GENERACIÓN

La elaboración de un vocabulario a efectos estadísticos necesita una norma a la vez sencilla y explícita para que sus resultados sean comparables con otros del mismo tipo o, si se sigue una norma distinta, para que sean conocidas las limitaciones a una comparación. En cualquier caso, la elaboración de una norma lexicológica es imprescindible si no se quieren dejar al azar o a la sugestión de cada caso las dificultades que van surgiendo durante su elaboración, lo cual invalidaría sus resultados.

Las peculiaridades de esta norma están doblemente condicionadas: por un lado, la existencia de rasgos fonológicos y léxicos que deben respetarse y la presencia de textos en una mezcla de gallego y castellano, y por otro las exigencias de los estudios estadísticos que se desea elaborar sobre este vocabulario, han obligado a soluciones *ad hoc*, como la resolución de contracciones con doble función gramatical *(del = de + el)* y la desaparición de los términos gallegos con correspondencia exacta en el vocabulario castellano de la canción.

En resumen, se han seguido los criterios siguientes:

1. Separo las palabras según el uso moderno.
2. Resuelvo las contracciones, incluso cuando se conservan en la lengua moderna, entre las preposiciones y el artículo.
3. Distingo los homónimos de distinta categoría gramatical.
4. Unifico todas las formas flexivas de sustantivos y verbos, incluso los participios sustantivados.
5. En el caso de los pronombres personales, reduzco sólo las variaciones de género y número, pero conservo la flexión del caso. Quedan las entradas *yo, tú, él, me, te, se, le, mí, ti, sí, conmigo, contigo* y *consigo.*
6. Reduzco los pronombres posesivos a sus formas plenas y conservo la distinción uno / varios poseedores.

7. Reduzco las vacilaciones de timbre en las vocales átonas según el uso moderno.

8. Unifico la ortografía, pero respeto las siguientes grafías: ç ante *a, o ,u, z* en todos los casos y lo mismo con la *j, g, x, b, v, s, ss* y *f* inicial. Las consonantes implosivas quedan reducidas al uso moderno, lo mismo que las nasales, excepto cuando la desaparición del término correspondiente puede inducir a confusión *(recabdar)* y en los grupos cultos sobre cuya adaptación es difícil decidir *(costelación, no constelación).* Ni qué decir tiene que elimino consonantes dobles y *t* con valor de *c.* En los casos de vacilación ortográfica, adopto el uso moderno.

9. Repongo las consonantes finales en palabras como *ante* y *mientra* por *antes* y *mientras.*

10. No contabilizo el verbo *aver* cuando es auxiliar.

11. Unifico la conjunción copulativa según el uso moderno, tal como se indica en el apartado octavo.

12. Resuelvo la doble *e* de algunos infinitivos según el uso moderno.

13. Conservo los dobletes por aféresis y prótasis: *guisar* y *aguisar.*

14. En el caso de las composiciones en gallego, he reducido los términos gallegos a los castellanos, pues de lo contrario habría salido un número elevadísimo de falsos vocablos *(morrer* junto a *morir,* etc.) que habría falsificado el análisis. Conservo sólo los que carecen de correlato léxico exacto en castellano *(ren)* y los que pueden identificarse con dobletes existentes en esta lengua *(tristura, tristor, tristeza).*

Listado de vocablos usados en cada generación por orden decreciente de frecuencias

5.1. Generación A.

y (114), de (103), no (78), que (conj.) (75), el (art.) (74), ser (64), me (59), en (pre.) (56), por (55), mío (50), te (42), ver (36), grande (35), que (rel.) (34), mucho (32), a (29), aver, pues (28), con (27), amor (26), servir, vuestro (25), querer, señor (24), poder, tú, yo (23), sin, suyo (22), bien (21), siempre, todo (20), tal, tanto (19), tener (17), hacer (16), este (15), decir, mí, otro, plazer, quien, saber, si, sufrir (14), cuita, estar, morir, vivir (13), andar, flor, le, leal, tuyo (12), amar, bueno, ir, lindo, mal (11), cuidar, dar, donde, loar, más, pensar, perder (10), coraçón, cuanto, Dios (9), grado, obedecer, partir, tiempo (8), así, cual, cuando, desque, gentil, passar, rosa, ti, triste, uno (7), agora, ay, como, día, él, ende, mas (conj.), mayor (6), aqueste, atender, forçar, hermoso, hermosura, loor, mandar, matar, merced, muerte, noble, nunca, osar, parecer, pero, valer, vencer (5), al (pron.), angelical, aquí, delicado, donzella, dona, esperança, gracioso, hasta, mirar, mundo, ojo, pavor, pecar, penoso, prender, se, sino (conj.), ventura, visso (4), adorar, alegría, amoroso, aseo, beldad, claro, cobrar, conquistar, contecer, convenir, crueldad, cuidoso, cumplir, deleitoso, desear, deseo, dever, dolor, donoso, dudar, entender, entre, fablar, fallecer, figura, folgura, gesto, jamas, lealtad, luz, llorar, mantener, manzilla, mejor, membrar, ninguno, nobleza, o, olvidar, onesto, ora, parte, pecador, pesar, poderoso, poner, porque, prisión, responder, seguir, servidor, valor, verdad, vista (3), afanar, alguno, alto, amigo, aún, bello, bivo, bondad, brio, brioso, ca, cada, cantar, contra, criar, demostrar, desamparar, descomunal, desde, desesperar, desigual, después, donaire, enamorar, envidia, errar, error, espejo, extraño, fe, fol, ganar, hallar, igual, lexos, librar, luego, luna, llevar, merecer, mortal, noche, nombrar, onor, pagar, par (sust.), paraíso, pena, piedad, prez, primero, provar, puro, querella, razón, real, ren, ruiseñor, salir, sí, sobejo, soidade, sol, solo, temor, tenor, todavía, traer, tristura, vez, vida, ya (2), abril, aca, acabar, açuçena, achegar, adonar, afan, afincar, aguissar, ajudar, alabança, alexar, alteza, amador, amparar, ante (adv.), antes, apartar, apostura, après, aquel, arte, atal, atavío, aunque, aventajar, bastar, bessar, bonança, buscar, cadena, caer, carrera, catadura, cautivo, centella, cessar, cingir, claridade, clavellina, color, condenar, confortar, conmigo, conquerir, conquista, consello, consentir, consolar, cordura, corte, cortés, crecer, creer, criatura, cristal, cruel, crueza, cuerpo, cuitar, cura, curar, dama, deleite, departimento, desamar, desdén, deseoso, desordenar, divissar, Doiro, doler, doneguil, dueña, Elena, emperador, enagenar, enamoroso, encarcelar, encomendar, encubridor, encubrir, enfengir, engaño, enseñar, enteramente, entonces, entristecer, errança, escuridade, ese, esforçar, España, estrella, excusar, Extremadura, falimento, fallir, fazaña, fealdade, fingir, firmeza, florecer, floresta, folgança, fortuna, fuego, fuerte, garrido, gasallado, gentileza, gozo, gracia, grave, Guadalquivir, guardar, guarir, guerra, guisa, honestad, huir, igualar, imagen, infinta, intención, jardín, joya, jurar, ledo, lindeza, lirio, lis, locura, lugar, luto, luzero, llamar, lleno, maginamiento, manera, mano, matisar, mayo, mayormente, meneo, mensajero, mentidor, mesura, mesurar, mil, miraglo, montaña, morar, mostrar, nacer, naranjal, nombre, novel, nuevo, onrar, orden, oro, orta, oy, padecer, país, paja, para, Paris, parlar, parlero, penar, ensamiento, perdidoso, plazenter, plus, Policena, porfasar, porfia, prado, preciar, presencia, presso, presto, privar, proeza, quexoso, qui, reir, resplandecer, riqueza, risso, rosal, sabedor, salud, Salvaterra, sana, según, segurar, semblante, sen, sentir, señal, señalar, servicio, seso, sí (pron.), sirviente, soler, suave, suerte, sufridor, tamaño, tomar, tormentar, tormento, trebellar, tres, tribulación, tribuna, tristeza, tristor, umildade, umildoso, venir, ventaja, verdadero, vicio (1).

5.2. Generación B.

me (15), el (art.) (8), que (conj.), que (relt.) (7), en (prep.), no, ser (5), de, querer (4), aver, con, passar, pensar, quien, quitar, si (conj.), te, yo (3), amor, cuidar, dar, decir, desdonar, engañar, ganar, lanzada, mío, namorar, obrar, poder, por, pues, tratar, vedar, ver (2), a, amar, como, contemplar, continente, cordura, cuando, dolor, ende, engendrar, expirar, fuerça, gracioso, grande, hacer, hermosura, jamás, locura, llevar, maginar, matar, mirar, mucho, natura, olvidar, osar, plazer, poner, robar, se, según, señor, tanto, todo, triste, tú, valiente, virtud, ya (1).

5.3. Generación C.

no (52), de (47), que (conj.) (45), ser (40), el (art.) (38), y (36), me (35), te (30), mío (28), por (27), que (relt.), tanto (21), a, señor, yo (17), con, ver (16), tú (15), este (13), bien (12), decir, hacer, mucho, poder (11), en (prep.), mas (conj.), si (conj.), todo (10), pues (9), amar, coraçón, cuanto, grande, morir, querer (8), cual, mí, saber, servir, sin, tal, tuyo, vuestro (7), ca, cuidar, despedir, le, quien, se, suyo, tomar (6), aver, dar, Dios, donde, dudar, él, triste (5), amigo, amor, bueno, conocer, dever, mal, ojo, padecer, partir, plazer, vida (4), aunque, cedo, ciertamente, cierto, daño, entender, fortuna, hallar, ir, más, merecer, mirar, nunca, pena, penar, pensar, pesar, presto, sentir, sí (pron.), siempre, tener, tiempo, verdad, ya (3), alexar, amador, amargura, antes, arte, causar, cessar, competidor, comunal, consentir, continente, contra, desear, dolor, errar, excelente, fablar, figurar, fuerte, ganar, gentil, grado, guerra, hermosura, hombre, leal, lealmente, lealtad, lexos, loar, lugar, mandar, merced, mostrar, olvidar, ora, passar, pero, poco, porque, príncipe, prisión, puro, razón, recordar, santidad, según, solo, ti, tristura, uno, vara, venir, verdadero, voluntad (2), acabar, adolecer, afección, agora, alçar, alegrar, alegría, alguno, allí, antoxar, año, apañar, apartamiento, apartar, argumento, así, ataxar, atender, aún, ausencia, ausente, ay, balde, bastar, beldad, bendecir, bondad, cadena, callar, cárcel, caridad, causa, cautivo, cavalgar, como, compañía, comparación, confiança, conmigo, conquistar, constelación, contender, contigo, conveniente, convenir, cordura, cosa, crear, creer, criatura, crueldad, cuando, cuyo, demostrar, desconocer, desde, deseo, desesperar, despender, discreto, empecer, enemigo, engaño, enojo, ensalçar, entristecer, estar, falsía, famoso, favor, favorecer, fe, fenecer, figura, fingir, flor, forçar, formar, francés, fuera, garrido, generoso, gentileza, gesto, gracia, gracioso, gradecer, guarecer, guay, herir, honestad, humildança, igualar, inclinar, intención, jamás, jurar, justa, justicia, lealtança, ledo, libertad, lindo, lis, lisonja, locura, luego, luzero, llaga, llanto, llevar, malicia, mantenedor, matar, mengua, menos, mesura, mexoría, mientras, muerte, nacer, navarro, necedad, negar, nozer, nuestro, nuevamente, nuevo, obedecer, obligar, ofrecer, olvido, opinión, ordenança, ordenar, otro, oy, padeciente, par (sust.), para, parecer, pecar, pedir, peligrar, pensamiento, perdonar, persona, piedad, poner, poseer, presa, presente, quitar, real, recabar, recibir, redención, reír, represa, requerir, respuesta, saçón, salud, salvador, semblança, servicio, servidor, seso, singular, sino (conj.), so (prep.), sobre, soler, sufrir, testiguar, trabajo, tristeza, usar, valía, vencer, virtud, virtuoso, vista, vivir (1).

5.4. Generación D.

el (art.) (55), que (conj.) (53), y (45), me (41), de (37), no (32), a (25), te (23), mío (22), por (19), con, ser (18), que (relt.) (15), en (prep.), hacer, tanto (14), sin (13), si (conj.), yo (12), grande, mí, saber (11), le, mirar, tú (10), dar, mal, poder, pues (9), más, nunca, ver, vuestro (8), cuanto, dexar, donde, este, tal (7), coraçón, dolor, matar, partir, triste (6), amar, amor, así, Dios, herir, hermosura, penar, recibir (5), aunque, aver, beldad, bien, cabo, causar, dama, decir, defender, entender, estar, para, passar, pesar, quien, tuyo, uno, vida (4), apartar, cessar, conocer, cuidar, debatir, desear, dever, día, entre, fe, ganar, hasta, hermoso, hijo, mandar, manera, mas (conj.), menos, mucho, nada, otro, pensar, perder, plazer, poco, porque, prisión, quedar, santo, señor, servir, siempre, tener, ti, tormento, venir, ya (3), acabar, acatar, agora, albricias, alegrar, alegría, alto, Ana, aquel, belleza, bondad, buscar, callar, carne, castidad, causa, cautivo, cobrar, como, contentar, convenir, cual, cuando, cuenta, deber, desamar, despedir, discreto, duda, eco, enbidioso, esperar, fama, fonda, gentil, gesto, hallar, humano, ir, lugar, llamar, Macías, mano, morir, mostrar, ninguno, nuevo, ojo, osar, pedir, pena, persona, poner, prender, provar, querer, quexo, razón, remediar, se, seguir, sentir, sí (adv.), singular, temor, todo, tomar, traer, trastornar, ventura, vía, virtud (2), acercar, adonde, afligir, aire, alexar, alguno, amador, andar, anexo, antes, apasionar, aqueste, aquexar, arnés, arredrar, aseo, atormentar, aún, bello, burlar, cada, cárcel, catadura, cierto, claro, començar, consolación, contento, contrario, cordura, cosa, crecer, creer, cruel, cuento, defensar, desde, desechar, deseo, desmesura, después, destruir, desventurado, diciembre, digno, divinidad, división, donzella, dos, dudar, duelo, durar, él, enojo, escribir, ese, excelente, exceptuar, experiencia, fablar, falta, fartar, fenecer, fogueras, fuerça, galardón, gloria, gozoso, grave, guardar, guisa, hombre, infinta, inhumano, lealtad, lexos, libertar, loor, luego, luengo, llegar, llevar, manifiesto, mayo, mayor, menor, merced, mesura, mil, momento, mortal, muerte, mujer, muro, nacer, negar, negro, neto, noche, obligar, obra, ocasión, oh, oír, ora, otear, padecer, par (sust.), parecer, parir, parte, pecar, pensamiento, pequeño, perfecto, piadoso, pluma, pobre, poderío, poderoso, porfía, possessión, presente, prosperidad, puro, quemar, rabioso, rayo, recelar, reparar, replicar, requerir, rey, rezio, salvo, sañoso, seco, seguro, señorío, sí (pron.), sino (conj.), soberano, sujuzgar, sostener, suyo, tampoco, tardar, tiempo, tierra, tinta, tormentar, tornar, trabajoso, valer, vencer, vez, virgen, voz (1).

5.5. Generación E.

de (65), me (64), no (52), que (relt.) (41), el (art.) (37), mío, que (conj.) (36), ser (35), por (32), y (30), a, con, en (prep.), tú (25), yo (24), te (22), ver (20), mi (pron. pers.) (18), hacer, querer (17), este, le, pues, sin, tener (15), dar, poder, quien, tanto (14), partir (11), Dios, si (conj.) (10), amar (9), dañar, grande, jamás, más (adv.), morir, nunca, saber, se, tuyo, vida, vivir (8), aunque, causa, cual, menos, pensar, perder, ya (7), cosa, donde, mal, mucho, plazer, servir, tal, tamaño (6), aver, bien, cuanto, decir, nacer, pesar, porque, renegar, sino (conj.), todo, triste (5), alegre, alegría, causar, como, conocer, cuando, fablar, gozo, grado, hermosura, o, ojo, parte, pena, persona, razón, suyo, vuestro (4), alguno, antes, apocar, aquel, ausente, bueno, buscar, ca, cativar, cobrar, consolación, crueldad, deseo, dever, dexar, doble, enojo, gentileza, mandar, mas (conj.), merecer, muerte, para, passar, passión, perdición, poseer, quedar, quexar, seguir, señor, siempre, solo, venir (3), acompañar, agora, alegrar, amor, aprovechar, bastar, beldad, belleza, bondad, callar, casar, consentir, copla, cuidar, culpa, defender, desamor, desear, día, dolor, donzella, dos, él, engañar, esperança, esquiveza, fe, gracia, guerra, ir, jurar, medir, mudança, nada, niñez, nobleza, obra, otro, padecer, postrimería, privar, si (adv.), soberano, solamente, temor, tocar, tres, vista (2), abastar, acordar, adreçar, aforrar, alexar, alto, amargura, andar, aosadas, aquí, arreo, asegurar, así, aún, buenamente, canción, cantar, cantidad, canto, causador, ciertamente, cierto, compañía, compás, condición, constante, contentamiento, contra, conversación, cordura, crecer, creer, cuatro, cubrir, cuita, cuitar, culpante, cumplir, dama, daño, defectuoso, defensión, demasiado, deporte, desamar, desavido, desesperar, desleal, despedir, desque, destreza, devoción, discreción, ende, entrar, escribir, esperar, firmeza, fortuna, fuera, gastar, gemir, gentil, glosa, gracioso, grave, gridar, hasta, igual, inbención, lamentar, luto, llagar, llevar, llorar, mano, mantener, mayor, mientras, mirar, mismo, mote, mudamiento, mudar, mundo, negro, ninguno, nuevo, oficio, ordenar, ornar, otear, paciencia, par (prep.), parecer, penar, pensamiento, pequeño, perfección, presumir, punto, querella, querencia, quexoso, recelar, remedio, reparación, reparar, robar, salir, salva, salvar, sentir, señorío, siquiera, so (prep.), sobra, soler, soltar, sostener, sufrir, suspiro, tardar, temer, tesoro, tiempo, todavía, tornar, trabajo, traer, tristura, turbar, valer, vano, vencer, ventura, verdad, verdadero, virtud, voluntad, vuelta (1).

5.6. Generación F.

el (art.) (64), que (conj.) (62), mío (50), no (49), ser (6), de, por, y (40), me, pues (26), querer (24), en (prep.) (23), que (relt.) (21), tú (18), a, te (16), amor (15), vida (13), se (12), con, le, quien, yo (11), dolor, perder, si (conj.) (10), dar, morir, señor (9), este, mal, porque, venir (8), Dios, esperar, galardón, grande, hacer, servir, tanto (7), cobrar, cuanto, cuidar, fe, más (adv.), mas (conj.), mí (pron. pers.), mucho, nunca, poder, sin, sufrir, tuyo (6), amador, aver, bien, conmigo, dos, estar, ninguno, tal, triste, uno, vuestro (5), aunque, bueno, día, enemigo, fuerça, merced, razón, recibir, solo, tener, vencer, ventura (4), amar, beldad, como, contento, contra, decir, él (pron.), ganar, gloria, grado, jamás, luego, muerte, passión, pena, penar, pensar, plazer, quedar, rogar, sí (adv.), tercero, todavía, todo, ver (3), alcançar, angustia, año, ausencia, beneficio, buscar, causar, cierto, compañero, condición, conformar, conocer, consentir, consuelo, coraçón, cordura, crecer, daño, desabenir, desamparar, desear, dever, dotar, engaño, entero, esperança, estrena, extraño, flaco, gastar, guiar, matador, mayor, medio, merecimiento, mudança, noche, olvido, parte, partir, peligro, presencia, presente, presto, prometer, quitar, remedio, robador, robar, saber, satisfazer, servicio, siempre, soler, suspiro, tormento, victoria, vivir (2), acabar, adorar, agora, alegrar, alegre, alegría, amargo, ambos, amigo, andar, ansia, aqueste, aquí, arrear, así, ausente, aventurar, bravo, cada, cadena, cargo, casar, causa, cautivo, cegar, ciego, color, confiança, conocimiento, consolar, contar, contigo, convenir, correr, cosa, creer, cumplir, dama, demandar, desamar, desaventura, descargo, descreer, desde, desdichado, deseo, desesperar, desgrado, desí, desora, desservir, dexar, dichoso, disfavor, dolecer, dolorido, duda, duelo, dulce, embargar, embargo, emplear, enteramente, esconder, falso, fatigar, favor, fino, forçar, fortuna, fruto, fuerte, gozar, grave, guerra, hado, hasta, herir, huir, igual, igualar, ir, junto, justo, lastimero, leal, lealmente, ley, libertad, lindo, loor, maldad, mejor, menor, menos, merecer, metal, morar, mote, nacer, nadie, negar, notar, obra, oh, olvidar, ordenar, oro, osadía, osar, otorgar, otrossí, padecer, pecar, pensamiento, perdición, perdimento, perdonar, poner, porfía, preguntar, premio, puesto, quexa, reparar, restituir, revesar, ruego, sacar, seguir, sentir, sino (conj.), sojuzgar, suyo, tardar, temer, temprança, ti, tintura, torcer, trabajar, tras, venidero, verdadero, virtud, voluntad, ya (1).

5.7. Generación G.

el (art.) (91), que (conj.) (50), que (relt.) (46), de (39), ser, y (37), no (36), me (30), mío (20), si (conj.), sin (19), te (18), en (prep.), por (17), más (adv.), pues (16), tú (15), se, ver (14), mal (13), pena, porque, querer (12), amor, dar (11), a, coraçón, suyo, tanto, vuestro (10), con, le, vida, vivir (9), bien, esperar, mirar, yo (8), cuando, dolor, hacer, morir, poder, sentir, servir, tener (7), estar, mi (pron. pers.), para, penar (6), cuidar, deseo, este, gloria, merced, mucho, nunca, pedir, perder, todo, uno, venir, ventura (5), así, decir, Dios, dudar, galardón, mas (conj.), muerte, ojo, partir, satisfazer, tal, triste, vergüenza (4), aver, consentir, culpa, desear, él, llagar, matar, passión, pensamiento, poner, quexar, quien, razón, servicio (3), afición, alcançar, amar, amigo, atrever, aunque, bueno, cara, contentar, costar, crecer, creer, cuanto, delgado, desamar, desatar, descargar, desesperar, divinal, donde, esperança, fe, guardar, guerrear, hermosura, libre, llorar, malo, mandar, mano, mayor, merecimiento, mostrar, nombre, o, otro, padecer, pagar, pago, passar, poco, presente, sospechar, sufrir, suspiro, temer, tomar, traer, tristeza, tristura, valer, vencer, ya (2), acabar, adorar, agradecer, ajeno, alçar, alexar, alguno, alma, amargar, amparar, anexo, ante (adv.), anudar, aventurar, bandera, bivo, cabeça, cadena, callar, carga, causar, cautivo, cerca, claro, combatir, como, compassión, condenar, confesar, confiança, congoja, conocer, conquista, contento, dañar, defensión, delante, desechar, desviar, dever, dexar, división, doblar, donoso, dos, duda, durable, durar, enamorar, encarecer, entender, escoto, escribir, ese, excelencia, fallecer, favor, figura, fin, firmeza, fuerça, fuerte, ganar, gesto, gradecer, grado, grande, guisa, huir, humano, igual, ir, jamás, justamente, justo, largo, ley, lugar, llaga, medir, medroso, mejor, memoria, menos, merced, morar, mortal, muestra, nublo, ofender, ofrecer, paga, parar, peligro, pequeño, perdición, perdimiento, plazer, poseer, prender, presumir, presunción, privar, procurar, provecho, quexoso, real, remediar, remedio, renombrar, requerir, rey, rienda, saber, salir, satisfacción, secreto, seguir, señal, siempre, sino (conj.), sobrar, sombra, sostener, suerte, tocar, tormento, tornar, tristor, tropeçar, vengança, victoria, visión (1).

5.8. Generación H.

de (62), te (55), no (54), me (47), mío (46), que (conj.) (45), y (41), tú (36), ser (35), el (art.) (31), poder, que (relat.) (30), por (24), querer (21), ver (19), en (prep.) (18), mal, quien (17), morir, tanto, yo (16), más (adv.) (15), si (conj.) (14), a, sin (13), bien (11), con, le, mí (pron. pers.), olvidar, penar, porque (10), pues, saber, tal, vuestro (9), así, como, cuitar, lexos

(8), amar, dar, dolor, hacer, partir, sentir (7), aunque, aver, causa, decir, Dios, esperar, remediar, se, solo, todo (6), acordar, callar, cuando, donde, él, estar, este, fe, mirar, pena, pensar, suspiro, suyo, tener, uno (5), ajeno, desear, ir, loar, mucho, nunca, ora, perder, siempre, sufrir, tormento, vencer, venir, vivir (4), alegría, alma, apartar, aquel, contento, coraçón, cuidar, durar, fin, ganar, hermosura, llorar, muerte, otro, plazer, quexar, sanar, servir, triste, valer, vez, vida, ya (3), arte, cada, causar, cessar, cuanto, cuenta, cuerpo, deber, desacordar, descontento, dexar, enbiar, encubrir, esfuerço, esquivo, forçoso, gentileza, glorioso, gozar, hallar, impossible, libertad, llamar, malo, mayor, mejor, memoria, menos, mil, mortal, par (sust.), para, passión, perdimento, poner, presente, procurar, quedar, recibir, remedio, repartir, salir, secreto, señor, sino (conj.), suspirar, tierra, tuyo (2), abenir, adonde, aficionar, amador, ambos, amor, anima, apasionar, aquí, arrepentir, asegurar, atormentar, ausencia, beneficio, bramar, bueno, cautivo, cobrar, condenar, condición, conocer, consolación, contar, contentamiento, contra, cosa, crecer, creer, cruel, cual, cualquiera, cuidoso, culpar, dama, defecto, demandar, desamar, desatinar, desconocer, desconsolación, desdichado, desigual, desque, día, dicha, dichoso, discreto, doler, dos, dulce, empedrar, entender escoger, esforçar, esperanza, excelencia, excesivo, excusar, firmar, firme, forçar, fuerça, galán, galardón, gana, generoso, gentil, gloria, gracioso, hasta, hermoso, hierro, hombre, huir, humano, justo, lugar, lleno, manera, mano, matar, mención, merecer, morar, mostrar, mudable, nacer, naturaleza, noble, nuevo, o, oh, ojo, olvido, onesto, ordenar, padecer, pago, perdición, pero, posible, primero, pulir, salud, seguir, según, señal, servicio, sí (adverbio), soler, suerte, sufrimiento, sujeto, también, tardar, ti, tornar, tristeza, tristura, ventura, venturoso, veras, verdadero, virtud, voluntad (1).

6. VOCABLOS USADOS SÓLO EN UNA GENERACIÓN

La riqueza o pobreza de un vocabulario depende también de la existencia de grupos léxicos particulares, característicos de una generación o autor. Por eso conviene separar los que han sido usados en una sola de las ocho estudiadas con el fin de aislar sus rasgos específicos.

6.1. Generación A.

rosa (7), al (pron.), angelical, delicado, dona, pavor, pensoso, visso (4), amoroso, contecer, cor, deleitoso, folgura, luz, manzilla, membrar, pecador, responder, valor (3), afanar, brío, brioso, criar, descomunal, donaire, envidia, error, espejo, fol, librar, luna, nombrar, onor, paraíso, prez, ren, ruiseñor, sobejo, soidade, sol, tenor (2), abril, acá, açucena, achegar, adonar, afan, afincar, aguissar, ajudar, alabança, alteza, apostura, apres, atal, atavío, aventajar, bessar, bonança, caer, carrera, centella, cingir, claridade, clavellina, confortar, conquerir, consello, corte, cortés, cristal, crueza, cura, curar, deleite, departimento, desdén, deseoso, desordenar, divissar, Doiro, doneguil, dueña, Elena, emperador, enagenar, enamoroso, encarcelar, encomendar, encubridor, enfengir, enseñar, entonces, errança, escuridade, España, estrella, Extremadura, falimento, fallir, fazaña, fealdade, florecer, floresta, folgança, fuego, gasallado, Guadalquivir, guarir, imagen, jardín, joya, lindeza, lirio, maginamiento, matisar, mayormente, meneo, mensajero, mentidor, mesurar, miraglo, montaña, naranjal, novel, onrar, orden, orta, país, paja, Paris, parlar, parlero, perdidoso, plazenter, plus, Policena, porfasar, prado, preciar, presso, proeza, qui, resplandecer, riqueza, risso, rosal, sabedor, Salvaterra, sana, segurar, semblante, sen, señalar, sirviente, suave, sufridor, trebellar, tribulación, tribuna, umildade, umildoso, ventaja, vicio (1).

6.2. Generación B.

desdonar, lanzada, namorar, obrar, tratar, vedar (2), contemplar, engendrar, expirar, maginar, natura, valiente (1).

6.3. Generación C.

cedo (3), competidor, comunal, figurar, príncipe, recordar, santidad, vara (2), adolecer, afección, allí, antoxar, apañar, apartamiento, argumento, ataxar, balde, bendecir, caridad, cavalgar, comparación, constelación, contender, conveniente, crear, cuyo, despender, empecer, ensalçar, falsía, famoso, favorecer, formar, francés, guarecer, guay, humildança, inclinar, justa, justicia, lealtança, lisonja, llanto, malicia, mantenedor, mengua, mexoría, navarro, necedad, nozer, nuestro, nuevamente, opinión, ordenança, padeciente, peligrar, presa, recabdar, redención, represa, respuesta, saçón, salvador, semblança, sobre, testiguar, usar, valía, virtuoso (1).

6.4. Generación D.

cabo (4), debatir, hijo, santo (3), acatar, albricias, Ana, carne, castidad, eco, enbidioso, fama, fonda, Macías, quexo, trastornar, via (2), acercar, afligir, aire, aquexar, arnés, arredrar, burlar, començar, contrario, cuento, defensar, desmesura, destruir, desventurado, diciembre, digno, divinidad, exceptuar, experiencia, falta, fartar, foguera, gozoso, inhumano, libertar, luengo, llegar, manifiesto, momento, muger, muro, neto, ocasión, oír, parir, perfecto, piadoso, pluma, pobre, poderío, possessión, prosperidad, quemar, rabioso, rayo, replicar, rezio, salvo, sañoso, seco, seguro, tampoco, tinta, trabajoso, virgen, voz (1).

6.5. Generación E.

renegar (5), apocar, cativar, doble (3), acompañar, aprovechar, copla, desamor, esquiveza, niñez, postrimería, solamente (2), abastar, adreçar, aforrar, aosadas arreo, buenamente, canción, cantidad, canto, causador, compás, constante, conversación, cuatro, cubrir, culpante, defectuoso, demasiado, deporte, desavido, desleal, destreza, devoción, discreción, entrar, gemir, glosa, gridar, inbención, lamentar, mismo, mudamiento, mudar, oficio, ornar, paciencia, par (prep.), perfección, punto, querencia, reparación, salva, salvar, siquiera, sobra, soltar, tesoro, turbar, vano, vuelta (1).

6.6. Generación F.

rogar, tercero (3), angustia, compañero, conformar, consuelo, desabenir, dotar, entero, estrena, flaco, guiar, matador, medio, prometer, robador (2), amargo, ansia, arrear, bravo, cargo, cegar, ciego, conocimiento, correr, desaventura, descargo, descreer, desgrado, desí, desora, desservir, disfavor, dolecer, dolorido, embargar, embargo, emplear, esconder, falso, fatigar, fino, fruto, hado, junto, lastimero, maldad, metal, nadie, notar, osadía, otorgar, otrossí, preguntar, premio, puesto, quexa, restituir, revesar, ruego, sacar, temprança, tintura, torcer, trabajar, tras, venidero (1).

6.7. Generación G.

vergüenza (4), afición, atrever, cara, caro, costar, delgado, desatar, descargar, divinal, guerrear, libre, sospechar (2), agradecer, amargar, bandera, cabeça, carga, cerca, combatir, compassión, confesar, congoja, delante, desviar, doblar, durable, encarecer, escoto, justamente, largo, medroso, muestra, nublo, ofender, paga, parar, presunción, provecho, renombrar, rienda, satisfacción, sobrar, sombra, tropeçar, vengança, visión (1).

6.8. Generación H.

sanar (3), desacordar, descontento, enbiar, esfuerço, esquivo, forçoso, glorioso, impossible, repartir, suspirar (2), abenir, aficionar, anima, arrepentir, bramar, cualquiera, culpar, defecto, desatinar, desconsolación, dicha, empeorar, escoger, excesivo, firmar, firme, galán, gana, hierro, mención, mudable, naturaleza, posible, pulir, sufrimiento, sujeto, también, venturoso, vieras (1).

7. RIQUEZA DE UN VOCABULARIO

7.0. Riqueza de un vocabulario: frecuencia media, probabilidad de las frecuencias bajas y estructura.

Existen diversos métodos para medir la riqueza de un vocabulario, comparar diversos vocabularios entre sí y tomar decisiones respecto a su pobreza o riqueza relativa. El método más sencillo es la frecuencia media, que se obtiene dividiendo el número de palabras por el de vocablos; el resultado nos dice cuántas veces es repetido cada uno de ellos, por término medio. El método es relativamente bueno cuando la extensión de los textos a comparar es sensiblemente la misma, como en el caso que nos ocupa (exceptuando, claro está, la generación A, cuyas canciones son más largas que en ninguna otra). Cuando más rico sea un vocabulario, mayor será el número de vocablos y menos las repeticiones, con lo que su frecuencia media será más baja; la frecuencia media es inversamente proporcional a la riqueza lexical.

La probabilidad de las frecuencias bajas tiene el doble interés de servir como índice de riqueza lexical y de ser menos sensible a las variaciones en la longitud de los textos analizados. Cuanto más rico es un vocabulario, más abundantes serán los vocablos que sólo aparecen uno, dos, tres veces... y menos las frecuencias muy altas para un solo vocablo; cuanto más pobre sea un vocabulario, las frecuencias bajas ocuparán un papel más secundario y el vocabulario tenderá a reforzar los efectivos de las frecuencias altas. Esta variación puede medirse calculando la probabilidad de las frecuencias bajas, que se obtiene dividiendo el número de vocablos que en una generación aparecen en la frecuencia uno, dos, tres... por el número total de vocablos de esta generación; la probabilidad de las frecuencias bajas aumenta con la riqueza del vocabulario y disminuye con su empobrecimiento.

Por fin, puede apreciarse también la riqueza respectiva de varios vocabularios estudiando su estructura lexical. Si disponemos en columnas paralelas las frecuencias y el número de vocablos que las representan en cada generación, obtendremos unos valores que disminuyen a medida que la frecuencia aumenta. Cuanto más rico sea el vocabulario, mayor será el número de frecuencias representadas y menores las frecuencias bajas, y habrá mayor diferencia entre el efectivo de una frecuencia y el de la frecuencia inmediatamente superior.

7.1. *Frecuencia media.*

Generación	Valor
A	5.44721
C	3.71171
D	3.58036
E	4.72026
F	4.25081
G	4.39209
H	4.9573
f	4.48991

7.2

PROBABILIDAD DE LAS FRECUENCIAS BAJAS

Frecuencias / Probabilidades

Frecuencias	A	C	D	E	F	G	H	
1	0,47205	0,55255	0,47024	0,45338	0,48208	0,48201	0,44484	0,40379
2	0,14907	0,16517	0,21429	0,15434	0,18893	0,19424	0,17082	0,16152
3	0,11387	0,07508	0,11012	0,10932	0,08143	0,05036	0,08185	0,07876
4	0,04141	0,03303	0,05357	0,05788	0,03909	0,04676	0,04982	0,06181
5	0,0352	0,02102	0,02381	0,03537	0,03583	0,04676	0,05338	0,0319

7.3. ESTRUCTURA DEL VOCABULARIO (FRECUENCIAS: VOCABLOS)

Total

1 : 405	46 : 1	366 : 1			
2 : 162	47 : 1	370 : 1			
3 : 79	49 : 1	393 : 1			
4 : 62	51 : 1				
5 : 32	52 : 2	N = 1.003			
6 : 29	54 : 1				
7 : 31	56 : 1				
8 : 19	57 : 1				
9 : 13	58 : 2				
10 : 14	63 : 1				
11 : 9	64 : 1				
12 : 6	65 : 1				
13 : 9	66 : 2				
14 : 7	67 : 1				
15 : 10	68 : 3				
16 : 6	69 : 1				
17 : 4	70 : 1				
18 : 4	72 : 1				
19 : 2	73 : 1				
20 : 1	79 : 1				
21 : 3	89 : 1				
22 : 1	95 : 1				
24 : 3	100 : 1				
25 : 4	101 : 1				
26 : 2	110 : 1				
27 : 2	111 : 1				
28 : 2	112 : 1				
29 : 1	116 : 2				
31 : 3	135 : 1				
32 : 1	142 : 1				
34 : 2	163 : 1				
35 : 3	206 : 1				
36 : 1	208 : 1				
37 : 2	214 : 1				
38 : 1	252 : 1				
39 : 4	275 : 1				
42 : 1	302 : 1				
43 : 2	343 : 1				
45 : 1	353 : 1				

Generación A

1 : 228	75 : 1
2 : 72	78 : 1
3 : 55	103 : 1
4 : 20	114 : 1
5 : 17	
6 : 8	N = 483
7 : 10	
8 : 4	
9 : 3	
10 : 7	
11 : 5	
12 : 5	
13 : 4	
14 : 8	
15 : 1	
16 : 1	
17 : 1	
19 : 2	
20 : 2	
21 : 1	
22 : 2	
23 : 3	
24 : 2	
25 : 2	
26 : 1	
27 : 1	
28 : 2	
29 : 1	
32 : 1	
34 : 1	
35 : 1	
36 : 1	
42 : 1	
50 : 1	
55 : 1	
56 : 1	
59 : 1	
64 : 1	
74 : 1	

Generaciones

C	D	E	F	G	H
1 : 184	1 : 158	1 : 141	1 : 148	1 : 134	1 : 125
2 : 55	2 : 72	2 : 48	2 : 58	2 : 54	2 : 48
3 : 25	3 : 37	3 : 34	3 : 25	3 : 14	3 : 23
4 : 11	4 : 18	4 : 18	4 : 12	4 : 13	4 : 14
5 : 7	5 : 8	5 : 11	5 : 11	5 : 13	5 : 15
6 : 8	6 : 5	6 : 8	6 : 13	6 : 4	6 : 10
7 : 8	7 : 5	7 : 7	7 : 7	7 : 8	7 : 6
8 : 6	8 : 4	8 : 11	8 : 4	8 : 4	8 : 4
9 : 1	9 : 4	9 : 1	9 : 3	9 : 4	9 : 4
10 : 4	10 : 3	10 : 2	10 : 3	10 : 5	10 : 6
11 : 4	11 : 3	11 : 1	11 : 4	11 : 2	11 : 1
12 : 1	12 : 2	14 : 4	12 : 1	12 : 3	13 : 2
13 : 1	13 : 1	15 : 5	13 : 1	13 : 1	14 : 1
15 : 1	14 : 3	17 : 2	15 : 1	14 : 2	15 : 1
16 : 2	15 : 1	18 : 1	16 : 2	15 : 1	16 : 3
17 : 3	18 : 2	20 : 1	18 : 1	16 : 2	17 : 2
21 : 2	19 : 1	22 : 1	21 : 1	17 : 2	18 : 1
27 : 1	22 : 1	24 : 1	23 : 1	18 : 1	19 : 1
28 : 1	23 : 1	25 : 4	26 : 3	19 : 2	21 : 1
30 : 1	25 : 1	30 : 1	40 : 3	20 : 1	24 : 1
35 : 1	32 : 1	32 : 1	46 : 1	30 : 1	30 : 2
36 : 1	37 : 1	35 : 1	49 : 1	36 : 1	31 : 1
38 : 1	41 : 1	36 : 2	50 : 1	37 : 2	33 : 1
40 : 1	45 : 1	37 : 1	62 : 1	39 : 1	34 : 1
45 : 1	53 : 1	41 : 1	64 : 1	46 : 1	41 : 1
47 : 1	55 : 1	52 : 1		50 : 1	45 : 1
52 : 1		64 : 1	N = 307	91 : 1	46 : 1
	N = 336	65 : 1			47 : 1
N = 333				N = 278	54 : 1
		N = 311			55 : 1
					62 : 1
					N = 281

8. SINTAXIS

8.0. Aunque la distribución de las oraciones en el verso y la estrofa no es susceptible de análisis tan detallado como la de las palabras y grupos sintagmáticos, conviene estudiar su inserción en la estrofa, su relación con las pausas versal y estrófica y su longitud relativa, de lo cual nos ocuparemos en los cuadros siguientes.

En cuanto al concepto de oración, y excepción hecha de algunas expresiones que, de acuerdo con la Academia[1] hemos llamado y clasificado como «Oración Unimembre», he considerado requisisto indispensable la presencia de un verbo conjugado en forma personal[2] por lo que el número de oraciones coincidirá, con raras excepciones, con el de grupos sintagmáticos verbales.

Expondré en primer lugar el inventario de las clases de oraciones (8.1.1) y las probabilidades de los grupos principales (8.1.2) y seguirá la relación entre oraciones y estrofas (8.2). La mayor diferencia entre este capítulo y los anteriores consiste en la falta de ensayos de significación; en efecto, tal prueba sólo sería aplicable a 8.2 a partir de los datos de 8.1, y la escasa entidad de los valores observados impide la aplicación del test de χ^2, el que mejor se adapta a este tipo de verificación. Con todo, la claridad de los resultados y su plena coincidencia con la más somera observación de los textos, excusan también de su realización.

8.1.0. En el inventario de las clases de oraciones me basaré en el cuadro de la Academia[3] aunque, por razones de simplicidad, he reducido a una sola las oraciones adversativas y las adjetivas y omito los va-

---

1. Véase el *Esbozo de una nueva gramática de la Lengua Española*, Madrid, 1973, § 3.1.2 y § 3.1.4. J. M. BLECUA y J. ALCINA, *Gramática Española* § 7.0.1 adoptan los términos de «oración» y «frase», más frecuentes en los modernos estudios gramaticales.
2. Sólo hay una excepción: los períodos paralelísticos sin repetición del verbo, donde el segundo era negativo y el primero afirmativo. En este caso he debido aceptar la presencia de dos oraciones (una afirmativa y otra negativa) con un solo verbo.
3. *Esbozo* (...), 3.17.5.

lores semánticos de la yuxtaposición. Creo que tal clasificación, basada en criterios funcionales, es uno de los aspectos más válidos de esta gramática. Para mayor comodidad he dividido esta exposición en dos cuadros; el primero (8.1.1.1) clasifica las relaciones de coordinación (considero las yuxtaposiciones como tales a pesar de la *Gramática* de la Academia) entre oraciones principales y entre las subordinadas, el segundo (8.1.1.2) clasifica las oraciones subordinadas. Ambos cuadros carecen de probabilidades que, siendo casi todas muy débiles, difícilmente resultarían interpretables.

La exposición de las probabilidades se realizará en el cuadro siguiente (8.1.2) para cada grupo principal de oraciones (principales, subordinadas adjetivas, sustantivas y circunstanciales); para mayor claridad cada probabilidad irá precedida del efectivo *(Oj)*, que deberá entenderse como la suma de las subclases del cuadro anterior.

El rasgo más notorio de estos datos es el progresivo predominio de la subordinación a medida que el siglo avanza (8.1.2). Este resultado debe interpretarse como el progreso de la idea de que la canción es un todo unitario que debe subrayarse por medio de las relaciones sintácticas, y más adelante veremos las modalidades de este fenómeno y otros medios de análisis. Puede también observarse el paralelismo entre la evolución de estos valores con el que hemos llamado «coeficientes de reiteración» (4.2.1), otro rasgo interpretable como una tendencia a la unidad del poema por la proyección de lo sintagmático sobre el plano pradigmáticco. [4]

4. R. JACOBSON, «Linguistique et poétique», en *Essais de Lenguistique Génerale*, col. Points, 1970, pp. 153 y ss.

8.1.1.1.1.

CUADRO DE COORDINACIONES. — ENTRE ORACIONES PRINCIPALES

	A	C	D	E	F	G	H
Yuxtapuestas	149	72	52	71	41	32	54
Copulativas	83	38.	39	18	20	42	40
Disyuntivas							4
Adversativas	14	4	11	13	9	7	2
Distributivas							
	246	114	102	102	70	81	100

8.1.1.1.2

CUADRO DE COORDINACIONES. — ENTRE ORACIONES SUBORDINADAS

	A	C	D	E	F	G	H
Yuxtapuestas	5	2	6				
Copulativas	30	14	4	10	7	16	
Disyuntivas				6			8
Adversativas				4	2		2
Distributivas							

8.1.1.2

CUADRO DE SUBORDINACIONES

	A	C	D	E	F	G	H
Sustantivas							
Sujeto	5	9	2	3	7	6	2
Compl. Directo	42	41	31	23	27	21	9
Compl. Nombre	2		2		3	6	2
Adjetivas	30	15	16	48	19	33	29
Circunstanciales							
Lugar	9	5	5	5		1	9
Tiempo	17	3	4	8	1	9	6
Modo	2	1	3				4
Comparación	17	11	9	9	10	5	11
Finales	7	3		3		2	
Causales	53	22	22	31	54	48	44
Consecutivas	5	4	3	4	5	4	7
Condicionales	9	10	9	12	13	17	11
Concesivas	1	1		1		2	2

8.1.2

CLASES DE ORACIONES. — EFECTIVOS Y PROBABILIDADES

	A	C	D	E	F	G	H
Principales	246 0,5528	114 0,477	102 0,4904	102 0,4096	70 0,3349	81 0,3447	100 0,4237
Subordinadas							
Sustantivas	49 0,1101	50 0,2092	35 0,1683	26 0,1044	37 0,177	33 0,1404	13 0,0551
Adjetivas	30 0,0674	15 0,0628	16 0,0769	43 0,1928	19 0,0909	33 0,1404	29 0,1229
Circunstanciales	120 0,2697	60 0,251	55 0,2644	73 0,2932	83 0,3971	88 0,3745	94 0,3983
	445	239	208	249	209	235	236

8.2.0. Entre las tres partes de la canción (estribillo, mudanza y vuelta) se establece una relación de contenidos que, la mayoría de las veces, se refleja en la forma sintáctica. Para registrar este fenómeno he reproducido en 8.2.1 la relación entre estribillo y mudanza y, en 8.2.2, la que se establece entre mudanza y vuelta. Para mayor nitidez me he limitado en todos los casos a las grandes divisiones: tipos de coordinación, tipos de subordinación y, al final, las canciones en que ambas partes contienen miembros de una misma oración. Cada frecuencia es seguida de su probabilidad, que se obtiene dividiéndola por el número de canciones de la generación (20 excepto en A) que ocupa la suma de cada columna.

En la primera generación sólo he incluido los siete textos cuya forma estrófica y textual (sintáctica) en tres partes (estribillo, mudanza y vuelta), resulta equiparable a la forma típica de la canción en las siguientes promociones.[1] En la generación C de 8.2.2 se da otro caso anómalo que allí se explicará. Hay que tener en cuenta que, en los cuadros, no he reproducido los datos de segundas, terceras y cuartas vueltas sino sólo los de la primera mudanza y vuelta; para incluir todos los datos habría necesitado otros seis cuadros que, en el último caso, reproducirían sólo los datos de un poema. En cualquier caso, las conclusiones de estos dos cuadros son extrapolables a todos los componentes de cada canción.

Se observará que, excepto en la generación G, las relaciones entre el estribillo y la mudanza (8.2.1) son muy sueltas: al menos el 70 % de las canciones (generaciones E y F), a veces el 80 % (generaciones D y H) e incluso el 95 % (generación C) y el 100 % (generación A) yuxtaponen el estribillo y la mudanza, sin establecer entre ellas ninguna relación sintáctica marcada por nexo. Sólo tres canciones dividen una misma oración entre las dos partes (generaciones E, F y G), las subordinaciones circunstanciales de la mudanza al estribillo no son muy frecuentes si exceptuamos la generación G y faltan las subordinaciones sustantivas y adjetivas.

La relación entre la mudanza y la vuelta se caracteriza por la relativa debilidad de la yuxtaposición en beneficio de la coordinación y, sobre todo, de la subordinación y de la separación de la misma oración en las dos partes, por lo que los valores aparecen en 8.2.2 mucho más desplazados hacia abajo que en 8.2.1. Obsérvese que, si bien aparecen las subordinadas adjetivas, no he encontrado casos de subordinadas sustantivas, aunque todo parece indicar que son probables en esta posición. El rasgo común a todos estos tipos oracionales es la presencia de un nexo inicial en la vuelta y esta tendencia se refuerza muchísimo,

---

1. Son los números 5, 13, 27, 43, 44, 49 y 251b del *Cancionero de Baena*.

241

incluso en los casos de yuxtaposición, subordinación adjetiva o separación de la misma oración, con la presencia de preposiciones:

> (...) ni halla vida ni muere
> ni queda ni va comigo;
> sin ventura, desdichado,
> sin consuelo, sin fauor, (...).[2]

Considerados estos datos diacrónicamente no encontramos rastros de una línea evolutiva en las relaciones entre el estribillo y la mudanza (8.2.1). Una cierta debilitación de las yuxtaposiciones parece insinuarse entre las generaciones E y G pero sólo en ésta alcanza suficiente entidad. Por el contrario en 8.2.2 se observa cierta debilitación de las subordinaciones, ligera pero constante, entre las generaciones C y G, y un notable refuerzo de la yuxtaposición en las generaciones E, F y G, con fuerte caída en la generación H, con debilitación paralela de la coordinación copulativa, reforzada también al final.

2. «Con dolorido cuidado» de Jorge Manrique, *Ed. cit.*, n.º 6.

RELACIONES SINTACTICAS ENTRE EL ESTRIBILLO Y LA MUDANZA

Coordinadas	A	C	D	E	F	G	H
Yuxtapuestas	7 1	19 0,95	16 0,8	14 0,7	14 0,7	10 0,5	16 0,8
Copulativas			2 0,1	2 0,1	2 0,1	3 0,15	2 0,1
Disyuntivas							
Adversativas			1 0,05	1 0,05	1 0,05		1 0,05
Distributivas							
Sub. adjetivas							
Sub. sustantivas							
Sub. circunstanciales		1 0,05	1 0,05	2 0,1	2 0,i	6 0,3	1 0,05
Misma oración				1 0,05	1 0,05	1 0,05	
Σ	7	20	20	20	20	20	20

8.2.2

RELACIONES SINTÁCTICAS ENTRE LA MUDANZA Y LA VUELTA

Coordinadas	A	C	D	E	F	G	H
Yuxtapuestas	3 0,4286	9 0,45	9 0,45	14 0,7	14 0,7	12 0,6	5 0,25
Copulativas	2 0,2857	3 0,15	8 0,4	1 0,05	1 0,05	3 0,15	8 0,4
Disyuntivas							
Adversativas		3 0,15		2 0,1	2 0,1	2 0,1	
Distributivas							
Sub. adjetivas		1 0,05		1 0,05	1 0,05		
Sub. sustantivas							
Sub. circunstanciales	1 0,1428	3 0,15	2 0,1	1 0,05	1 0,05	2 0,1	7 0,35
Misma oración	1 0,1428	3 0,15	1 0,05	1 0,05	1 0,05	1 0,05	
Σ	7	22*	20	20	20	20	20

* Nótese que en esta generación existen dos poemas que establecen una doble relación sintáctica entre vuelta y mudanza: el número 2 del *Cancionero de Palacio* (Alvaro de Luna) sitúa en la vuelta una oración coordinada copulativa y otra subordinada condicional de una oración de la mudanza, y el número 35 del mismo *Cancionero* encabalga una oración subordinada y termina con una principal yuxtapuesta de otra que está en la mudanza, por lo que suman 22 casos en sólo 20 poemas.

ÍNDICE ONOMÁSTICO Y DE OBRAS CITADAS

ÍNDICE DE PRIMEROS VERSOS *

* No se han incluido en este índice aquellas canciones citadas sólo en los análisis métricos, y sí aquéllas sometidas al despojo que describí en la introducción, aunque no vuelvan a citarse en el cuerpo del estudio. Las cifras en cursiva indican los lugares donde su texto es reproducido por extenso. En cuanto a la ortografía, respeto en cada caso la forma de la edición usada, aunque alfabetizo los textos castellanos según les correspondería a tenor de la actual normativa ortográfica, para su más fácil localización.

ÍNDICE DE CONCEPTOS Y TÉRMINOS TÉCNICOS